致青春 075

溫柔有九分

（下）

唧唧的貓　著

高寶書版集團

目錄
CONTENTS

第十五章　夏日

逢寧的演講，後來成了啟德新生代表發言中最經典的一場，無人能超越。甚至到很久很久以後，江湖還有她的傳說。

又是一個夏天的結束。

生活沒什麼大不了的，一切都會過去的，都會好的。

一個普通的、風和日麗的下午，逢寧回到家。

「老媽，我回來了——」

屋裡很安靜，靜得讓逢寧一下子就定在了原地。

叔本華在書裡寫，命運總是告訴人們這樣一個真理：所有發生的事情都必然發生，是不可避免的。

化療七次以後，還是骨轉移了，齊蘭在家裡暈倒了。

齊蘭一直瞞著逢寧。

所以，逢寧不知道，齊蘭的身體已經很糟糕了。

救護車來了，停在雨江巷口。把人送到醫院，醫生告訴逢寧，可能要準備面對最壞的結果。

看著插著呼吸器的母親，她有點崩潰，質問道，「她這麼嚴重，為什麼之前沒人告訴我？」

「妳媽媽說，妳還在讀書。」

「讀書怎麼了？我是我媽媽的家屬，你們為什麼要幫著病人隱瞞家屬？」

醫生：「其實，妳的媽媽並不是很配合治療，我們提出的很多治療方案都被她拒絕了。」

「為什麼？」

「病人的原話是——我不想躺在醫院浪費錢，掏空家底。」醫生淡淡的，「妳的媽媽想為妳留點錢，走的時候能夠安心一點，我們沒權利干涉她的決定。」

「那……」逢寧維持著最後的平靜，她說每一個字都很吃力，緩了很久，問，「如果現在好好治療，最長還能活多久？」

「半年到一年。」

醫生走了。

雙瑤心疼地看著蹲在地上的逢寧，她走過去，「寧寧……」

逢寧有點發抖，抱著膝蓋，把臉埋著，「別安慰我，不用，沒事的、沒事的。」

沒事的。

逢寧是什麼人？

她是個堅強的人。

在齊蘭第二次復發的時候，逢寧就已經做足了心理準備。

所以，她對齊蘭的死亡並不是恐懼。

不是恐懼，而只是害怕，她害怕浪費了好多時間，害怕還沒有陪夠齊蘭。

逢寧拿齊證件，去啟德辦了休學。

她一個人來，走的時候也一個人，沒有跟任何人道別。

走出了校門口，逢寧回首望了望。

蔚藍的天，潔白的雲，秋高氣爽。下課鐘聲響起，學校裡還是那麼熱鬧，少年在下課的走廊上追逐打鬧，少女紅著臉，挽手講著心事。

一切都很美好。

沒人注意到少了一個人，也沒有人在意少了一個人。

或許……還是有人在意的。

逢寧想到了江問。

她笑了笑，攔了輛計程車離開。

醫院裡，孟瀚漠遞給了她一張銀行提款卡，「這裡面有二十萬元，妳好好讀書，不要操心錢的事情。」

齊蘭要治療，不能沒有錢，所以逢寧沒有拒絕，她說，「哥，我以後會還給你的。」

孟瀚漠皺了皺眉，「什麼時候再去上學？」

逢寧還是那句話，「我要陪著我老媽。」

「都快高三了，妳這時候休學，不後悔？」

「不後悔。」

在深夜的醫院走廊，她的聲音很清晰，「就算是很久很久以後，你讓我選擇，我還是會做跟現在完全一樣的事情。」

或許是逢寧太貪心了，還想著，再借幾年，讓齊蘭看著她平安長大。

但她不能陪媽媽走多久了。所以，現在，即使是一分一秒，她都要好好珍惜。

就算是以後只有一個人，也沒什麼關係。

第二天下午，齊蘭才醒。

她插著管子，勉力睜開眼。

逢寧一直在病床前守著。她握著齊蘭冰涼的手，眼淚不斷往下掉，「媽，妳都快嚇死我了，我還以為妳不要我了。」

齊蘭的精神很差，凝視著女兒的臉，說不出話來。雙瑤的媽媽心裡一陣酸，背過身，眼眶也紅了。

齊蘭的病情有點反覆，身體一直沒多大起色，一大半的時間都在沉睡中度過。

又過了一個星期，她才知道逢寧休學的事，氣急了，「妳這不是胡鬧嗎？過兩天等好點了，我帶妳去學校，跟老師說清楚，妳繼續上學。」

逢寧梗著脖子，「我不上學，我要陪著妳。」

齊蘭略略提高了聲音，「妳就算是要陪著我，也不能不上學。」

病床前，逢寧抱著她，「媽，妳別生氣。我只是休學，我會去讀書的。等妳好了，我就去讀書。我會考上最好的大學，我答應妳的。」

齊蘭心底微微觸動，沉默下來。

好幾分鐘之後，她無奈地嘆息一聲，「倔強脾氣，跟妳爸一模一樣。」

逢寧順著她的話，「我就是倔強脾氣，我就是倔強。」她把臉放到齊蘭的掌心裡，「老媽，妳一定要好好治病，別留下我一個人。我沒有爸爸了，我不想一個人。」

下了幾天雨，溫度一下子跌了下去。

逢寧買完菜回家，轉到巷子口，腳步突然頓了頓，一眼瞧見馬路對面的人。

那人坐在公車的站牌下面的長凳上，淺色的運動外套，拉鍊拉開，裡面是一件黑色上衣，深藍牛仔褲，白色板鞋。

不愧是校草，蹺課也穿得這麼潮。

她靠在樹幹上看了幾分鐘。

川流不息的車流經過，他低著頭，不知道在想什麼。頭上有一片樹蔭，腳下鋪了薄薄一片從秋天開始泛黃的樹葉。

這個時間，附近的幼稚園和小學生都放學了。幾個小孩揹著花花綠綠的小書包，舉著剛買的糖葫蘆，嬉笑著從路邊跑過。

察覺到旁邊有人坐下，江問陡然回神。

逢寧油腔滑調地說，「哪裡來的帥哥，怎麼在我家門口迷路了。」

江問打量著她。

逢寧往後一靠，側頭和他對視，「地址找誰要的？」

江問坐著沒動，遲疑了一下，給出答案，「雙瑤。」

「還學聰明了，知道旁敲側擊。」逢寧鼓著腮幫子。

「為什麼不去上學？」

「怎麼？」

「妳家裡……」

「嗯。」逢寧看著攀爬到小腿的夕陽，是橘色的。

陽光把影子拉得很長，她扭了扭腳踝，不大在意地說，「我媽媽生病了，我要照顧她。」

「不能請看護嗎？」

逢寧莞爾，裝作沒聽見。

江問沉默了很久，很久。他很認真地說，「我可以幫妳。」

「謝謝你啊。」逢寧做沉思狀，「我太感動了。你幫了我，我該怎麼報答你？」她逗他，「好像無以為報啊。」

江問知道她在開玩笑，面無表情地說，「我是認真的。」

她噗哧一笑，「知道你是認真的。」

逢寧肩膀瘦弱，頭低著，頭髮遮住側臉。江問看不清她的表情，「那，妳……還上學嗎？」

「暫時不了吧，以後應該會上的。」逢寧踩碎一片葉子，「不上學，難道高中肄業去當打工妹嗎？雖然以我的本事，賺錢也不難，但是，我答應了我媽媽，我以後可是要考上最好的大學，光耀我們老逢家的門楣。」

他安靜了。

逢寧突然發現江問的腿很長。他微微曲著腿，而她把腿伸長了，也碰不到那個位置。

逢寧兩腳晃盪著，笑著說，「我不在，上課的時候是不是平靜多了？」

他總算開口，「嗯」了一聲。

「那還挺好的，鐵娘子會偷笑吧，終於沒人破壞課堂秩序了。」

她還是一如既往，話特別多，一說就嘰哩呱啦停不下來，「不過肯定還是有人想我的。小孟換了新鄰桌，晚上打電話給我，說想我想到掉眼淚呢。沒有我教她寫作業，她太不習慣了。」

他看著她說個不停的嘴，突然問，「妳接她的電話，為什麼不回我訊息？」

逢寧一下子卡住，「啊？我沒回嗎？」

「沒有。」

逢寧一時無從接話，摸摸鼻子。

江問目不轉睛地盯著她，「我也不習慣。」

逢寧意識到他在說什麼，頓了一下，似乎有點詫異。

逢寧沒來上課的前兩個星期。

他傳過去的簡訊石沉大海，沒有任何回音，誰都聯絡不到她。

江問總有輕微的錯覺，耳邊只要有女生笑，他就神經質地以為是逢寧回來了。

可每當他習慣性地轉頭去看，那位子上已經人去桌空。

他還未能細想，喉嚨就陣陣發緊，心裡有點疼。那種疼就像被針輕輕扎了一下，不是難以忍受，卻綿長到讓人無法忽略。

他想到以前逢寧天天故意扮鬼臉氣他的情形，忽然有點茫然。同樣是滿眼的熱鬧，每個人都在有說有笑，什麼都沒變。

為什麼只有他心裡會這樣難受？

好半天，他消化完自己的情緒，說：「我也不知道為什麼要來找妳，但是我……」

逢寧扭頭看江問，他從來沒在她面前這個樣子過。她有點遲疑，不知道該說什麼。

開了頭，剩下的一句就簡單多了。江問終於把在心裡醞釀很久的話說出來，「逢寧，我想幫妳。」

不知道為什麼，逢寧在一瞬間聽懂了他想說的話。

不是我可以幫妳。

而是，我想幫妳。

醫院裡，齊蘭問，「今天怎麼來得這麼晚？」

「剛剛路上遇到我們班以前一個男生，跟他聊了幾句。」

齊蘭有點詫異，「他專程來找妳的嗎？」

「是的。」逢寧把小桌子拉下來，把保溫桶放上去，調整病床的高度。

「你們說了什麼？」

「學校裡的事情。」

齊蘭也沒繼續問她什麼。

吃飯的時候，逢寧突然想到一件事，「我記得是去年耶誕節吧，不對，不是耶誕節，而是元旦晚會。我們班體育股長在唱〈老男孩〉，那個公鴨嗓唱得特別難聽。妳知道的，我從小就不喜歡聽這首歌，一聽就想到爸爸，然後我就一個人溜出去放風了。」

齊蘭認真地聽，「嗯，然後呢？」

逢寧嚥下飯菜，灌了口水，「然後他也跟著我出來了，就是今天來找我那個男生。他像做賊一樣跟著我，特別好笑。」

那次她心情本來很差，回頭看到江問一臉彆扭的模樣，沒由來地就笑了。

齊蘭之前沒聽她提過，有點好奇，「是個什麼樣的人？」

逢寧想了想，這麼跟老媽描述，「是個好學生，成績嘛，只比我差那麼一點點。不過，他長得很帥。」她笑，「但是脾氣很不好的，隨便一逗就生氣。他還特別傲，剛開始都不用正眼看人的。」

「優秀的男生。」

逢寧一拍腦門，嘿嘿一笑，「老媽，我終於知道古代的皇帝為什麼會喜歡那些漂亮妃子了。」

「為什麼？」齊蘭聽著女兒的胡言亂語，心情也放鬆很多。

「偶爾見到這種和自己完全不一樣的人，其實也挺有趣的。看著他漂漂亮亮、開開心心地活著，就覺得，唉，生活還是能過下去的嘛。」

「胡說八道什麼。」齊蘭瞪她。

逢寧噘嘴，「大概就是這個意思嘛。」

日子像流水一般過去，趙瀨臨發現，江問最近有點奇怪。

要說哪裡奇怪呢，他也說不太出來，就是感覺江問明顯沉默了許多。

還有……

「你最近怎麼一放假就消失？打電話給你也不接，傳訊息也不理。」趙瀨臨疑惑地問江問，「你是不是偷偷出去玩了？」

江問單手撐著下巴，默不作聲望著黑板，寫字的速度飛快，正在補筆記。

「我總覺得你有什麼祕密瞞著我。」沒被理會，趙瀨臨有點急了，忍不住推推他，「江問你怎麼回事啊？逢寧都不在了，又沒競爭對手，念書還這麼有熱情！你以前從來不抄筆記的！」

江問臉色難看，輕舒一口氣，看趙瀨臨一眼，「你能不能別這麼吵，讓我安靜一下。」

「果然，你——只要一提到逢寧，你就有反應。」

拿腳踢了踢江問的椅子，趙瀕臨問，「她家裡到底出什麼事了？」

「關你什麼事。」

趙瀕臨：「我關心她啊。」

「你跟她關係很好？」江問挑眉，擺出冷嘲熱諷的表情。

「……」

「輪得到你關心嗎？」

「……」

趙瀕臨被他刻薄到失聲，無話可說，抬起手，自掌嘴，「好吧，是在下冒犯了。」

較長的下課期間，幾個課程小老師穿梭在教室裡發試卷。江問清點完幾張試卷，也不管趙瀕臨的叫嚷，獨自出教室，走到同樓層的大辦公室。

他站在影印機前，鼻尖瀰漫著油墨的味道。機器發出嘀嘀的輕響，他出著神。

生物老師端著水杯路過，轉頭看了一眼，「江問，又來影印東西啊。」

江問點點頭。

第十六章　我開始想念你

又是一個週六，今天是個大晴天，碧空如洗。剛過七點半，逢寧靠著路燈桿，正在喝豆漿。她睏死了，連著打了兩個哈欠。

一輛計程車停下，從上面下來一個人。

等江問走近了，逢寧把另一杯豆漿遞過去，「吃早餐了沒？」

江問搖頭。

「生煎包吃不吃？」

江問拒絕，「不吃。」

「燒賣呢？」

江問還是搖頭。

「試一下，很好吃的！」

江問：「我早上沒胃口，吃不下這些乾的東西。」

「明白，嬌貴的少爺。」

他板著臉，「不要這麼喊我。」

「你為什麼不吃，故意來敲詐我的早餐？」

逢寧帶著江問往前走，時不時往嘴裡塞一個小包子。雨江巷附近有一家出名的老麵館，開了十幾年。路不遠，逢寧走在前面，帶著他進去坐下。

這時候客人不多，麵館的老闆娘親自過來招呼她，看到江問，眼睛一亮，「欸，寧寧，這是誰啊？」

「這是……」逢寧半開玩笑，「我的老師。」

「喲，老師這麼年輕。」老闆娘送他們一人一杯綠豆水，「吃肉絲麵還是財魚麵？」

「我不吃。」逢寧指了指對面的江問，「替他來碗肉絲麵吧。」

五分鐘以後，熱氣騰騰的麵條上桌，還撒了一把嫩綠的蔥花，品相讓人很有食欲。江問總算不嫌棄了，主動掰開了一雙筷子。

她咬著自己的生煎包。

「你從你家搭計程車過來要多少錢？」

江問把東西嚥下去才說話，「不知道。」

「嗯？」

「給了五百元，沒注意他找回了多少。」

逢寧瞪大了眼睛，差點沒把嘴裡的生煎包噴出來，「你是專門做慈善的嗎？」

「……」

之前幾家人商量了一下，週六雙瑤的媽媽去醫院陪床，週日趙為臣的媽媽去，逢寧就在家休息。

上次江問來找逢寧，回去之後，傳了一則訊息給她。

逢寧考慮了很久，又和齊蘭商量，沒拒絕他。

——放假他幫她補課。

齊蘭在醫院，家裡只有一隻大黃狗。本來麻將房的空間稍微大一點，不過很久沒人打掃，滿是灰塵。逢寧只能把江問帶到自己的房間。

打開門之前，逢寧說，「你會不會打麻將？」

「不會。」

逢寧拍拍胸脯，「改天教你。」

江問默默地跟著逢寧進去她的房間。

逢寧的房間……怎麼形容呢，比她本人少女很多很多。它的基調雖然不是粉色的，但是處處都透露著小溫馨。白色的捕夢網，陽臺上掛著風鈴，櫻桃小丸子和海綿寶寶的小海報貼得到處都是，桌上還隨意地丟著幾本漫畫。

這是江問第一次進女生的房間，空氣裡有點淡淡的洗衣粉的清香。他有點不自然，眼睛很克制地沒有亂看。

逢寧彎腰，搬了兩張折疊小桌子放到窗臺上併攏，又拿出軟墊。

江問把書包放到一旁，打量了一番，「我們就在這裡補課？」

「對的，你脫鞋上來吧。」

逢寧已經盤腿坐好。

江問：「……」

「我之前都是在這裡念書的。」逢寧把窗簾拉開，秋天的好風景一覽無遺，溫暖的陽光剛好能照進來一點，「喏，從這裡還能看見旁邊的院子，有個老頭喜歡在樹下乘涼，我無聊的時候就喜歡看他。有時候，我隔空突然喊喊他，把他嚇一跳；有時候老頭會氣得要過來找我媽告狀，哈哈哈。」

她說到開心的事情，雙手捧著臉，淘氣地笑著。

江問也學著逢寧，把腿盤起來。不過，他人高腿長，在這個小空間裡有點侷促。他微調了坐姿，把書包拉開，將書、筆記本、試卷一樣一樣地拿出來，放到小桌上。

逢寧翻了翻那些影印的試卷，「哇，這都是你自己印的？」

「不然呢。」

「可以、可以。」她感動極了，「我何德何能，居然讓啟德的校草出動來幫我一對一補課，我想我上輩子肯定是拯救了銀河系！」

江問聽了很受用，不動聲色地掩飾自己的得意，「妳幫我妹妹補過課。」

「嗯？幫你妹妹補課怎麼了，我們老闆給了錢嘛。」

逢寧抽了一枝筆出來，樂呵呵地把試卷正反面翻著看，嘴裡仍然不太正經，「幫妹妹補過的課，到頭來哥哥還。」

「那妳把欠我的補課費記著吧。」

他一說完，她立刻捂著耳朵，耍無賴，「我沒聽見、我沒聽見，我沒聽見的都不算數。」

等她放下手，江問冷哼一聲，繼續道，「我說，妳欠我的錢以後還。」

逢寧無力地「哦」了一聲，「那你的補課費怎麼算？」

「按小時計算。」看她無精打采的樣子，江問壓住嘴角的笑，想了想，補充說，「一個小時兩百元。」

「什麼？」

「你也太誇張了，怎麼不去搶啊！」逢寧深吸一口氣，當機立斷地指了指門口，「走吧。」

「我接受不起這個價格，你現在就走。」逢寧往後一靠，「我就是砸鍋賣鐵，也補不起你的課。」

「那多少妳能接受？」

逢寧比了一個剪刀手的手勢。

江問啼笑皆非，配合她，「二十元？」

逢寧搖搖頭，悲壯地說，「兩塊錢。」

憋了半天，江問一下子破功，白皙俊俏的臉上浮出笑意。他咳嗽了一聲，「算了，開始吧，兩塊錢就兩塊錢。」

「哇，你剛剛是笑了嗎？」逢寧滿臉發現新大陸的表情，「你居然也會笑。」

江問收住笑，有點尷尬，有點惱，「我笑怎麼了？」

「笑起來好看啊，本來就帥，笑起來更帥了。」逢寧真誠地說，「比平時臭著臉陽光多了。你要是在學校能多笑笑，七班那個跟你爭校草的人，還有他的事嗎？我們江同學至少贏他幾條街。」

「念書吧。」江問下命令。

高二的課程很簡單。除了物理和數學，其他的，逢寧自學也能差不多弄懂。平時在醫院，除了照顧齊蘭，剩下的時間她都在看書。

她落下的課程不算太多，勉強還跟得上。一張試卷做下來，滿分一百，她大概可以拿八十多分。

一個上午很快就過去，到了中午吃飯的時間，江問放下筆，「我們吃什麼？」

「逢家小廚。」

「在哪裡？」

她幽默地說，「在我家廚房。」

「……」

江問被她拉到了廚房。

逢寧不知道從哪裡找來了兩件深藍色的圍裙，丟給他一件，自己俐落地穿上另一件。這件圍裙前後背還印著味精的廣告。

江問無語了半晌，不情願地照做。他個子高，只能把袖子捲起來，勉強才把圍裙套上。

十指不沾陽春水的江大少爺人生中第一次下廚，居然是在逢寧家的小破院子裡。

逢寧教他挑菜、洗菜，切馬鈴薯。他倒是也沒擺什麼少爺架子，跟她一起忙碌。

江問有嚴重的強迫症，切東西的時候必須切得厚薄一致。他第一次下廚，結果越做越起勁。

逢寧盯著他認真的側臉，豎起大拇指，連連讚嘆，「不錯啊，看不出來，你挺有潛力的。」

炒菜的時候，逢寧又不知道從哪裡拿出兩條毛巾，分給他一條米白色的。

「做什麼？」

逢寧把毛巾包到頭上，擺弄了一下，「喏，這樣。」

江問拒絕，「我不要。」

逢寧催他，「快一點，把頭髮遮住，不然，你頭上會有味道的！」

他的臉上陰晴不定，「不要。」

「為什麼？」

很注意形象的江問給出了答案，「太醜了，我寧願洗頭。」

「那你下午又不回去，在我家洗啊？」

逢寧開了瓦斯爐，抓起鍋鏟，準備開始炒馬鈴薯，「這裡又沒別人，快點吧，你就別矯情了。」

把蔥蒜末倒進鍋裡，逢寧被嗆了兩下，回頭一看，差點笑出聲。

江問頭上的毛巾蓋得歪歪扭扭，袖子捲起，臉上還有兩道剛剛不小心沾到的醬油。他一張精緻的小臉被熱得紅通通的。這麼看過去，早上的潮男少爺完全蛻變成了一個鄉下家庭婦男。

——這大概是他從出生到現在最沒形象的一刻了。

她親自掌勺，「欸，你站遠一點，小心被油濺到，幫我遞一下調味料就行了。」

和逢寧在又小又亂的廚房忙碌，江問被迫沾了一身的煙火氣息。不過，他破天荒地沒犯王子病，心情意外地還不錯。

手機響了好幾遍，他從口袋裡拿出來看了看，直接掛掉。

他們前前後後忙了一個多小時，弄出兩菜一湯。把菜擺上桌，逢寧盛了兩碗白飯，遞給江問一雙筷子，「好了，可以開動了！」

江問把她夾菜的手一推，「等一下。」

「幹什麼？」

江問站起來，拿出手機，對著滿桌的菜拍了幾張照片。

他這個行為和平時的高冷形象實在是太違和了，逢寧咬著筷子，笑著說，「哦，原來是要拍一下自己的辛苦成果啊。」她耐心地坐在位子上等他拍，「這是你第一次下廚？」

「嗯。」

「感覺怎麼樣？」

江少爺矜持地點頭，「還可以。」

拍完照，江問坐下來，正好這時候電話又來了。他接起來。

趙瀕臨高聲嚷嚷：『打電話又不接，你到底在幹什麼呢！你怎麼這麼忙？去你家門口，都堵不到你！』

江問冷漠地說，「有事就說。」

『下午出來玩。一點半在建設街那裡集合。這次林如帶了好幾個別的學校的同學來，長得超級漂亮，你一定要來。』

「有事，不去。」

『不行，你聽我說，你必須來。那幾個同學聽到有你才來的。你不來，我們朋友都做不成了。』

江問打斷他，「你們自己玩吧，我沒空。」

趙瀕臨還要爭取，結果嘟嘟一聲傳來——江問直接把電話掛了。

哼。

趙瀨臨憤怒地看著手機。

郗高原問，「怎麼樣，他來不來？」

「他來什麼！」趙瀨臨撇了撇嘴，把在江問那裡受的氣全出在郗高原的身上，「每次都要我打電話，你自己怎麼不打。」

晚上七、八點，逢寧送江問出雨江巷口時月亮都出來了。

她突然說，「你早上來，晚上走，披星戴月的，讓我突然想到一首詩。」

「什麼？」

逢寧眼睛亮晶晶的，「種豆南山下，草盛豆苗稀。晨興理荒穢，帶月荷鋤歸。」

「……」

「我就是江淵明同學種在南山下的豆子。」

他站在路邊攔車。

「別攔計程車了，你這個散財童子。」逢寧從口袋掏出兩枚硬幣。

江問一頓，「做什麼？」

「送你回家。」逢寧有些雀躍，分了一枚硬幣給他，「坐公車！」

「妳送我？」

「是啊，怎麼了？」

「算了，不用了。」

「好吧，那你自己坐公車回去，記得到興西路下，到家打電話給我。」

「哦。」

江問不說話了。

公車來了，門打開，他剛準備上車，旁邊也跟著跳上來一個人。

江問看了逢寧一眼，「妳上來做什麼？」

「你不是不開心嗎？我陪你回家啊。」

他下意識地否認，「我沒有……」

公車司機催促他們，「往後走啊，別站在門口擋路。」

「你就別裝了，以為我看不出來。」逢寧把硬幣投進去，「走、走。」

這班四二五路公車是二十四小時全天都有班次，跨越南城幾乎三分之二的路線。他們上車後，選了一個中間靠後的雙人座位。逢寧坐在窗邊，江問坐在走道那邊。

路上，逢寧跟齊蘭講電話，開心地報告今天做了什麼、學了什麼。等電話掛斷，她嘆了口氣，有點怔怔地出神。

卸下嬉皮笑臉的面具之後，她顯得有點茫然和疲憊。

江問看了她一眼，出聲，「妳沒事吧？」

「沒事。」逢寧恢復了笑容，「我之前幫你妹妹補完課，要是趕時間，就坐地鐵，不趕時間，就坐這班公車。這條路上的風景超好看。」

兩人不再說話。車廂微微搖晃，小電視上放著亂七八糟的廣告，窗外景物變換，街邊影影綽綽的霓虹燈光從身上滑過。逢寧眼皮子打架，到最後還是敵不過睏意，閉上了眼睛。

在陰暗的光線裡，江問懶洋洋地偏頭看過去。逢寧已經睡著了，她的睫毛隨著淺淺的呼吸顫動，臉上忽明忽暗。

他微微抬起手，隔著一點距離，停住，用指尖描摹著她的輪廓。

車子微微顛簸，半夢半醒之間，逢寧的睫毛顫了顫，江問把手收回來。

燈光有些暗了，夜班公車停住，有人上車，也有人悄無聲息地下車。

夜色無聲地掩蓋住這個城市的疲倦，他從口袋裡拿出耳機，自己戴上一邊，把另一邊輕輕塞到逢寧的耳朵裡。

她沒醒。

江問手指滑動，打開手機的歌單。

逢寧被人輕輕推醒。她揉著眼睛，從肩膀上掉下一件衣服。

她有點茫然地抓起來看了看，抬頭。

司機對著後面喊，「喂，後面那兩個，終點站都到了，還不下車？」

下了車才發現室外的溫度冷得厲害，逢寧把外套還給江問，「你怎麼不喊醒我？」

他只穿了一件短袖，冷得有些打顫。

逢寧站在旁邊，等著他穿衣服，用手機查路線，「終點站到你家，坐車要半個小時，到我家，坐車要一個半小時。現在才八點，那我到家差不多十點。」

坐上回程的車，江問隨意一瞥，發現逢寧在設定鬧鐘。他問，「妳做什麼？」

逢寧嘀咕，「設定鬧鐘，怕你又故意坐過站，害我浪費錢。」

「……」

他差點跳起來，「什麼叫『又』？誰故意坐過站了？」

逢寧理所當然道，「你啊，不然我們現在怎麼會在終點站？」

「妳自己睡得太沉了，還怪我？」江問極力克制，小臉一青，「而且，我也沒坐過公車，我又不知道。」

「好吧，好吧。」逢寧也不跟他爭了。

江少爺的那點浪漫小心機被不解風情的逢某人破壞得一乾二淨。他扭頭，盯著右邊的車窗，半天沒理她。

逢寧早就習慣江問這驕縱的小性子，不說兩句好話，他是不會好的。她低聲下氣地哄，「是小的錯了，少爺別生氣。小的我開玩笑的，您就大人不計小人過吧。」

夜裡有風，車窗降了一點，風透過縫隙吹進來。

「喂。」逢寧用肩膀撞了撞他。

就這一下，江問差點被她撞得倒下，他忙拉住扶手，凶她，「妳發什麼神經！」

「你發這麼大火做什麼？」

逢寧兩隻手交叉搭在前面的椅背上，慵懶地把頭枕在上面，笑咪咪地看著他，「謝謝你啊。」

廣播裡傳來聲音：各位乘客，歡迎乘坐四二五路公車。請坐好扶穩，下一站是興西路，下車的乘客請做好準備。

「哦……不用謝。」

「還有，歌很好聽哦。」

他噎了兩秒，表情變得略微有點尷尬，「妳沒睡著？」

「把耳機拿出來。」逢寧看了看錶，「還有五分鐘到站，我也跟你分享一首我最喜歡的歌。」

她把他的手機打開，搜尋歌曲。

當前奏的鋼琴聲響起來的時候，逢寧問，「知道這首歌是什麼嗎？」

江問搖頭。

我找不到很好的原因，

去阻擋這一切的親密。

「這首歌是《惡作劇之吻》的主題曲。」

讓歌在背景播放，逢寧把手機螢幕關上，放到一旁，開心地跟他描述，「我每次重看《惡作劇之吻》，都是在夏天。所以，我只要一聽到這首歌，腦子裡就會不自覺地聯想到夏天。外頭的天氣炎熱，我抱著一個大西瓜，吹著冷氣，把窗簾一拉，光線不是特別亮，窩在床上看劇。是不是很美好？」

我懷疑這奇遇只是個惡作劇，
我想我已慢慢喜歡你，
我任性投入你給的惡作劇。

江問恍然大悟，「江直樹、袁湘琴？」
逢寧驚奇地笑，「是啊，你看過？」
她側身靠在窗沿，江問的視線移回前方，「我沒看過，我姐姐會看。」
「裡面有句很少女心的臺詞，我記到現在。」逢寧捧著胸口，「我是如此愛你，因而心甘情願。」
江問嘲笑著她，「什麼亂七八糟的。」
「現在想一想，你和江直樹還有點像，都姓江，都是從小到大一帆風順的高冷學霸。別人向你們表白的時候，你們都是直接繞過去。」
說著，逢寧調皮地伸出手，「江同學，你好，認識一下，我是高二九班的逢寧。」
他沒有表情，「無聊。」
逢寧呿了一聲。
在她收回之前，江問毫無預兆地握住她的手。
後排的人看著前面兩個高中生的小互動，在心裡感嘆：青春真美好啊。

——真美好。

江問的手指蜷縮了一下，指腹碰到她手腕上的皮膚。兩個人心跳如擂鼓。跟逢寧對上視線，他說，「我叫江問。」

公車到站了，逢寧揮手跟他說再見。車門自動關閉，四二五路公車盡職盡責地繼續開往下一站，留下一串尾氣。

天空已經完全變成了墨藍色，江問將手插在口袋裡，站在暖黃的路燈旁邊。車很快消失在遠方的夜色裡。

耳機裡的歌又重新開始循環。

我想我會開始想念你，
可是我剛剛才遇見了你。
和你分開的那一秒，我會開始想念你。

第十七章　媽媽

時間就像翻書，翻過春雨，翻過夏雷，翻過楓葉，翻過雪落。又是一年過去，齊蘭中途回家住了幾次，可是總沒有多大的起色，十月份又住回了醫院。

逢寧平時一週會抽兩天去做兼職，等江問放假了，就和他在家一起念書。剩下的時間，她都在病床前陪著老媽。

星期六是江問的生日，趙瀕臨和郗高原幾個早上八點打電話給他。

江問被他們吵醒，有點起床氣，頭髮亂糟糟的，在床尾坐了一段時間。他打開聊天軟體，凌晨一點逢寧傳了一句「生日快樂」給他。

他要她今天中午出來吃飯，結果她到現在也沒回訊息。

江問煩躁地丟開手機，拉開衣櫃，開始選今天要穿的衣服。剛把睡衣脫了，手機震動，他立刻拿起來看。

趙瀕臨：『快點啊，大家都在等你。』

有點失望，加點煩，他回了一個『哦』過去。

今天來幫江問過生日的有一大批人——這個帶著那個，有好幾個，他根本不認識。趙瀕臨求了他哥，借來一輛限量款超跑開。他們不敢太囂張，準備去郊區水庫邊辦戶外燒烤。

接近十點，郗高原去店裡拿昨天訂購的蛋糕。

江問坐在副駕駛座上，碰到口袋裡的手機，習慣性地掏出來，看一下，又放回去。

趙瀕臨斜眼看，「等誰的電話呢？」

「什麼？」

「問你等誰的電話呢？」

他心不在焉地回答，「沒有誰。」

趙瀕臨一臉看穿地壞笑，「你說，就這一下子，你都看了幾次手機了？」

「我無聊不行嗎？」江問剛說完，手機又響了一聲。他低頭一看，是網路新聞。他靠著椅背沒動，全身的氣壓又低了一些。

「裴淑柔前兩天還問我呢，說怎麼最近總是見不到你的人。」趙瀕臨擺弄了一下後視鏡，「我沒跟她說你和逢寧在一起。」

「時間真的好快啊，轉眼我們都上高三了。」趙瀕臨忽然有點感慨，「今天你生日，逢寧來不來啊？算起來，我也好久沒見到她了。」

江問沒出聲，有點煩悶地抬眼看向外面。

靜了一陣子，趙瀕臨還想說什麼，一轉頭，看見他接起一個電話，推開門下車去。

『喂，江問！你在哪裡啊？』電話那頭是她有點雀躍的聲音。

江問正生著氣，站在人來人往的路口，就發起少爺脾氣，「今天我生日，知道嗎？」

『你沒看手機？』逢寧的聲音聽上去有點喘，『我不是說了「生日快樂」嗎？』

江問心裡的怒火消了點，小聲地說，「妳才沒看手機，我的訊息都沒回。」他踢了一下腳下的石頭，「妳在哪裡，我去找妳。」

『你那邊有朋友嗎？』

江問猶豫了一下，對上趙瀕臨八卦的眼神，說，「沒有，只有我一個人。」

『哦，好啊，你來吧，正好我把禮物親自交給你，熱呼呼的，嘿嘿。』

他聽出點不對勁，「妳在跑步？」

『不跟你說了，我傳個地址，你快點過來啊。』

郗高原哼著歌，提著蛋糕拉開車門，坐上車。他咦了一聲，「江問呢，他去哪裡了？」

「我怎麼知道，他突然說有點事，讓我們先去。」趙瀕臨對著鏡子，摸了摸自己臉上長出的小鬍渣，「我猜是去找逢寧了吧。」

江問沒想到逢寧說的地方是馬拉松跑道的終點。

這時接近十一點，已經陸陸續續有人到達。旁邊有幾個人暈倒在現場，被救護車拉走。

一個接一個的人越過終點。他有點焦急，在混亂的人群中搜尋逢寧，打她電話，又打不通。正準備重撥第四遍，他的肩膀被人重重地一拍。

江問轉過頭去，她戴著遮陽帽，重重地喘著氣。

「妳這是？」江問用手上下指她。

「看不出來嗎？」逢寧揚了揚下巴，驕傲地說，「逢女俠剛剛跑完一場馬拉松！」

江問佯怒，譏諷道，「我以為逢女俠要奪個冠軍給我當禮物呢。」

她邊笑邊喘，「大哥，人家都是職業跑馬拉松的，我只是一個高中生欸！你想太多了吧。」

江問被她的快樂感染了，伸出手，「妳說要親自送我的生日禮物呢？」

「給你了啊。」

「什麼？」

逢寧賤賤地一笑，灌了一大口水，抹了一把嘴，「馬拉松精神！人生永不言棄，堅持就是勝利。今天我親自跑給你看了，怎麼樣，感動嗎？」

江問：「不怎麼感動。」

逢寧把喝空的礦泉水瓶丟到垃圾桶，手繞到背後，撕下號碼牌，「喏，給你的。」

江問接過來，愣住。

方方正正的一塊布料，上面印著四個數字：1114。

——他的生日。

逢寧在工作人員那裡簽了字，拿回自己的包包。從包包裡找出一塊薄毯披在身上，用毛巾擦了擦汗，她輕飄飄地看了他一眼，「怎麼樣，這個禮物夠有誠意吧。我花了三個多小時跑完的。」

看著近在咫尺的人，江問呼吸一沉，「謝謝。」

「大恩不言謝嘛，好了，走吧。」

逢寧的話戛然而止，垂下眼。

拉她的人明顯底氣不足，力度很輕，好像只要她輕輕一掙，他就會鬆手。

即使看不見，逢寧都能想像到江問現在的模樣——明明緊張得不行，臉上還是冰霜一樣的神情。

逢寧在心底暗笑，手指動了一下，江問手臂一僵。她反握住江問的手，緊緊地，他的腳步也隨之停住。

「怎麼了？」她的聲音帶著點調侃的笑意。

「妳……」

逢寧做出嘴唇、鼻子皺到一塊的表情，「我什麼啊。」

江問發怔了一下，把手指握緊了一點，「我們……」

「噓……」

他們慢慢地走在擁擠的人潮裡。

「現在去哪裡？」江問看著前方，不敢看逢寧。

「回我家。」

「哦，隨便妳。」

公車來了，逢寧把手抽回來。

江問手心一空，有點無措，又有點惱，「幹什麼？」

「什麼幹什麼？」逢寧從口袋裡把硬幣掏出來，「我要拿錢啊。」

投完幣，逢寧主動拉著江問往後走。

公車發動，他們沉默著，肩膀時不時地碰到一起。

「江問，你是不是很緊張啊，你的手心都汗濕了欸。」她笑吟吟地側頭。

他嘴硬，「這是妳流的汗。」

逢寧把江問帶進了廚房。

不過，他已經是這裡的熟客，穿上圍裙，已經沒有絲毫的抗拒。

「妳要做什麼？」

「替你做蛋糕啊！」逢寧從冰箱裡拿出麵粉、雞蛋、牛奶，「讓你見識一下什麼叫『手動打蛋器』。」

她做事的樣子很認真，完全沉浸在自己的世界裡。江問目不轉睛地在旁邊看著，一顆心就像在水裡泡軟了。

途中，郗高原打來電話：『紅牌，你人呢？大家都等著你呢。』

江問站在院子裡打電話，無動於衷，「我今天去不了了，你們玩吧，玩完算到我帳上。」

大黃狗認識他，開心地圍著他打轉。

那邊，郗高原有點不高興了，提高了聲音：『什麼鬼，你今天過生日，你不來，把我們一堆人晾在這裡？你做什麼去了？』嚷嚷了一陣子，忽然安靜下來，他懷疑地問，『你不會是和逢寧在一起吧？』

趙瀕臨比他摸得清狀況，搶過手機，直接說，「你和逢寧在哪裡？我去接你們。」

「走開。」江問想都不想就直接拒絕，「你們去玩吧，別煩我。」

『……』

逢寧彎腰，正聚精會神地用奶油擠圖案，看了他一眼，「怎麼，有事？」

「沒事。」江問語氣散漫，把手機調成靜音模式了。

他走近幾步，發現她已經把蛋糕的圖案畫得差不多。他的表情瞬間變了。

一隻熟悉的Q版醉酒小孔雀，尾巴開屏，尖尖的頭頂著一個皇冠，靠著一個大酒瓶。

逢寧將奶油袋放到一邊，「好了，大功告成！」

江問盯著她親手做出來的蛋糕，有點走神。

逢寧去水龍頭底下洗手，「怎麼了？」

「妳還記得。」

她瞧他一眼，笑著，「記得啊，我剛認識你的時候，寫給你的道歉紙條嘛。」

逢寧蹲下身，把細蠟燭找出來，插在蛋糕上，用打火機點燃。

江問說，「自從認識妳，我的生活被妳搞得一團亂。」

大黃狗從門縫裡進來，懶洋洋地趴下。逢寧起身，跟江問面對面地站著。

她背著手，微微仰起頭，「好了，小王子，不要抱怨了，把你尊貴的眼睛閉一下。」

江問心底一顫，乖乖地閉上眼。

似乎因為緊張，他連呼吸都有點不正常。

結果，半天沒動靜，他睜眼，逢寧眼睛裡滿是揶揄。她好笑道，「幹什麼？」

江問喉頭動了動。他沉默了幾秒，壓低嗓音，「妳要我閉眼做什麼？」

「那個啊。」逢寧用下巴示意蛋糕，「許願，吹蠟燭。」

逢寧站在旁邊，看著他吹滅蠟燭，好奇道，「你剛剛許什麼願望了，這麼虔誠？」

江問還是一臉虔誠的小模樣，「說出來，就不靈驗了。」

她慫恿，「告訴我沒關係的。」

「我想要……」他含糊著，蚊子似的聲音。

逢寧沒聽清楚，「要什麼？大點聲。」

江問一雙眼珠子轉來轉去，視線定在了別處。

逢寧的嘴角翹起來一點。

一瞬間，心臟跳得有點承受不住，他不太自然地說，「那個，要妳對我再好一點。」

進入夏天的第一個月，那天下午天氣很好，醫生跟逢寧說，「妳媽媽情況不佳，這兩天家裡可以做一下準備了。」

逢寧沒出聲，站在原地，難以負荷這個消息。

醫生走後，她的眼淚毫無預兆地、大顆大顆地往下掉。好半天，她靠著牆，慢慢地蹲了下來。她不敢哭出聲音，只能將所有抽噎都憋在喉嚨裡。收不住了，她就使勁地咬著手背。

到最後喘不上氣，逢寧張開嘴，努力地大口呼吸。

人來人往的醫院，每天都有不同的悲劇發生，沒有人為了一個哭泣的小女生停住腳步。不知道過去了多久，逢寧胡亂地擦乾眼淚，撐著膝蓋站起來，去旁邊的廁所，打開水龍頭，低下頭，任由水流將臉上的淚跡淹沒。

在病房前，手放在門把手上，逢寧的動作停住。用力地深吸一口氣，再緩緩吐出來，她像沒事人一樣，推開病房門進去。

齊蘭躺在病床上，已經沒有什麼生機了。她說不出任何話，只是看著逢寧，眼神渾濁，眼底盛滿了留戀的情緒。

「媽，妳還聽得見我說話，對不對？」逢寧彎腰下去，把齊蘭的手捧起來，放在胸口。

齊蘭很輕很輕地對她眨了眨眼。

「媽媽，我以後都會乖乖聽話的。妳不要擔心我，妳知道的，妳女兒最堅強了、最勇敢了。我會好好的，一個人也好好的。妳現在還難受嗎？」

逢寧想笑，可是眼淚一點也不配合她。

齊蘭微微搖頭，費力地抬起手，擦拭著女兒眼角的淚水。

「不難受就好。」逢寧吸了吸鼻子，壓住哽咽，還是笑了出來，「不難受，我就放心了。不論什麼時候，妳都會一直陪在我身邊的，對不對？妳要是累了，就好好睡一覺。睡一覺起來，妳還做我最愛吃的菜給我，好不好？」

聽著她喃喃咕咕，齊蘭又摸了摸她的頭髮。

齊蘭揚起一抹淺笑，幾秒之後，閉上了眼。

齊蘭在初夏走了。

逢寧一個人躲起來哭完之後，出現在別人面前的時候，已經恢復了平靜。她沒什麼大的情緒波動，只是不怎麼說話。醫院開出死亡證明，她打電話給殯儀館。

齊蘭和她相依為命，沒有別的親戚。葬禮上來的人很少，只有雨江巷的幾個鄰居。守了兩天靈，火化下葬之後，她抱著齊蘭的黑白照片，回到家裡。

逢寧把家裡澈澈底底地打掃了一遍，累得再也沒有力氣了，去洗了澡，然後推開齊蘭以前睡覺的房間，爬到床上。

就像小時候那樣，齊蘭出去上夜班，逢寧就把媽媽的衣服套在枕頭上，聞著氣味，抱著枕頭入睡，就好像媽媽一直都陪在自己身邊一樣。

睡一覺吧，睡一覺醒來，也許會發現原來是一場惡夢。

她風風火火地在外頭野完，回到家，院子裡還是吵吵鬧鬧，到處都充斥著麻將的磕碰聲，大黃狗繞著樹竄來竄去。齊蘭打著麻將，不耐煩地招呼她，要她去廚房幫忙做飯的阿姨。

逢寧閉著眼睛，這些場景變成記憶的碎片，像走馬看花一樣地出現在腦海裡。

她反覆地告訴自己，媽媽已經走了，不過，沒事。她努力一點，好好過日子，沒有關係的。

逢寧以為自己接受了，可是第二天醒來，身邊空無一人。

無論她怎麼叫媽媽，都不會有人回應。

逢寧終於意識到，這一生，漫長的一生，每一分鐘，每一秒，她都不可能再見到媽媽了。

媽媽已經走了。

第十八章　不適合

逢寧開始害怕晚上一個人待在家裡。

夜色降臨，她坐到天橋邊上，看著底下穿梭的車流。

手機震動，是江問打來的電話。她看了一眼，很快就接了，「喂，江問。」

『嗯。』

「這麼晚了做什麼？」

『妳這幾天為什麼都不接我電話？』

江問不想讓自己像個怨婦一樣，但控訴的時候，還是忍不住透出一點委屈：『傳訊息給妳，也好久才回一則。』

「不是還有點忙嗎？」逢寧看著天上的星星，安撫他，「你在學校裡專心學習，總想著我做什麼？」

江問：『這個星期六，我去找妳。』

逢寧笑呵呵地說，「算了，別來了。」

他瞬間不開心：『為什麼？』

她語氣輕鬆，「少爺，你看看日曆，都四月份了。還剩多少天了？還有兩個月就是大學入學考，你就好好在學校念書吧。別惦記我了，免得到時候考不上大學要賴著我。」

江問似乎在電話那頭笑了笑：『賴著妳怎麼了？』

「賴著我，我就不認帳囉。」逢寧止住話頭，「好了，不說了，你趕緊睡覺去吧。」

他終於發現不對勁，突然問：『妳的聲音怎麼啞了？』

逢寧仰起脖子，「沒事，剛剛喝東西嗆到了。」

『妳在外面？』

「在家裡啊。」逢寧狀似不耐煩地打斷他，「江問，你今天怎麼囉哩囉嗦的，別嘮叨了。」

這時候，從天橋底下開來的大貨車按了聲長長的喇叭。江問靜了靜：『妳騙我。』

她的笑意淡下來了，「嗯，我騙你。」

『出什麼事了？』

逢寧沒出聲，那邊也沒聲音了。過了一段時間，江問開口：『妳在哪裡？我現在去找妳。』

遠遠地，江問就見到坐在石凳上的人——頭垂得很低，身影單薄成一條線。

江問走過去，拎著逢寧的手臂。

她轉頭，直勾勾地看著他，笑著說，「你怎麼出來的，沒門禁？」

「翻牆。」

「厲害啊，現在還會翻牆了。」

江問把她拉起來，「妳教我的。」

逢寧腳步有點虛浮，搖搖晃晃，勉強站穩，「嘖，那我要好好反省一下，怎麼當初不教你一點好的。」

江問目光深沉，「妳……沒事吧？」

這段時間哭得太多，她的嗓子已經完全嘶啞了，說幾個字都很吃力，「唉，沒事，就是心情有點不好，明天應該就好了。」

發了一下呆，逢寧自言自語，握緊拳頭，捶了捶胸口，像是納悶，「欸，怎麼這裡這麼疼呢，一陣一陣的，好難受啊。」

眼淚是不自覺掉下來的，意識到的時候，逢寧立刻轉過身去，用手背擋住眼睛。

江問微微抿唇，把她扯進懷裡，用力抱緊她。

「心臟好疼哦。」逢寧將額頭抵在江問的頸窩，手抓住他腰間的衣服。

他的肩上傳來濕漉漉的涼意。

她的眼淚滲透他的衣服。

江問從來沒見過逢寧這樣近乎狼狽的脆弱神情，有點無措，心裡像被堵住似的難受，抱著她的手臂越發用力，「到底發生什麼事了？是不是……」

他沒能問下去。

逢寧的聲音低低的，帶點顫抖，「江問，我媽媽走了。」

江問呼吸一滯，一時竟不知道該怎麼反應。

像是啟動了某個機關，她一哭就再也停不下來。

無助的孤獨將她整個包圍起來。明明以為自己做好了足夠的心理準備，可是為什麼，為什麼還是那麼疼？

四下無人的深夜，他們面對面擁抱在一起，她在他懷裡悄無聲息地大哭了一場。

逢寧說，「我以後再也見不到老媽了。」

「沒事的，妳有我，我陪妳。」江問莫名鼻頭微酸，把手放在她的後腦勺上，下巴擱在她的肩膀上，帶點哄人的意味，「妳到哪裡，我都陪著妳。」

他也還是個小孩，根本不會安慰人，只能笨拙地摸到她的臉上，擦掉她不停湧出的淚水。

——擦得自己滿手都濕漉漉的。

那晚，江問陪逢寧走在南城的街頭，累了就隨便找位子坐下，一直從午夜走到清晨。

她把他送到學校的門口。

「我們去吃早餐？」江問低頭詢問她，「吃完了，我送妳回家，妳睡一覺。」

「我都把你送到這裡了，你還送來送去做什麼，無聊不無聊啊。」

「那我去跟老師請兩天假，特地來陪妳吧。」

「不用了。」逢寧打了個哈欠，揮了揮手，「哎呀，好了，你別婆婆媽媽的，好煩。」

突然被嫌棄的江問，「……」

這裡有很多家早餐店，第一節課上課之前，很多啟德的學生都會來這裡吃早餐。附近人來人往的，他們隨便挑了一家店。

店裡人有點多，江問牽著她找位子先坐下。

旁邊的窗口前排著長隊，有低年級的，也有高年級的，不少人都認識江問。一條長長的隊伍裡，一半以上的人都朝著這邊投來打量的視線。幾個女生湊在一起，低聲議論著。

逢寧根本就不知道別人在看她。她已經很久沒睡好覺了，整個人就像被掏空了一般。一鬆懈下來，她就睏得無以復加。

她散亂著頭髮，遮了大半的臉，困頓地把下巴墊在桌上，眼睛又疲又澀，乾脆閉上。

逢寧還穿著江問的外套，袖子有點長了，她的手都縮在裡面。

他們坐在同一邊，江問拉過她一隻手，細膩地替她挽起袖子，弄好之後，又去拉另一隻手。

逢寧任他擺弄，嘴裡奚落道，「不得不說，你還挺像個男保姆的。」

江問揪了一下她的耳朵。

逢寧忍不住痛哼一聲，拍開他的手。

江問不依不饒地又抓住。

「妳想吃什麼？」

「隨便吧。」

「那妳在這裡等一下。」

她頭昏腦脹，沒骨頭似的趴在桌上。她的眼睛還是懶散地閉著，不願意睜開，嗯嗯兩聲。

很快，一碗粥和一碗麵上桌。

逢寧嘴唇忽然一熱，被一個東西輕輕抵住，他命令，「張嘴。」

逢寧抬起眼皮，斜眼看江問。她心裡笑他，喝粥都要餵，把她當小寶寶啊。

不過，她還是張嘴了，任由他照顧。

大庭廣眾之下，江問完全不介意別人的目光。他牽著她，只空出另一隻手，極富耐心地、一勺一勺地餵她喝粥。

「——江問！」

突如其來的一聲吼叫響起。唰一下，全部人的目光集中到門口的趙瀕臨身上。他身後還跟著郗高原、裴淑柔，以及體育班的一干人等。

「真的是你。」趙瀕臨驚恐地指著江問，又指了指逢寧。

過了幾秒，趙瀕臨一個箭步衝上前去，被小臺階絆了個趔趄，扶住桌子，激動得嘴一歪，「你們、你們……這是什麼情況啊？」

店裡明顯又安靜了幾分。

「你沒長眼睛？自己不會看？」

周圍的人默默地豎起耳朵，等著聽八卦。

江問眉頭微蹙，有些不耐煩。

於是，趙瀕臨又轉頭去看逢寧。

沒等他開口，逢寧從善如流，「坐下來再說，別人都在看你。」

江問很自然地繼續餵她吃粥，她拿過勺子，「我自己吃。」

郗高原也終於反應過來，一屁股在他們的對面坐下。

其他人仍然站在門口張望，趙瀨臨朝那邊使了個眼色。幾個人嬉鬧怪叫著，互推著去隔壁坐下。

「我嗓子最近有點不舒服。」逢寧精神不太集中，沒察覺什麼異樣，指了指自己的喉嚨，「不好意思啊。」

逢寧笑了笑。

「好奇怪。」郗高原湊近一點，打量她，「怎麼感覺逢寧現在變得溫柔了很多。」

他們不知道逢寧家裡的事情，說起話來口無遮攔。

江問用手指了指旁邊，「你們——」

「嗯？」

「過去。」

「急什麼，我們跟寧姐講講話不行嗎？」

逢寧胃口不好，又累到不行，喝起粥來也是有一口沒一口的。她看著時間，把外套脫下來給江問，「你回寢室換件衣服，去上課吧。」

「我請幾天假陪妳。」

逢寧推了推他，「我有事會打電話給你的，你好好上學。」

江問看了她一眼，「妳的手機被調成靜音了，妳接不到我的電話。」

「好。」逢寧拿出手機，當著他的面把靜音模式關掉，「這樣可以了嗎？」

江問勉強滿意。

逢寧從小就不會浪費任何糧食，就算這時候胃口不好，她也堅持把粥喝乾淨。

剛剛出門，她便被人從後面叫住，「——逢寧。」

她轉頭。

裴淑柔從容地笑著，「能不能跟妳談談？」

她們去了旁邊一家咖啡館。裴淑柔是這裡的熟客，她翻著菜單，抬頭詢問，「妳想喝點什麼？」

「妳點自己的就行了，幫我來杯溫開水吧。」

裴淑柔：「看妳精神不好，幫妳點一杯咖啡？」

逢寧點點頭，「也可以。」

「妳不用上課？」

「我考完藝考了，時間暫時比較自由。」

逢寧「哦」了一聲，喝了一小口咖啡，香味濃郁，苦味強烈，還有點好喝。她放下瓷杯，「妳找我要說什麼？」

裴淑柔：「跟妳聊聊天。」

「聊什麼？」逢寧懶得說多餘的話，也不想跟她繞圈子，「妳要找我聊江問？」

裴淑柔不急不徐地問，「妳是今年復學嗎？」

逢寧想了想，「嗯，應該是吧。」

「……所以，妳和江問，你們兩個……」

逢寧不作聲。

裴淑柔陷入了回憶，「我第一次見到妳，是讀高一時，妳和江問在教室裡搶東西。」

她說的這些，逢寧其實都沒什麼印象了，老實道，「是嗎？我不太記得了。」

「江問從一開始對妳就很特別，作為他的朋友，我是替他開心的。」

裴淑柔動作優雅，用小調羹輕輕地攪拌咖啡，對上逢寧的眼睛，「我知道我說得可能不是時候，但是，從各方面來說，妳和江問，你們兩個，可能不太適合。」

逢寧不以為意地點點頭，「妳說得對。」

「……」

逢寧表情寡淡，「就這樣，沒了？」

裴淑柔細眉蹙起。

咖啡不怎麼燙了，逢寧端起來，一口氣，咕嚕喝完。她拿起紙巾擦了擦嘴，「妳還有事嗎？沒事，我要回家睡覺了。」

被她的態度稍稍激怒，裴淑柔的表情有點變了，「妳家裡的情況，我稍微知道一點，妳從小是單親，妳媽媽前幾天又去世了，對吧？」

「誰跟妳說的？」逢寧停住，這才抬頭看她，啼笑皆非，疑惑道，「妳總不會是找人查了我吧？」

裴淑柔沒有否認。

逢寧輕輕搖頭，純粹是覺得有點好笑，「妳也太看得起我了。」

裴淑柔嗤笑一下。這種笑聲的意思很好分辨，反正是不帶善意的。她說話，習慣性帶著一點高人一等的優越感，「我不是輕視妳，但是，江問本來就跟妳不是同一路人。江問一出生就在陽光下，他的前路都被家裡人鋪平了。逢寧，妳別把他拖進妳的黑暗裡，也別做他的絆腳石了。」

逢寧心底厭煩這種橋段，譏誚道，「首先，我是個人，我不是什麼石頭。其次，江問是需要進行光合作用嗎？這麼需要陽光，沒陽光不能活？」

「妳拖累一個人的時候，都這麼心安理得嗎？」裴淑柔被她諷刺一番，也不惱，「看來妳還不知道江問打算留級的事情？」

約有幾十秒的沉默，逢寧「哦」了一聲，「我確實不知道。」

「妳現在知道了。」

逢寧點點頭，思考了幾秒，依舊泰山崩於前而色不變，「是的，我知道了。然後呢，妳希望我做什麼？希望我不要阻礙他大好的前程，是這樣嗎？」

「是啊。」

「妳和江問是什麼關係？妳喜歡他？」

「我是他朋友。」裴淑柔頓了頓，強調，「從小一起長大的好朋友。」

「ＯＫ，妳是他的朋友，那請問，妳和我又是什麼關係？」

裴淑柔呆愣了一下。

「我認識妳嗎？」

逢寧清清楚楚地看著她，「既然妳只是他的朋友，那妳有什麼資格來管我的事？妳不想他留級，妳要拯救他，妳希望他迷途知返，那妳就直接去找他，妳來找我做什麼？」

「……」

裴淑柔被她堵得沒話講。

「不過，既然妳來找我了，那我就送妳兩句話。」

逢寧站起身，湊近她，豎起一根手指，「第一，不關妳的事。」

緊接著，她豎起第二根手指，「第二，管好妳自己。」

說完，逢寧俐落地拿起自己的東西，起身，去櫃檯結帳。

她拿過帳單，瞟了一眼，留下自己那一杯咖啡的錢，走人。

第十九章　惶惶

逢寧打算在九月份復學，直接讀高三。她白天和晚上都找了兼職做。一是因為齊蘭生病欠了點錢，她想早點還清。二是她不想讓自己停下來，只要忙忙碌碌的，就沒心思東想西想。反正，傷痛總會隨著時間的流逝慢慢變淡，自己也會慢慢習慣。

週六晚上，簡糖的人很多。將手機擱在旁邊，響了好幾次，逢寧都沒接到。後來，她趁著忙碌的空隙，去安靜點的位置，回了個電話給江問。

他的聲音聽著有點氣悶：『我去妳家，沒見到妳的人。』

啟德高三只放星期天一天的假期，大多數學生一個月才回一次家，所以，週六晚上學校不設門禁。

逢寧說，「我在上班。」

『妳不在家休息？』

「休息夠了呀，我不出來上班，天天躺在家等死嗎？」

江問沉默了一下，說：『妳可以等我。』

逢寧被他逗笑了，「跟誰學的，還會說笑了。」

『是在之前那個酒吧嗎？什麼時候下班？我去找妳。』

「不用找了，你趕緊回學校去吧。」

有人高聲喊逢寧，她把電話拿得離得遠了一點，「什麼事？」

「櫃檯有幾個人等著結帳。」

「好，知道了。」逢寧急匆匆地跟江問道別，「那就這樣，我現在正忙呢，有事明天說。」

忙到兩點，酒吧裡的客人就少很多了。彤彤閒下來，跑到逢寧的身邊，神祕兮兮地說，「有個人在外面坐了好久，不知道在等誰。」

「坐就坐吧，有什麼稀奇的。」逢寧正在擦杯子，「這個城市又多了一個傷心人罷了。」

彤彤急著比劃，「不是，好像還是個高中生呢，超帥的。我和小西都溜過去偷看了好多次。我們問他要做什麼，他說等人。」

逢寧眼一抬，擦杯子的動作頓住。她把東西擱到一旁，「我出去看看。」

這一條長街都是酒吧，晚上人聲熱鬧，外面招牌上掛的彩燈都是暖色調的。這時間已經很晚了，也不顯得多冷清。

逢寧一步一步走過去，站到他的面前，「嘿，帥哥。」

江問穿著白色的連帽上衣，盯著眼前的木桌子，也不移開眼來看她。

逢寧伸手，用一隻手指把他的下巴挑起來，「脾氣夠大啊，不理人？」

江問的下巴被迫抬起，回視她。

他們對視了幾秒。

逢寧臉上帶點笑，輕飄飄地說，「你怎麼一聲不吭地坐在這裡？想等我下班？」

江問還是不說話。

逢寧勾著他的下巴，又顛動了兩下，「啞巴了？」

江問微微低頭，氣哼哼的，一口咬住她的手指。

逢寧指尖一片濕潤，她要把手往回抽，他不鬆口。

「我的手髒死了。」

他的睫毛略略下垂。

逢寧只好用另一隻手去掐他的下巴，「好了，你是狗嗎，還咬人，別咬了。」

拖拉了一陣，江問鬆口，仍舊生氣，「妳什麼事情都不告訴我。」

「怎麼，大老遠跑來要跟我吵架啊？」逢寧擼了一把他的頭髮，「你等一下，我去跟老闆說一聲，再過來陪你。」

逢寧一邊走，一邊把圍裙脫下。

簡糖門口早就聚集了幾個看戲的，彤彤羨慕地說，「寧仔，原來那個帥哥等的就是妳啊？」

逢寧看著她們激動的樣子，有點好笑。她隨手把圍裙放到一邊，「是我朋友，我去跟他說點事，要是忙的話，妳再過來找我。」

「去、去、去，這時候還能有什麼事，和帥哥約會最重要。」

「好。」

逢寧剛準備走，被彤彤一把拉住，「欸、欸、欸，對了，對了，那妳和這個帥哥是什麼關係啊？」

「朋友。」

逢寧端了一杯氣泡水出來，一屁股在他的旁邊坐下。

江問，「我不喝。」

「我親自調的，無酒精的，少爺，您賞臉嚐嚐。」

她難得獻一次殷勤，江問勉為其難地端起來喝了一口。

「味道怎麼樣？」

「還可以。」江問放下杯子。

逢寧心想，這毛總算捋順了。誰知她慶幸不過兩秒，他就開始算帳，「如果不是我打電話給妳，妳打算瞞我到什麼時候？」

逢寧訕訕地笑，「我哪裡瞞著你，你一跟我打電話，我不就說了？」

「那妳為什麼不能主動跟我說？」

她承認錯誤，「好，是我覺悟不夠高。」

她這樣，江問有氣也發不出來了。他悶了半晌才說，「妳要是缺錢，我可以幫妳申請助學金。」

逢寧表情匱乏，沒多大反應，「怎麼，你還打算要你家裡人幫我找關係？」

江問看出她的戲謔，「我是認真的。」

逢寧托腮看著他，「正好，我們談談吧。」

「談什麼？」

「前幾天你有個朋友找我，她說你打算當留級生？」

江問臉色微變，並沒有立即回答她的話，想了想，「誰跟妳說的？」

逢寧直起身，驚訝道，「你居然還真有這打算？」

江問不作聲。

逢寧伸出手，捧著他的腦袋前後搖晃。

他往後躲，「妳做什麼？」

逢寧咬牙切齒，「我晃晃你的腦子，看看裡面有沒有水。」

江問不想跟她開玩笑，「妳想一個人留在南城？」

「一個人有什麼不可以？」逢寧嚴肅了表情，「你不要為了我做這種事情。你有你應該做的事情。不要意氣用事，什麼事都等到考完了大學入學考再說。」

他若無其事，「就算我重讀，又怎麼樣？今年能考上的大學，明年一樣能考上。」

「那你做這件事的意義是什麼？」

他脫口而出，「陪妳。」

「我說了，我不需要。」她嘆了口氣，淡淡地看著江問，「我不想你這樣。我非常認真地跟你說，我不需要人陪。你不要意氣用事，而且以後有類似的事情，你必須跟我提前商量。要是還有下一次，我就真的生氣了。」

江問的呼吸漸漸濃重，彷彿在壓抑著什麼東西，「所以，妳就是覺得，我沒長大，我不成熟，我沒目標，是嗎？」

逢寧克制住自己的脾氣，安撫他，「我沒有這樣覺得，我只是想跟你好好談談這件事。我不想吵架，你冷靜一下。」

「妳就不擔心我去上大學把妳忘了？」他的聲音隱隱帶著點惱。

逢寧做出惆悵的樣子，「我會盡量克服的。」

「我知道妳不會擔心。」江問用自嘲的語氣，「但是，我會擔心。」

逢寧：「……」

「我沒有安全感。」

「……」

逢寧輕呼出一口氣，有氣無力，「那你要我怎麼做？」

江問不回答。

逢寧似乎是思考了一段時間。忽然，她動了一下。

江問見她欺身過來，下意識地偏了一下頭。

逢寧雙手撐在他的身側，微微仰起臉，瞇起眼打量著他。

他佯裝平靜，眼神逡巡。

幽藍的燈光映在他的臉上——眼是眼，鼻是鼻，唇形淡薄，無一處不秀氣、不讓人銷魂。

光是看著這張臉，滔天的怒火都能消了。

幾秒後，他拿手掐著她的下巴，聲音喑啞，「妳做什麼，耍流氓？」

逢寧眼睛微微彎著，故意說，「怎麼，看看你就是耍流氓了？」

江問盯著逢寧看。

她突然笑場。

江問有點惱火，幽深如潭的黑眼珠蒙了一層水光，「妳笑什麼？」

「好好上學，知道嗎？不要讓我操心。」

逢寧主動湊近了，攀在江問的肩頭，手臂在他的頸後繞著，「聽到了嗎？」

他抓住她一隻手。

隔得老遠，簡糖裡，小西和彤彤趴在收銀臺上咬耳朵，「那個真的是寧寧的朋友啊？」

彤彤思索了一下，「那總不能是弟弟吧。」

到下班的時間了，逢寧讓江問在原地等一下子。剛一進去簡糖，她被人團團圍住。兩個小女生一路跟著她去更衣室。

看著逢寧換衣服，小西扒著門框追問，「寧仔，哪裡來的小弟弟？」

逢寧關上櫃門，拿上鑰匙，「下雨天路上撿來的。」

嘀嘀兩聲，粉白色的電動車解鎖。逢寧朝著江問喊，「過來，會騎車嗎？」

江問搖搖頭。

「那我載你。」

看他猶豫不決，逢寧偏頭催促，「速速上車。」

等身後的人坐穩，她的雙腳放到踏板上，咻地一下飆出去，「Let's go!」

夏日的夜風吹在身上感覺很涼爽，逢寧說，「你怎麼連騎電動車都不會，自行車會嗎？」

「不會。」

「小腦沒發育好啊？」

逢寧淺淺地笑了一下，漫不經心地交代，「等一下自己坐車回學校。我得回家洗洗睡覺，明天還有早班要上。你呢，現在念書時間這麼吃緊，就別動不動過來找我了，在學校別東想西想的，懂？」

等紅綠燈的時候，逢寧不經意地回頭。她從小就很會看別人臉色，這會隨意地瞥一眼，就看出某人的低落。她說，「怎麼，不開心了？」

延遲了一段時間，江問聲音低不可聞，「妳一點也不想見到我。」

哪像他，一有空，滿腦子都是她，沒空的時候，滿腦子也是她。

逢寧在心中暗暗嘆氣，「我這不是特殊時期嗎？你忙，我也忙。」

江問面無波瀾，「我覺得妳是因為……才……」

沒等他說完，逢寧替他說下去，「因為你在我……」她潛意識裡，依然抗拒提起齊蘭，停了幾秒鐘，才繼續說，「出事的時候陪我，然後我心軟了？」

雖然他是這麼想的，但還是被她說得有點鬱悶。

「我在感情這方面也挺膚淺的，我純粹是抵抗不了你的臉。」逢寧的聲音隨風一起飄過來，不怎麼正經，「而且，這都二十一世紀了，你真的以為還有人為了報恩而以身相許啊，又不是演電視劇。」

江問突然想到趙瀕臨之前向他建議過不可靠的一招，「大不了你豁出去，我就不信了，這個世界上還有女人能抵抗住你的色相——不存在的，兄弟。」

中國有一句古話叫作，色衰而愛弛。他患得患失地問，「那我總有變醜的一天，到時候怎麼辦？」

「你還想那麼遠啊！」

逢寧下意識地說完，半天沒聽到他說話，猜想是又被氣著了。這人真是小氣包和小醋包的結合體。

眼前就是雨江巷，逢寧把車停到一邊，「下來吧，尊貴的江大人。」

等江問下車，她蹲下來，把電動車鎖住。

月光似霧，他們站在路邊，逢寧拉下江問的脖子，踮腳，額頭碰了碰他的，「好了，你乖乖的，別讓我操心。」

看著他上車，逢寧轉身走進院子裡。四周漆黑，她的表情也一點一點地淡下來。

把門反鎖，她洗完澡上床。

床頭留了一盞檯燈，光線朦朧，逢寧縮在被子裡，看著窗戶上搖晃的捕夢網。

即使疲憊不堪，夜裡她還是無法入睡。

逢寧躺在床上，嗅著老媽衣服的味道，兩隻手交握著放在胸口，蜷縮起來。

她熬著時間，睜眼等到天亮。

第二十章　不愛

夏天的知了不停地叫，日子流水一樣地滑過。趙慧雲託關係，介紹了幾份工作給逢寧。她從白天忙到晚上，連軸轉，筋疲力盡了，也沒讓自己停下來。

有一次下班，逢寧剛好撞上回家拿東西的雙瑤。

她愣了一下，停住腳步打量著逢寧，「寧寧，妳怎麼了？感覺憔悴不少。」

逢寧不置可否。

「最近還好？有什麼事跟我說。」

逢寧想了想，對她笑笑，「差不多，過得去。」

有什麼事是過不去的。

在齊蘭離世的半年裡，她開始頻繁地失眠，晚上睡著了夢到媽媽，再從夢中驚醒，一摸臉，全是淚水。

生活是一場無法言喻的悲劇。刻骨的傷痛會慢慢消失，蟄伏在傷口處，等夜深人靜的時候，重新襲來。她可能太高估自己了。

逢寧並不是超人，她不是無所不能的。

只是，當新的一天來臨，重新面對生活的林林總總，誰都沒資格頹廢。白天，面對客人，逢寧鼓起全身精力，正常地和他們說笑，沒有絲毫怠慢。

她好像被割裂成兩個人——人前的她，人後的她。漸漸地，她所有的熱情和開心都會在沒人的時候突然中斷。

她的身子是空的，生活就像是在拍電影，導演一喊卡，所有表情、語言、動作就在一瞬間退去。某一天，逢寧突然意識到有點不對勁。她有點不安，她厭惡自己陰鬱脆弱的另一面，很努力地去調節情緒，但是能思考的、能感知的，都控制不住地越來越少。

四月、五月、六月，就像是離了弦的箭，嗖地一下，穿過高三學子最後一點求學生涯。

逢寧忙得不可開交，但是每天都會和江問打十幾分鐘的電話。偶爾下午抽空，她去學校看看他。等他下課的時候，她就去榮譽榜附近晃晃。

江問成績很好，穩穩地占據了第一名的位置。

她沒有多的時間，只能陪他在操場上走一走。可能是因為工作太累，她的話開始慢慢變少。

他們兩個在一起，江問變成話多的一方。她大多數時候都在傾聽，然後像以前那樣，時不時逗弄他兩句。

轟轟烈烈的大學入學考，在一個平平淡淡的晴天結束。暑假隨之到來，電視臺又開始重播《還珠格格》。

吃餞別飯的時候，逢寧也去了。趙瀕臨和郗高原都在，飯桌上，她喝了不少酒。

趙瀕臨酒量還行，卻喝不過逢寧。他大著舌頭，對江問說，「兄弟，我祝你們前程似錦。」

少年人總以為時間慢，眼前的一刻就能拉伸到永遠。逢寧端了杯酒，「大學入學考終於結束了，祝你們脫離苦海。」說罷，她一仰頭灌完。

「少喝點。」江問制住她的手。

一頓飯吃得極熱鬧，飯畢，好幾個男生東倒西歪。江問沒沾酒，負責把醉漢送到家。一個個接著離開。江問送完人，回到飯桌前。逢寧正趴著，她的臉發白，眼睛緊閉，嘴唇抿得很緊。他摸了摸她的耳朵，「逢寧？」

逢寧好像沒聽到。

於是江問微微彎腰又喊了一遍，她還是沒作聲。他以為她喝多了，睡著了。燈光明亮，他在她旁邊蹲下，仰起臉看她的樣子。

眼睫毛一閃，逢寧眉頭皺得更緊了。她微微睜眼，看到江問。似乎有點迷惑，愣了兩秒，她總算開口了，「哦……你來了，走吧。」

江問專注地看著她，用手指抹掉她眼角淡淡的水跡，「妳剛剛睡著了？」

「沒睡著，有點累，瞇了一下。」她揉揉發紅的眼眶，站起來。

吃飯的地方就在雨江巷附近，他們散著步回去。路口車水馬龍，江問欲言又止，「妳最近是不是很辛苦？」

逢寧眼皮子動了動，和往常一樣跟他開玩笑，「我什麼時候不辛苦？」

江問不知道該怎麼說，「我覺得妳不太開心。」

「開心啊？我不知道要怎麼開心，每天要應付的人太多了，我有點累。」

逢寧臉上的表情和平時的沒什麼兩樣，大咧咧得像在開玩笑。

說完，她像什麼都沒發生一樣，繼續往前走。

可在這一瞬間，江問有種錯覺——

逢寧說的都是真的。

來江陂的商場做了一場大型熱賣活動，最近人流量暴增。專櫃小姐個個打扮得體，以最標準的笑容接待客人。天已黑透，FU品牌店做了新裝潢。

專櫃經理主動迎過去，把幾個太太手裡拎的東西接了過去，引她們去中央區的沙發坐下。

店裡開了冷氣，施智美逛累了，捶了捶腿，說，「還過幾天就要公布錄取分數了吧？小問考得怎麼樣？」

殷雁看了江問一眼，「應該還可以，小柔是去中央美術學院？」

裴淑柔笑笑，回答，「是的，說不定還能跟江問在同一個城市。對了，阿姨，妳等一下看看這家店的新款，我同學推薦給我的，說還不錯。」

一個店員端著托盤，往毛絨地毯上輕輕一跪，把水杯依次放到他們面前。

這家店是日本的某個奢侈品牌，這種跪式服務很平常。殷雁和身邊的人談笑，忽略了旁邊下跪的人。

江問本來在跟裴淑柔說話，店員遞了一杯水過來。他接過來，習慣性地說了句「謝謝」。喝了一口，他抬起眼的瞬間看清她的臉。

江問嗆到，猛咳。因為太震驚，他立刻從沙發上站了起來。

殷雁轉頭，困惑道，「你做什麼？大驚小怪的。」

工作需要，逢寧臉上化了很成熟的妝。上一次見面還是兩年前，所以，殷雁對她已經沒有一點印象了。

伺候在旁邊的經理也發現了異樣，喝斥道，「小寧，妳怎麼做事的。」

江問沒想到會在這種場合見面，他把她拉起來。

逢寧臉上不露任何破綻，就像對待一個完完全全的陌生人，禮貌又帶點歉意，「不好意思，沒燙到你吧？」她一面說，一面站起來。

看了半天，殷雁看出不對勁，皺了一下眉，「怎麼，小問，你認識她？」

大家都盯著江問，好像在等他的回答。

「她是我……」

剛說了幾個字，逢寧搶過他的話，「阿姨，您好，我是他以前的同學。」

「……」

江問想說什麼，動了動嘴唇，又忍住。

殷雁有點驚訝了，「同學？那怎麼在這裡？」

裴淑柔把手裡的杯子一放，也跟著站起來，話語之間帶了點熱絡，「逢寧，好久沒看見妳了，妳退學之後就來這裡打工了嗎？」

「退學？」施智美挑眉。

逢寧應了一聲，還是帶著笑站在那裡，「我家裡出了點事，休學了一年。」

「這是菊花茶，清熱解毒的，你們試試，有需要再叫我。」逢寧不再說什麼，把托盤抱在胸口，對著一群人微微彎了彎腰。

看著她走，江問腦中空白片刻，抬腿想追上去。裴淑柔覺察到，一把拉住他的手臂。

江玉韻若有所思，翻過一頁雜誌，咳嗽了一聲，「小問，坐下來，別失禮。」

商場大概九點半關門，逢寧忙完手頭上的事，等店裡停止營業，才去更衣室裡拿起手機看。

江問一個小時之前傳了訊息：『我在廣場入口的噴泉那裡等妳。』

她迅速換好衣服，拿好東西去噴泉池旁。

噴泉池的燈光和音樂還沒關。逢寧走上前去，用腳尖踢了踢他的鞋。

江問側臉看她。他在這裡坐了很久，細皮嫩肉的，脖子都被蚊子咬出幾個大包。

逢寧立在他的跟前，「在這裡幹什麼？」

她聽見他低聲說，「吹風。」

逢寧掏出包裡的花露水，抹在手指頭上，替他擦在腫了的地方，「賭氣？」

「以後的事情，以後再說，你為什麼要想這麼多？」逢寧說，「未來的變數太多，我只活在當下。」

江問忽然湧出一股失落、無力的感覺。

大學入學考分數出來了，啟德校門口拉起了紅色的橫幅，江問的名字印在上面——南城市狀元。

在所有人的預料之內，他的分數能去全國最好的大學。

九月份來臨，逢寧送江問離開。在機場航廈的星巴克，她給了他一個擁抱。

上大學之後，江問傳給她的簡訊依舊很頻繁，打電話也是。

逢寧復學了，她需要經濟來源，所以沒辭掉晚上的工作。白天上學，晚上打工，她手機看得少，回訊息回得不積極。

有一次星期六下午，逢寧半夢半醒，接到江問的視訊電話。

『妳怎麼這個時間在睡覺？』

逢寧頭髮亂糟糟地從床上爬起來，困惑和發愣之間，注意到窗簾後面的陽光，才意識到這不是晚上，「哦，有點睏了。」

逢寧的臉色很差，精神狀態很萎靡。江問沒注意到，自顧自地說：『妳兩天沒回我訊息了。』

「是嗎？」

『為什麼？』

逢寧稍微動了動，揉了揉額角，「我最近有點忙啊。」

江問有點難受：『妳每次都這麼說，我們一個星期都說不上兩句話，妳到底在忙什麼？』

逢寧安靜得出神。

『我不喜歡遠距。』

上大學不到兩個月，他已經提了不只一次。

江問的肆無忌憚，讓逢寧有點受不了，「那你要怎麼樣，回來陪我重讀一年？」

『如果我們兩個繼續保持這種狀態的話——』

挪到窗臺上，逢寧盯著自己的手腕看了好一陣子，「江問，你真的別有這種想法。這樣很愚蠢。我不需要誰的陪伴，我不想為你以後的人生負責。」

『一個大學而已，妳以為這能決定我的人生？』

「不能決定你的，但是能決定我的。」

說不了兩句話就吵架，這是他們最近的常態。上一次談話因為逢寧明年選哪裡的大學吵，這次是為了江問要不要重讀吵。

對話就此擱淺，兩人不歡而散。

嘈雜過後，是無邊的寂靜。

逢寧習慣性地沉默、發呆，胸口悶悶的，有種喘不過氣的錯覺。她拉開床頭櫃的抽屜，找出藥盒，倒了幾粒出來，直接吞了。

江問第二天就坐飛機回來，這已經是這個月第三次。

逢寧去跟老師請了個假。

陪江問吃了頓飯，她靜靜地看著他，好像思考著該用什麼措辭，「你應該去做你該做的事情，不要總是浪費時間回來找我。」

他看著她，「我知道我該做什麼。」

「你不要把精力都放在我的身上，可以嗎？」逢寧嘆口氣，「我現在念書有點吃力，我目前還不能保證百分之百考上你現在的學校，但是我會盡量。我們別總吵架。」

江問感受到她的不耐煩，「我只想要妳回個訊息，有這麼難嗎？」

「抱歉。」逢寧有點困難地解釋，「我不怎麼看手機。」

江問從來沒有這麼喜歡一個人，就像好好的路，走著走著，卻沒了方向。他根本沒辦法承受逢寧突然的冷淡，呼吸有點亂，「為什麼妳給我的感覺，就像我對妳可有可無一樣，我們兩個之間一點都不平等。妳完全不關心我是嗎？」

「我真的沒工夫想這些。」逢寧控制住蔓延上來的情緒，「你對我好，我很感謝你，所以我不忍心傷害你。但是，這不代表你能道德綁架我。」

「什麼……道德綁架？」

「你現在對我說的話，就是道德綁架。」

「道德綁架」四個字，簡直就像一桶汽油迎面潑過來，燒得江問心裡那股火越來越旺，偏偏其中還夾雜著不可名狀的委屈。

「我只是想見妳，想跟妳打電話，想跟妳讀同一個大學，這在妳眼裡是道德綁架？」

壓抑的氣氛安靜地流淌在兩人之間。

逢寧有種脫力的窒息感，她直視著江問的眼睛，「就目前來說，我覺得這是一種負擔。我很累，真的。」

江問沒料到她會這樣說。幾乎是一瞬間，怒氣上湧，他眼裡有顯而易見的痛苦，「妳討厭我？」

「不，我喜歡你。」

他知道現在不是繼續談下去的好時機，但仍是失控了，「妳說的是哪種喜歡？朋友？戀人？」

逢寧輕描淡寫，「抱歉。」

「什麼意思？」

「我喜歡星星，喜歡月亮，喜歡太陽，我喜歡很多東西，但是，它們都不會讓我掉眼淚，包括你，江問。」她開口，「你別對我有這麼高的要求了，行嗎？」

他有千言萬語，全部被她一句「不愛」堵回去了。好像有什麼東西被突然掀開，他終於意識到，從開始到現在，這一切都是他一個人的獨角戲。

她冷眼旁觀，而他唱得太投入了。

「我們兩個的狀態，讓彼此很累了。我覺得我沒辦法回報你同等分量的情感，你心理失衡，我也越來越累。」逢寧說，「要不然就分開一段時間別聯絡，我們兩個人都冷靜一下吧。」

江問僵在那裡，一時不知道怎麼反應。他沉默了很久。

「對不起，是我性格不太好。」江問聲音艱澀，「我沒意識到我這樣讓妳很累，之前是我太任性了，我以後會改的。」

「別這樣，江問。」

逢寧還想往下說，被他打斷，「我不想不聯絡，就算妳……」他艱難地說，「就算妳不愛我，也沒什麼關係。」

逢寧不知道是什麼感覺。她看著他，良久不說話。

終於，她說，「好，可以。」

第二十一章　終點站

江問開始減少跟她打電話、傳簡訊的頻率。他再見到她，是兩個月以後。

元旦前兩天，江問坐飛機回了南城。

他坐在雨江巷口馬路的公車站的長椅上，整整一下午都耗在了這裡，等著逢寧放學回家。

天一點一點地暗下來，橘色的夕陽朦朧成一大團。逢寧低著頭，沒看前方的路，慢吞吞地走過。

他剛剛出聲喊了一個字，雙瑤突然從巷子裡奔出來，一下子熊抱住逢寧。

隔著一條馬路，有車在他們之間穿梭而過。

逢寧任由雙瑤抱著，頭枕在她的肩膀，笑得很開心。

那是江問……很久沒有看到過的、發自內心的、愉悅又放鬆的笑。

她好像很久沒這麼開心了。

他拉著行李箱，定在原地。

晚上七、八點，逢寧寫完一個科目的作業。突然想起明天就是這一年的最後一天，她拿出手機，傳了一則訊息給江問：『在做什麼？』

他們上一次聊天是前天，江問傳了一句「晚安」給她，她回了一個「月亮」過去。兩人的疏離越來越明顯。

反正，這就是常態吧，多少熱情都會被距離和時間漸漸消磨。

江問：『妳忙完了？』

逢寧盯著這幾個字看了很久，他的小心翼翼讓她突然有點內疚。她把筆放下，思考著回了一句：『沒什麼事了，要打個視訊電話嗎？』

那邊回覆得很快：『那妳下來吧，我在妳家門口。』

逢寧有點反應不過來。她隨便披了件外套，在化妝鏡前坐下，捲起袖子，往手臂上倒了點粉底液上去，抹平了，再用遮瑕膏把剩下的痕跡掩蓋好，抓起鑰匙下去。

在夜色裡，江問坐在長椅上。天冷，他穿著深藍色的外套，臉凍得通紅。

他好像一直都偏愛這種顏色。

逢寧腳步緩了緩，走上前去，遞給他一個熱水袋，「怎麼回來都不跟我說？」

外面的溫度很低。逢寧冷得打了個顫，在他的旁邊坐下，「回來玩幾天？」

「後天走。」

她翹起嘴角，「什麼時候到的？」

「剛剛下飛機。」

沉默了一陣子，逢寧這才注意到，「你沒帶行李回來？」

「放在酒店了。」

「沒跟你家裡人講？」

江問搖搖頭。

兩個人都沒話講了。逢寧瞧了他一下，問，「你冷嗎？」

「不冷。」

「吃了沒？」

「在機場吃了。」江問藉著昏黃的燈光看她，「妳呢，最近在學校怎麼樣？」

逢寧縮了縮脖子，把圍巾又繞了一圈，抵擋住冷風，「還可以，新的班導師不錯，也還挺喜歡我的。」

明明只過了幾個月，他們之間交流的話題好像越來越少。一切跟以前不太一樣了。逢寧垂著頭，看著自己的腳尖發呆。

她現在的注意力很容易分散。耳邊響了兩聲，她才意識到江問在講話。她迅速調整好表情，轉過頭，「嗯？」

江問忽然停下來不出聲了。

一時安靜。過了一段時間，江問低聲問，「時間不早了，妳回家吧，明天下午出來玩？」

「可以啊，你回到酒店傳個訊息給我。」

逢寧站起來，走了兩步，回頭。江問還坐在原地，沒動，就這麼看著她。

她轉身，對他揮揮手，揚起笑容，「明天下午見。」

江問點點頭，「明天見。」

第二天是跨年，街上很熱鬧。逢寧配合著喜慶的氣氛，穿了一身紅，帶著江問去了以前最愛去的拉麵館。

等上菜的時候，她用他的手機點了兩杯飲料。

張國榮在電視裡，對女主角笑著說，「如果覺得太累，及時道別並沒有錯。」

他們聊了一陣子有關江問大學就讀的科系的話題。逢寧也聽不太懂，等他說完了，又起了下一個話題，「那大學好玩嗎？你和室友相處得怎麼樣，壓力大嗎？」

「還可以，大一的課不是很多，沒什麼壓力。」江問想了想，「我的室友有兩個是學生會的，比我忙，學校……」

逢寧盯著一根筷子走神。

江問頓了頓，繼續把剩下的話說完，「學校上個月有運動會，我參加了一千五百公尺，還拿了名次。」

「哦？是嗎。」逢寧坐直身子，心不在焉地點頭，「那挺好的，我最近都沒時間跑步了。」

她在他面前強打起精神，卻那麼明顯，一點一點地喪失活力，好像完全變了一個人。

江問不知道問題出在哪裡，也不知該怎麼做。

上次吵架，逢寧對他說，「你的退讓，你的付出，讓我只想逃避。我不知道該怎麼同等地去回應你。」

氣氛有些沉悶，她坐在他對面吃飯，一口一口地往嘴裡塞東西。他們吃的速度並不快，但是總有吃完的時候。

走過天橋，逢寧站在底下仰頭望了望。很多回憶湧現，她回頭看了一眼江問，「等一下想去做什麼？」

逢寧知道他說的是四二五路公車，「要不要先去看場電影？」

「可以。」

江問：「坐公車？」

電影十點散場。

他們很有默契，隨著人流出去，走得很慢。他們在附近隨便找了個公車站，投幣上車。

他們坐在夜班車上，往外看，街上很熱鬧。

逢寧的笑容消失，她清晰地感覺到某種情緒突然斷開。

她不想說話，頭抵著車窗，感覺滿身的疲憊湧上來。

江問側頭看著她。

逢寧沒有任何情緒波動，整個人充滿讓人無法看透的沉默。他說，「妳是不是跟我在一起不太開心？」

「啊？」逢寧不知道出了什麼差錯。

回憶著剛剛發生的事情，她微微困惑地看著他，語氣還帶著點罪惡感，「我沒有不開心，最近念書壓力比較大，所以不怎麼想說話。」

江問平淡地陳述，「和妳在一起的時候，是我最快樂的時候。」

逢寧的腦子終於清醒了點，有預感他接下來要說什麼。

頓了幾秒……

「我不知道怎麼挽回妳了。」江問的神色忽然淡了下來，「逢寧，我們分手吧。」

很久很久，逢寧都沒回答，好像專心地看著窗外的風景。她轉頭，說了一句，「新年快樂。」

原來已經過了十二點。

江問「嗯」了一聲。

她把雙手插進口袋，站起來，「終點站到了，下車吧。」

這是他們故事開始的地方。

回去的車上，逢寧問，「要不要再聽首歌？」

江問搖搖頭。然後兩人都沒再說什麼。到市中心，他們一起下了車。到處都是人聲，絢麗的煙火接二連三地在頭頂爆開。

逢寧很平靜地問，「你想好了嗎？」

江問沒動，眼裡滿是疲憊、疼痛。

她若有所思地點點頭，「是我的錯。」

「那我走了。」逢寧指給江問看，「我走過這條馬路，就不會回頭了，你也走吧。」

逢寧認真地看著他，然後笑了笑，說，「和你在一起，我很開心。」

她走了。

站在燈火輝煌的街頭，江問突然有點茫然。

如果可以，時間永遠停在那個初見的盛夏，多好。

十六歲的江問，穿著乾淨的襯衫，眉眼冷冽、清秀，是學校裡的女生都嚮往又不敢靠近的男生。

明晃晃的烈日把斑駁的樹影映在地上，逢寧無憂無慮地走過他的身邊。

她對著他笑，眼裡生滿了光。

他從此陣亡在她的光芒之下。

第二天下午，逢寧接到一個外賣電話。

從教室出來，她才發現下了小雨。雨絲細細的，只有幾個人撐傘。

學校門口，穿著黃色衣服的外送員遞了一杯飲料過來。是昨天她在江問的手機上點的那杯。

逢寧像是被點了穴似的，半晌沒有動彈。等別人催促，她才回神，道了聲謝，接過飲料。

她提著往前走，沒回教室，去了曾經和江問散過步的操場。

手機震了一下。

『逢寧，我回學校了。』

她垂著頭，看著這則簡訊，一瞬間，明明如釋重負，心臟卻遲鈍地傳來一陣痛，一點點地擴散開，好像有一塊石頭壓著，讓她喘不過氣。

雨漸漸下大了，淋濕了上衣。逢寧坐在操場的看臺上，雙手撐頭，望著前方發呆。

一個人把飲料喝完，她回了一則訊息給江問：『好，拜拜。』

手機又震了一下：『嗯。』

到這裡應該就結束了。

刪了他的對話欄，逢寧把手機收起來，一步一步地走下臺階。

《神隱少女》裡有一句臺詞，說，「當陪你很久的人要下車時，即使捨不得，也要心存感激，揮手道別。」

我們的終點到了。

如果你終究要走。

請離開我的時候，再溫柔一點。

第二十二章　這樣就好

孟桃雨回來學校看望過逢寧幾次。

孟桃雨上了大學還是和上高中的時候沒兩樣，素面朝天，一張純淨的小臉。

週六晚上，她們選了一家火鍋店。

鍋裡的濃湯被煮沸，逢寧看著她的小臉被辣得通紅。

逢寧用公筷幫她涮菜，下丸子，煮肉。

「寧寧，妳怎麼不吃？」

逢寧說，「我吃飽了，妳吃吧，不用管我。」

孟桃雨「啊」了一聲，「我都沒看妳吃幾口，妳現在胃口這麼小啦。」

逢寧臉色蒼白，氣色不是很好，身形消減了很多。她把外套脫了，穿著青色的毛衣，不知道是不是領口太大，鎖骨凹成一條線，整個人都顯得有些單薄。

孟桃雨憑著直覺，問了一句，「寧寧，妳是不是身體不太舒服？」

「嗯？」她撒了個謊，「有點，這兩天生理期來了。」

「哦、哦，這樣，我以為妳心情不好。」

話說完，立刻覺得不對，孟桃雨隱約知道逢寧家裡的事，她怕又觸到逢寧的傷心事，忙轉移話題，「妳別給自己太大壓力，妳這麼厲害，肯定能考個好大學的。」

逢寧放下筷子，風輕雲淡地道，「妳這個小朋友，我什麼時候也要妳安慰了。」

大學比高中放假早。沒過幾天，雙瑤和趙為臣也結伴來了。他們到的時候正是下課時間，雙瑤隨意拉個要進教室的女生問。那人居然回想了好久，才道，「逢寧……我們班有這個人嗎？」

雙瑤詫異，「你們不是十三班？」

她恍然，「哦、哦，妳說那個復學生是吧。」

「是的。」

等女生進了教室，趙為臣還有點納悶，「現在小寧姐轉性了，這麼低調？一個學期都快結束了，班上還有不認識她的。」

逢寧請了一節課的假，陪他們在校園裡轉了轉。臨走的時候，趙為臣抱了一下她。

雙瑤捏捏她的手，「妳還有我們。」

趙為臣：「小寧姐，不論過多久，妳永遠是我的偶像。」

逢寧笑了笑。

誰都看不見她笑容下的枷鎖。

三年十三班的人對逢寧的印象就是——冷淡，寡言少語，獨來獨往，不愛跟別人講話。誰都沒把這個內向的冰山美人和當初在開學典禮上無比耀眼的女孩連結到一起。

這個班的班導師應該提前找鐵娘子了解過逢寧的情況，知道她休學前的成績都保持在年級前列，知道她勤奮又聰明，所以，對她各方面都很關照。不過，她是跳過高二直接讀高三，最開始在學習的進度上跟得很吃力，成績一直在百名外。

重壓之下的高三，女孩子也會擠出下課的時間來談論各式各樣的八卦。

偶爾，逢寧能聽到江問的名字被她們提起。

他的照片就掛在光榮榜旁邊的玻璃櫥窗裡。那是他十七歲的模樣，穿著藍白相間的校服，黑色短髮，清冽的五官，靜靜地和每個路過駐足的人對視。

從早上睜眼開始，逢寧就像被強行上了發條的機器一樣，開始麻木地運作。直至夜晚來臨，旋轉的螺絲扭到最後一圈，她躺在床上，腦子變得很靜、空白。閉上眼，她感覺自己一直在下沉，下沉，直到慢慢消失在這個世界。

高三那年的寒假，是逢寧印象裡最冷、過得最緩慢的冬天。她整個人好像也隨著這個季節漸漸沉寂、冰封。

大年初一，春節的氣氛很濃。替齊蘭掃完墓，逢寧不想回家，坐車去了南城最熱鬧的廣場。有兩個六七歲的孩子在搶玩具，逢寧繞著廣場走了兩圈，到旁邊坐下來。聽流浪歌手彈著吉他，唱完幾首情歌，她丟了枚硬幣到他的碗裡。

逢寧站在公車站，看著指示牌上面每條分叉的路線，每個地點。她不知道去哪裡，沒有目的地。

下一輛停靠的公車是四二五路，這個城市車子最多的一班。

逢寧上車，拿著一根糖葫蘆，空出一隻手摸口袋裡的錢。公車上的人不算多，零零落落的座位空著。

往後走了幾步，不知道為什麼，逢寧的步伐突然慢了一些。

靠窗坐著的人，同時掉轉視線，眼睛一眨不眨地往這邊看過來。

許多年後，逢寧對江問的印象一直停在這裡。

好像也就幾十秒，可她記住了這一幕，包括所有的細節。

車裡開著暖氣，玻璃窗上起了霧。他獨自一人，坐在倒數第二排。融化的雪把腳下的地面都打濕了，外面的商鋪放著新年的歌。

江問的頭髮長了一點，髮梢細碎，蓋住眉毛，還是穿著深藍色的外套。

——很寒冷的顏色。

目光交會，她先是一愣，腳步定住。她張了張口，喉嚨像是被一團棉花堵住了。

任何聲音……都發不出來。

江問眼睫垂下。

逢寧終究什麼都沒說，低下頭，緩緩轉身，找了個位子坐下。

他們一前一後，在同一輛車上，隔著幾排座位，沉默著。

公車到了一個岔路口，綠燈亮了，拐個彎，到了下一站。很快，上來了許多人，大人牽著小孩，人群搖晃，把空座位都填滿。

走道上也站了人。

又過了兩站，逢寧起身，從擁擠的人之間穿過去，下車。

她的腳踩上人孔蓋，發出輕輕一聲響。

天上是灰撲撲的雲，不知從哪裡颳起一陣風，垂在腰間的幾縷髮絲被揚起。

沒隔多久，身後又傳來響聲。逢寧一直順著偌大的街道往前走，沒有回頭。

新年翻過，四月份的某天，逢寧接到趙瀕臨的電話。他問：『逢寧，妳……妳最近還好嗎？』

她手中的筆停下，說，「我挺好的。」

『哦，那就好，那就好。』

「江問呢，他怎麼樣？」

『江問……』趙瀕臨猶豫了一番，『他也挺好的，剛拿到幾所常春藤學校的入學通知，已經辦了退學，準備出國了。』

聽到這個消息，逢寧有點糊塗，愣怔了一下，但很快又恢復過來，「是嗎？這麼倉促。」

趙瀕臨有點訝異：『他沒跟妳說？』

「他手機號碼換了，我們很久沒聯絡了。」逢寧坦率地說。

趙瀕臨卡住了，接著又說：『我以為，他至少要找妳道個別什麼的。』

逢寧一愣。

有一個場景在心裡呼之欲出。

她忽然想到了那天。大年初一，她在四二五路公車上和江問相遇。

她沒有問，也沒有回頭。

不知道他在此之前已經坐了多久，也不知道後來他有沒有跟著她下車。

也許……那就是他沒說出口的道別吧。

「那就先這樣，我繼續念書了。」

『再見，妳加油。』

「好。」

逢寧單手撐著下巴，無意識地在計算紙上亂畫。等她的注意力重新集中，紙上已經被她畫出了一個圖案。

一隻醉酒的孔雀。

過了片刻，逢寧靜靜地把細節補完，在下面寫上一行英文。

——Apologize to my little prince.

不知為何，眼淚突然掉了下來，掉在紙上，很快暈染開。

高三最後的記憶，就定格在這一瞬間，卡在這滴眼淚裡。

雙瑤是第一個知道逢寧生病的人。

——她陪逢寧打掃環境的時候，發現了抽屜裡只剩半盒的百憂解。

去醫院的路上，雙瑤抓著逢寧的手，堅定地說，「逢寧，妳總不可能一輩子都倒楣，以後也沒有比現在更差的時候了。只要熬過去，一切都會好的，妳的好運氣都存在後半輩子了。」

日子確實是越過越好。

東街被第二次整治，很多人鋃鐺入獄。孟瀚漠上岸得早，買下幾間店面，開了燒烤店和一家修車廠。

逢寧大學入學考發揮得還算不錯，成績出來以後，鐵娘子替她選了帝都外國語大學最熱門的科系。大二上學期，趙慧雲帶著她做了一點小投資。她終於把在外面欠的帳還清，不用沒日沒夜地打工賺錢。

上大學以後，逢寧換了聊天軟體帳號。趙瀕臨也在帝都上大學，他們的學校隔得近，偶爾他會來找她吃頓飯。

只不過，兩個人誰都沒提起江問。

大三的某天深夜，逢寧入睡前接到一個陌生號碼打來的電話。

「喂。」她說。

那邊沒聲音。

打錯了？

逢寧沒有心理準備，又看了一眼電話號碼，「你好？有人嗎？」

依舊沒動靜。

室友正在下面打遊戲，回頭看了她一眼，「怎麼了？誰的電話？」

逢寧搖搖頭，低聲說，「不知道。」

靜默一直持續，可逢寧沒有掛斷電話，呼吸在壓抑。

不知道過了多久，可能是兩分鐘，也好像是十分鐘，那頭把電話掛斷。

自始至終，沒有人講一個字。她躺在床上，目不轉睛地看著床簾上的花紋。

過了一段時間，逢寧下床，穿好鞋下樓，去附近的超市買了一包菸、一個打火機。

走到空無一人的人工湖旁邊，她挑了張空椅子坐下來。

這裡很黑，遠處點點燈火飄浮著。逢寧坐在黑暗之中，一根菸接一根菸地點著、熄滅。

她把手機舉到眼前，點開社群軟體，找到趙瀕臨的主頁，點進去。

他沒設置許可權，逢寧隨便往前翻了翻。

上個月月末，他發了一張照片，定位在紐哈芬。

手機螢幕發出微弱的光線。

她頓了頓，把照片點開，放大。

照片裡的陽光很好，照在草地上。舊哥德式風格的大鐘樓前，江問被趙瀕臨用手勾著脖子。他雙手插在口袋裡，穿著耶魯大學藍白相間的短袖，眼睛漫不經心地望著鏡頭。

打火機咔嗒一聲，冒出搖曳的小火苗。

逢寧又點燃一根菸。

青色的煙霧在眼前散開。

她打開通話紀錄，又看了一遍剛剛的陌生號碼，然後刪除。

逢寧站起來，將剩下的菸盒、打火機都扔進垃圾桶，沿著鵝卵石的路走。她出來得匆忙，沒有塗粉底液。

比從前消瘦很多的手臂上，疤痕猙獰可怖。

這個人工湖很小，繞著走幾步就能回到原點。

可是，無論怎麼走，她都走不到她想要的原點。

逢寧忽然想，其實現在也不錯。

時間走了，她累了。

但是，江問記住的，永遠是她驕傲的樣子。這樣就好了。

第二十三章　久別重逢

「妳有沒有什麼難以釋懷的事？」

「有。」

「比如？」

「我媽媽。」

「還有嗎？」

「有。」

「是什麼？」

就在這時，電梯叮的一聲到達樓層，逢寧對旁邊的人淺淺地笑了一下，「下次再說吧。」

剛走進工作室，逢寧就聽到關同甫激動地吼，「據可靠消息，最近有個大客戶，海外的大肥肉啊！大肥肉！」

逢寧摘了工作識別證，隨手擱到旁邊，拉開椅子坐下，喝了口水，「說來聽聽。」

關同甫翻動資料，「是家跨國公司，今年剛剛進入我國市場。他們的酒店宣傳正打算找翻譯公司做外包。」

逢寧來了點興趣，「他們招標了嗎？」

「應該快了。」關同甫說，「我等一下讓小竹做PPT，發一個投標案過去。」

小竹發怒，「你自己做，我要被傻子氣死了。」

「怎麼了？」

小竹叉腰，在辦公隔間走來走去，「我最近不是在做校對嗎？跟我合作的那個甲方真的太沒腦子了！我心平氣和地跟他們說修改意見，說得契合市場定位。結果，他們一點都聽不進去，還反過來質疑我有沒有專業素養。我真的要吐血了，都是些什麼怪咖。」

幾個人吵吵，抱怨，逢寧把自己的電腦關上，「你們忙，我先下班了。」

「妳今天怎麼下班這麼早？」

「回去補眠。」

小竹敬了個禮，「寧姐姐週末愉快，下週見。」

逢寧用手彈了彈小竹的腦門，「You too.」

小竹捂著胸口，一副被迷倒的樣子，「姐，妳今天噴的是什麼香水啊？太好聞了。」

坐電梯去地下一樓的停車場取車，倒車的時候，逢寧又接了個電話。

閔悅悅在那頭嚷嚷，「寧寧，晚上出來吃『哥老官』（重慶火鍋）。」

逢寧看著後視鏡，單手倒車，想也不想就拒絕，「大姐，妳找別人吧，我沒工夫陪妳吃這個。」

上次她們在合生匯排了兩百多桌，等了四、五個小時，中途閔悅悅非要去樓下逛一圈，還逛得過號了，硬生生搞到凌晨三點才吃上一口熱飯。

閔悅悅不肯甘休，在電話裡撒嬌，「寧寧，我求妳了，求求妳了。我剛剛從馬爾地夫回來，我帶了好多禮物給妳。人家就想見見妳嘛，我存了好多八卦跟妳講，我真的特別想妳。」

閔悅悅是逢寧讀研究所時候的室友，家裡有錢，從小嬌生慣養，是在父母的溺愛之下長大的嬌嬌女。她們寢室一共有四個人，其他兩個女生都不太喜歡閔悅悅，經常私下吐槽她的小公主作風。

其實也不怪她們如此討厭她，最開始見面的時候，她讓大家留下的印象實在是太深刻了。

當時開學第一天，三個人結束報到後在寢室整理東西，各自打掃環境。正安安靜靜的時候，突然傳來一道做作、嬌氣的聲音。

幾個人停止動作，一起轉頭看去。

虛掩的門被推開，閔悅悅一身香奈兒，蹬著范倫鐵諾（VALENTINO）的高跟鞋，提著愛馬仕的新款包閃亮登場。

這位大小姐似乎根本沒注意到她們，在原地轉了一圈，還在跟旁邊的人抱怨，「研究生的宿舍大樓怎麼這麼破，跟危樓似的。還有這寢室環境，看上去好差呀，會不會有蟑螂、老鼠什麼的。我家保姆房都比這個條件好。」

語氣之間充滿了高高在上的優越感，當即就有個女生暗暗翻了個白眼。

閔悅悅平常不住寢室，只有期末忙不過來了，才會紆尊降貴地來住幾天，然後跟在逢寧的身後，跟她一起去圖書館念書。

閔悅悅忘性大，又不記事，動不動就忘記做導師安排的任務。

其他兩個室友都等著看熱鬧，只有逢寧耐心提醒她。

某個室友有一天終於忍不住吐槽，「逢寧，妳幹什麼對閔悅悅這麼好？真是看見她就煩。」

逢寧正在翻譯論文，聞言，沒多大反應，「她啊？不是挺可愛的嗎？」

「可愛？」室友難以置信，「妳瘋了吧，居然覺得這種孔雀女可愛。」

逢寧是被保送研究所到A大的，一開始誰也不認識。

大學畢業的時候，學長拉了逢寧合夥，在外面創業，自己開了個公司。所以，逢寧讀研究所之餘也忙得腳不沾地，吃飯、上課都是獨來獨往。

她個性不冷不熱，會開玩笑，會暖場，不過分親近誰，長得又漂亮，做什麼事都很穩妥，暗地裡很受歡迎，男生女生都喜歡她。

同寢室的另外兩個女生其實都想跟她做朋友，誰知後來她居然跟閔悅悅越走越近。

後面傳來喇叭聲，逢寧回神，換了檔。閔悅悅還在電話裡央求：『好不好嘛，好不好嘛，寧寧最好了，天下第一好。』

將車開出停車場，逢寧微微嘆氣，「好啦，幾點去吃？」

『哎呀，妳同意啦！』閔悅悅歡呼，『七點吧，到時候我去妳家接妳。』

逢寧聽到她開心的聲音，嘴角忍不住翹起，「嗯，到了打電話給我。我先掛了，在開車。」

回到家是下午三點，逢寧洗了個澡，設定了六點半的鬧鐘。最近她忙得日夜顛倒，跟兩個翻譯互相校對某個法國餐廳的菜單譯文，幾天下來，休息不到十個小時。

現在，她幾乎是一沾到枕頭就睡著了。

夜幕降臨，急促的門鈴聲把逢寧硬生生從睡夢中吵醒。她拖著疲憊的身子下床，去開門。

一陣香風襲來，閔悅悅衝上來抱住逢寧，對準她的臉，一左一右，落下兩個吻。

逢寧鬆開門把，抬手擦了擦臉，「來我家做什麼？」

閔悅悅理所當然，「這都六點了，打妳手機一直沒人接，我怕妳放鴿子呀！」

「大小姐，我設了六點半的鬧鐘。」逢寧有點無奈，去客廳接了杯水，喝兩口，潤喉嚨。

閔悅悅坐在沙發上頤指氣使，「給妳半個小時化妝打扮，快去。」

幾分鐘不到，逢寧就換好衣服出來了。

沒任何圖案的黑色短袖上衣，牛仔鉛筆褲，素面朝天，眼底還有不輕不重的黑眼圈。

閔悅悅用手指著她，「妳就這個樣子跟我出去啊？」

逢寧剛睡醒，深色的長髮亂七八糟。她從玄關拿起一頂白色棒球帽戴上，「不然呢，我化好妝，穿上裙子，陪妳去『哥老官』熏一身味回來？」

「好吧，好吧。」

坐電梯的時候，閔悅悅一隻手勾著包包，一隻手挽著逢寧，「等等帶妳認識一下我的新寵，小粉，熱呼呼的。我哥下午剛幫我領的車。」

「妳的小黃呢，被拋棄了？」

「小黃是我的初戀，它最近累了，我讓它在家休息休息。」

她們一起下樓，出了社區，有幾個人正對著停在路邊的瑪莎拉蒂拍照。

三叉戟的標誌在夜色裡閃出高貴的光。

閔悅悅哼了一聲，自然地帶著逢寧迎著這些羨慕的眼光，拉開小粉的車門，坐上去。

她踩油門，換檔，瑪莎拉蒂發出一道低沉的轟鳴，疾馳而去。

今天是週五，華燈初上，正巧趕上夜間尖峰，路上塞得水洩不通。逢寧坐在副駕駛座，有一下沒一下地看工作郵件，聽閔悅悅抱怨她新交的男朋友。

車以烏龜的速度挪到合生匯附近。

「沒位置停車了，好煩呀。」閔悅悅把方向盤一打，「算了，就停在這裡吧。」

等車停穩，逢寧解開安全帶，下車查看。她有點無語，「妳這是做什麼，把人家後面那輛車的路都堵住了。」

閔悅悅已經把車熄火，甩著鑰匙過來，「哎呀，怎麼啦，人家沒位置停車了嘛。」她看到那輛銀灰色的車，吹了聲短口哨，「喲，還是賓利。算了，算了，走吧，沒事的。實在不行，等等再來挪吧。」

職業習慣，逢寧隨身帶筆和紙。她在便利貼上唰唰寫上自己的手機號碼，加了一句：『有事打這個電話。』

「寧寧，妳幹什麼呀？」

逢寧把便利貼貼到賓利的車前蓋上，將筆收好，「留個聯絡方式，免得別人把妳的車砸了。」

哥老官的人還是一如既往的多，熱鬧。她們拿到號碼進去，已經是兩個小時以後的事情。

服務生領著她們入座，把菜單遞給她們。

閔悅悅大手一揮，「給我來十五隻蛙。」

「十五隻？」服務生確認了一遍，「只有妳們兩個人吃的話，可能有點多。」

「十五隻啊，我一個人都能吃完。」閔悅悅開始勾選菜品。

「別人富二代都喜歡吃山珍海味，怎麼輪到妳就跟蛙過不去了？」

閔悅悅，「只能說哥老官的飢餓行銷太成功了，越難吃到的東西，越是念念不忘。」

閔悅悅有個毛病——她不允許吃飯的時候桌上出現自己不愛吃的菜。所以，點菜的時候，她從來不問別人的意見，也只有逢寧會遷就她。

閔悅悅把菜單遞給服務生，「對啦，寧寧，妳有沒有發現我今天有什麼不同？」

「什麼不同？」

「妳沒發現嗎？我身上的衣服。」

閔悅悅直接站了起來，轉了一圈，「這是香奈兒春夏最新款的小黑裙，好看嗎？」

沉默了兩秒，逢寧說，「我建議 Jennie（韓國明星）把『人間香奈兒』的稱號送給妳。」

閔悅悅被她逗得要樂死了，「寧寧，妳怎麼說話這麼好笑啊。」

逢寧依舊是一本正經的模樣，「不瞞妳說，我高中就開始聽相聲，師承郭德綱。」

「哈哈，妳真的太可愛啦。我要是男的，我一定要追到妳。」

「別。」逢寧做了個打住的手勢，「我無法想像，妳這種性格變成男人會是怎樣。」

「那就是從孔雀女變成孔雀男囉。」閔悅悅知道背後別人怎麼喊她，「孔雀男有什麼不好？」

逢寧不知想到什麼，慢慢地收起了調笑，「嗯，挺好。」

客人很多，她們等了十分鐘，還沒上菜。旁邊桌的幾個人突然鬧哄起來，閔悅悅側頭看。有男有女，其中一個女的貌似是喝醉了，雙眼迷濛，和旁邊的人糾纏著鬧。

閔悅悅大概掃了一下，正準備收回視線，突然一頓，被坐在角落的男人吸引住目光。

他低頭拆菸盒，可能是顧及在公共場合，只是夾了一根出來，在食指、中指間把玩，並沒有點燃。男人嘴角有點閒散的笑意，聽著別人說話。

閔悅悅眼睛眨了兩下，再用力睜大，壓低聲音，「哇，寧寧，快看帥哥，極品，就在妳斜前方。」

逢寧剛想轉頭，突然幾滴可樂濺到她們的臉上。閔悅悅低聲罵了一聲，拿紙巾擦臉。

旁邊桌喝醉酒的女人搖搖晃晃地站起來，手裡拿著杯子，口齒不清地嚷嚷著，「哥，你好不容易回國，今天必須跟我喝一杯。」

——剛剛的可樂是從她杯子裡濺出來的。

閔悅悅低聲吐槽，「真無語，這女人喝醉酒發酒瘋的樣子太難看了。」

逢寧擦掉手背上的可樂，「妳喝醉的樣子也沒比這個好到哪裡去。」

今晚的鍋底上得格外慢，閔悅悅在跟男朋友聊天。逢寧閒得沒事，打開手機某款小遊戲開始消遣。

過了幾分鐘，不知從哪裡來的男人過來跟逢寧要聯絡方式。

逢寧抬頭，「不好意思，我的帳號不加陌生人。」

那個男人被拒絕了也沒放棄，「交個朋友嘛。」

閔悅悅眼一翻，「她有男朋友了。」

等人走後，逢寧笑著說，「妳現在倒是蠻會反擊人的。」

「我不是跟妳學的嗎？」

「跟我學什麼？」

閔悅悅回憶了一下，「就研究所開學的時候，我們在學生餐廳吃飯。有個學弟玩真心話大冒險輸了，跑過來問妳缺不缺男朋友，妳忘記妳怎麼說的了？」

逢寧沒什麼印象了，「我怎麼說的？」

「妳說……」

閔悅悅記得清清楚楚，學著她的腔調，「男朋友？你可能比我更需要一個。」

學完，她笑得不可自抑，「我的天哪，當時我就在想，怎麼會有這麼有個性的女生。」

她們聊天的時候，旁邊桌的人已經吃完了。幾個人陸陸續續地站起來。醉酒女被人扶著，經過她們的時候，忽然掙扎了一下。

她手臂亂揮，把閔悅悅這桌的檸檬汁碰倒。

閔悅悅驚呼了一聲，迅速站起來，還是有一片裙角不幸被波及。她大小姐脾氣立即發作，「幹什麼呀，我這件裙子很貴的，剛買沒兩天，發酒瘋回家發啦！」

她抱怨的聲音很大，正準備走的一群人都安靜了。那幾個人面面相覷，其中一個女人毫不在意地說，「多少錢，賠給妳啊。」

剛剛讓閔悅悅激動不已的「極品帥哥」剛好就在旁邊——讓人過目不忘的五官，輪廓有點深，嘴唇卻偏薄。他說，「抱歉，我妹妹喝醉了，這是我的名片。」

閔悅悅是個低音炮控。

帥哥一開口，她臉上的表情，連帶著腿，瞬間軟了下來。

逢寧戴著棒球帽，視線範圍受阻。她剛剛專心玩著遊戲，沒怎麼聽這個帥哥講話。

她轉過頭去，先是從這個人的下半身看起，然後慢慢往上。

淺灰的西裝褲，淡藍的襯衫，名片被修長的手指夾著，袖子捲到小臂處，露出的手腕上戴著低調貴重的銀色手錶。

被帽簷擋住視線，她只能看到腰為止。

他的腰很細，腿又長。

身材不錯。

對面的閔悅悅已經進入花痴狀態，愣愣的。

逢寧好笑，抬起手，沒怎麼注意，替閔悅悅接過名片。

她白淨纖瘦的手腕上，有一抹紅色一閃而過。

低音炮說了一句，「裙子需要賠，可以找我。」

聽到這個聲音，逢寧動作一頓，心臟狠狠地跳了幾下，迅速轉過頭。

旁邊的人催促，「好了，Ryan，走吧。」

被叫的人忽然頓住，盯著逢寧手腕上的紅繩。

閔悅悅不知道發生了什麼事。

逢寧把頭仰起來，半明半暗中，沒有半點心理準備，就這麼看清他的長相。

一雙眼角向上挑的眼睛，半垂下眼睫，很禁欲，沒有任何情緒。

周遭忽然安靜下來。

他的視線從手腕慢慢地移到她的臉上。兩三秒之後，他微微動了動嘴唇，說了兩個字。

「……逢寧。」

兩人無聲地對視，逢寧腦子僵了一下，不確定自己是不是出現了幻覺。

和江問同行的人有些意外，柏宏逸觀察之後問，「Ryan，你朋友？」

江問對他的話毫無察覺。

逢寧坐在位子上，有點措手不及。不過，她調整得很快，須臾，鎮定地站起身，「江問？」

「是我。」

他們之間隔著一個桌角的距離，她不動聲色地往後退了點，「你什麼時候回國的？」

他開口，「上個星期。」

「哦，哦……這樣。」

這一回，江問沒接話。

晦澀難明的尷尬蔓延開，逢寧像是不知道接下來還能說什麼，抬手指了指閔悅悅，「我跟朋友來吃飯。」

江問說，「嗯，那我先走了。」

「好。」

他們走後，逢寧重新坐下來。

過了好半天，她嘆口氣，在零食盤裡隨手挑了一塊餅乾放進嘴裡後問，「妳盯著我發什麼呆？」

閔悅悅滿眼冒桃心，痴呆地問，「寧寧，妳什麼時候認識的大帥哥，怎麼沒聽妳說過？」

「什麼大帥哥？」

閔悅悅在桌下踢了她的腳一下，不悅道，「妳裝什麼傻！」

「哦，妳說剛剛那個？」逢寧心不在焉，避重就輕地回答，「他是我高中同學。」

正好，服務生端著鍋來，「您點的十五隻蛙全部在這裡，已經熟了，可以直接吃。」

逢寧喊住要走的服務生。

「您好，需要什麼嗎？」

逢寧說，「上點酒。」

幾瓶生啤酒上桌，逢寧拿起一瓶，沒有用開瓶器，直接熟練地在桌沿撬開瓶蓋。

閔悅悅看得眼睛都睜大了，「寧寧，妳好厲害。」

逢寧自己倒滿一杯，喝了一大口下去。

閔悅悅的酒量不太行，陪著她小酌了幾口，就開始跟蛙奮戰。

閔悅悅低著頭吃了一段時間，從碗裡抬頭，直勾勾地看著逢寧，「我看不只高中同學這麼簡單吧？」

話題太跳躍，逢寧愣了一下，才意識到她說的是江問。

閔悅悅滿臉八卦，「就剛剛你們對視那個眼神，簡直太有故事。」

「妳最近言情小說又看了不少？」

「是不是前男友？」

逢寧晃晃杯子裡的啤酒沫，悠悠地應了一聲，「是啊。」

「真的是啊！」閔悅悅睜大眼，不可置信，「真的是前男友？」

逢寧笑，又喝了一口酒，「騙妳的。」

「討厭。」閔悅悅洩了氣，丟開筷子，「到底是不是！」

「我說了，妳又不信。」

片刻後，閔悅悅試探著問，「真的談過？」

逢寧不置可否。

「——啊！」閔悅悅頹喪地靠在沙發背上，「我太難過了。」

「妳難過什麼？」

「我剛剛對大帥哥一見鍾情，還沒來得及投身愛河，就驚聞噩耗——居然是妳的那個小孔雀。」

閔悅悅恨恨地拍了一下桌子，「那我還怎麼下手啊。」

逢寧本來有點沉重的心情，被她弄得忍不住樂了，「好了，戲演完了。」

沒多久，閔悅悅重新打起精神，決定盤問到底，「你們多久沒聯絡了？」

「不記得了。」

「妳的記憶力怎麼這麼差！」話脫口而出，立刻察覺到不對，閔悅悅迅速改口，「不是，跟這種顏值的帥哥交朋友，不該刻骨銘心地記一輩子嗎？這是妳人生的榮光啊！」

逢寧笑笑，沒回答。

「妳跟我講講吧，我真的很好奇。」

「講什麼？都過去這麼久了，有什麼好講的。」

閔悅悅一連串的問題像炮彈似地襲向她，這時，逢寧手機震動，有個電話進來。她專心跟閔悅悅講話，沒感受到。

「算起來都有十年了吧，虧你們還記得對方長什麼樣子。」閔悅悅憂愁地嘆氣，「寧寧，怎麼辦哪，我實在是太喜歡帥哥了。我為什麼就不能同時交好幾個男朋友呢？妳說我該怎麼辦，嗚嗚嗚。」

手機第二次震動的時候，逢寧終於瞥到手機亮起來。她拿起手機，順便回答閔悅悅，「配合醫生，及時治療吧。」

她一邊說話，一邊滑動接聽鍵，「喂」了一聲。

沒人回應。

「怎麼聽不到聲音。」

逢寧又「喂」了兩聲，拿下手機看了一眼，顯示還在通話中，再放回耳邊，嘀咕道，「是我手機出問題了嗎？」

閔悅悅贊同，繼續拿起筷子吃蛙，「妳這支破手機還是趁早換了吧，我最近跟妳打電話總是打不通。」

「……」

逢寧無語，正準備掛掉電話，耳邊突然傳來一道熟悉的聲音，「——妳把手機號碼貼在我的車上做什麼？」

電話那頭的聲音是江問。

她把手機捏在手裡，還以為是幻聽了，停了停，「啊？」

「手機號碼。」

逢寧花了一段時間來消化這個離譜的事情，說，「被堵住的那輛車……是你的？」

他的聲音很疑惑，「什麼？」

她也問了一句，「什麼？」

不知為什麼，江問那邊好半晌沒聲音，最後才說，「哦……對，我的車被堵住了。」

等逢寧掛掉電話，閔悅悅不在意地問，「誰啊？」

逢寧拿起杯子，把裡面剩下的酒一口氣喝完，「人生榮光。」

閔悅悅：「……」

逢寧起身，拿過包包，「走吧。」

閔悅悅轉頭，「嗯？不吃啦？」

「去挪車啊，大姐。」

停車場的燈光很慘澹，江問站的位置光線很幽暗。他咬了根菸，點上，用手指夾住拿下來，唇間一團煙散開，指尖有明滅的紅光。

隔著幾步遠，逢寧腳步不聲不響地頓住。

不知道為什麼，有那麼一瞬間，她腦子裡突然想到王菲〈流年〉裡的那句歌詞，「有生之年，狹路相逢，終不能倖免。」

念頭一冒出來，逢寧在心裡自我唾棄，她什麼時候也變得這麼感性了。

江問半弓著身子，單手拿菸，另一隻手拿著手機。他背靠消防通道的門，表情隱在不太清晰的黑暗裡，抽菸的姿勢很嫻熟。

停在十公尺的距離，她定定地望著他。

從後面跟上來的閔悅悅興奮地開口喊了一句，「大帥哥！」

瞧見她們來，江問將手裡的菸熄滅。

閔悅悅越過逢寧，一蹦一跳地來到他的面前，「你好啊，認識一下，我叫閔悅悅，寧寧是我最好的朋友。」

茫然地打量了幾秒面前的人，江問站直了，略帶敷衍和隨意地將一隻手伸出去，「妳好，江問。」

閔悅悅乖乖巧巧地說，「哎呀，真不好意思啊，擋住你的車了。沒被耽誤什麼事吧？」

她是蘇南地區的女生，說話嗲嗲的，很像是撒嬌。江問把手鬆開，「沒事。」

「那你等一下哦，我這就挪開。」

嘀嘀兩聲，小粉閃了一下，解鎖。閔悅悅拉開車門，對著逢寧說，「寧寧，妳站到旁邊去，我要倒車了。」

上車發動引擎，閔悅悅又按了兩聲喇叭催促。逢寧挪動著腳步，朝江問走過去。

站在一公尺外，她四下掃了一圈，「你朋友呢？」

「回去了。」

逢寧「哦」了一聲，盡量像面對久別重逢的好友，客套地跟他寒暄，「回國還習慣嗎？」

說話時，她連江問的臉都沒看。

江問無所謂地說，「還可以，沒什麼不習慣的。」

逢寧盯著腳尖旁邊的菸灰，她想問，他什麼時候學會抽菸的，只是話到嘴邊，也無法開口。

他們的對話平淡如水，似乎再也掀不起任何波瀾。

就在逢寧以為差不多到此為止的時候，江問突然一把扯過她，「小心。」

只聽停車場傳來砰的一聲驚天動地的巨響，瑪莎拉蒂的車尾直接撞到了賓利的車頭上。

逢寧的下巴撞上江問的肩，有點吃痛。兩個人都是一個趔趄。

可能是怕她撞到牆，江問下意識地用手臂摟住她的腰，另一隻手順勢撐在她耳側的牆上，穩住身形。

兩人貼得很緊，隔著衣服，她都能感受到他皮膚的熱度。

逢寧任他抱著。

隔得太近，視線失焦後，又集中。

江問的臉近在咫尺，眉頭緊皺，她甚至能看到他眉毛旁的痣。

——曾經，她最偏愛的痣。

他眼簾垂下，低聲問，「妳沒事吧？」

「沒事。」短暫的失神之後，逢寧稍微把江問推開了一點，沒推動。

心裡擔心閺悅悅，她有點焦躁地對他說，「把手鬆開！」

江問依言放手。

閔悅悅慌慌張張地下車，跑到後頭，看著車尾和車頭相撞的慘案，崩潰得尖叫一聲。

逢寧腳步急促地過去，拉著她查看，「妳有沒有受傷？」

「嗚嗚嗚，我沒受傷，但是我的小粉受傷了，我的心好痛。」

「妳怎麼開車的，這都能撞上。」

閔悅悅噘起嘴，跺腳，「都怪妳，害我酒駕！」

「……」

逢寧的額角抽了一下，「大小姐，妳只喝了兩口啤酒。」

「我不是酒量不好嘛！」

閔悅悅有點不好意思，哭喪著臉，對著江問的方向，「對不起啊，帥哥，你的車買保險了嗎？」

「不清楚，我剛回國，這是我朋友的車。」

江問拿起手機，打了個電話給柏宏逸。

閔悅悅跟逢寧在旁邊咬耳朵，「我看出來了，你前男友也是大戶人家。」

「什麼？」

閔悅悅：「豪車相撞，他居然能如此鎮定，眼睛都不眨一下。」

逢寧想了想，「他家是挺有錢的吧。」

「妳當初怎麼不把人家抓牢一點！我都替妳著急。」

「沒什麼緣分。」

閔悅悅壓低聲音，「這麼極品的男人，不可錯過啊！上天讓你們重新相遇，這不就是緣分？」

打完電話，江問走過來。他彎腰，替逢寧撿起掉在地上的鑰匙。

逢寧接過來，真誠地說，「謝謝。」

靜了靜，他回覆了三個字，「不用謝。」

可能是他高中時高傲的形象讓她留下的印象太深刻，她還有點不習慣他這麼……溫和的樣子，「你現在真的變了挺多的。」

江問隨口說，「妳倒是沒怎麼變。」

「嗯？」

「對我一如既往地──」江問停了停，不鹹不淡地吐出一個詞，「冷漠。」

逢寧默然，笑了笑，完全是一副避開不想多談的模樣。

閔悅悅有些驚訝，察覺到話裡多了層曖昧的意思，左看看，右看看，目光在兩人身上轉一圈。

她突然有些好奇，「江大帥哥。」

江問看向她，「叫我江問就行了。」

閔悅悅「哦」了一聲，「我聽寧寧說你們是高中同學，你是高中一畢業就出國了？」

江問沒有立刻回答，過了一下，才說，「不是。」

閔悅悅有一絲猶疑，「那你是在國內上的大學？」

「我大學在美國讀的。」江問答。

閔悅悅一時卡住，提出心底的疑問，「那你是在國內讀了一半，然後才出國的？」

「嗯。」

閔悅悅剛準備繼續問，逢寧倉促地打斷她，「好了，妳在查戶口嗎？有完沒完。」

「我就是關心一下嘛。」

江問的手機響了，他走到旁邊，接起來。

柏宏逸：「我到了。」

「在哪裡？」

「門口，你們人呢？」

「C區四十七棟。」

幾分鐘之後，柏宏逸到達「戰場」。閔悅悅過去跟他交涉，留下逢寧和江問在原地。

閔悅悅一走，兩人單獨相處時，氣氛又跌落至冰點。沒有人主動說話，江問恢復了一貫的冷淡。

逢寧的手機是握在手裡的，所以一震動的時候，她就察覺了。

小竹：『寧姐姐，我把計畫書寄到妳電子信箱了，請查收。』

她直接傳語音訊息給小竹：『把之前跟Tina商務訪問的筆譯也一起寄過來。』

小竹：『寧寧姐，妳先去關心一下關同甫的進度，我想過個好週末，拜託了。』

逢寧傳訊息給關同甫：『你之前說的酒店的那個專案，PPT做好了沒？下週一上班我要看到成品。』

她想了想，打電話過去。

那邊一接起來就號叫：『姐，妳是魔鬼嗎？怎麼這個時間還在催工作？』

逢寧說話也不敢太大聲，稍微側了一下身，「怕你懈怠。」

『就在半個小時之前，老大也問了我。妳還是去跟老大談人生吧，你們兩個工作狂太般配了！』

「學長回來了？」

『中午下的飛機。』

逢寧「哦」了一聲。

又閒扯幾句，關同甫突然察覺到不對勁：『寧姐，我怎麼感覺妳有點怪怪的。』

「什麼怪怪的？」

『就是，妳怎麼突然有這個工夫跟我主動打電話？妳難道是在相親？』

關同甫語出驚人，她無語，「這都十點了，誰在這個時間相親，你有病嗎？」

關同甫一頓分析：『那妳現在這個沒事找事做的樣子，就跟我前幾天相親是同一個狀態。』

二話不說，逢寧把電話掛了。

江問表情寡淡，居高臨下地瞥過來一眼，「妳工作很忙？」

逢寧穿著平底鞋，身高比江問矮很多，還戴著棒球帽，不用擔心跟他視線相撞。

知道他是想緩解氣氛，她也客氣地問道，「還可以，你呢？剛回國應該也很忙吧。」

他好整以暇，「哪有妳忙。」

逢寧：「……」

這個時間的停車場很冷清，幾乎沒有別人。那邊閔悅悅和柏宏逸低聲討論著。這裡黑燈瞎火的，只有手機發著淡淡的光，映在逢寧的臉上，「在美國薰陶多年，你確實比以前能說會道多了。」

江問很自然地反問，「是嗎？」

「不是嗎？我說一句，你就能回十句。」

感知到她的情緒，江問淡聲道，「我只是想看看，妳跟我裝老同學的和睦樣子，能裝到什麼時候。」

「……」

逢寧啞然。她有點心浮氣躁，轉開視線，去看閔悅悅他們。

就在這時，柏宏逸轉頭喊了一聲，「Ryan，過來一下！」

走到他們那邊，江問開口，「什麼事？」

柏宏逸說，「我明天早上要出國，你加一下這個小姐的帳號吧，修車的事就交給你們了。」

等閔悅悅跟江問加好帳號，柏宏逸說，「那今晚就先這樣吧。我的車還停在外面，這個時間應該不會被開罰單了吧？」

站在一旁的閔悅悅眼睛一亮，完全沒有怕麻煩別人的自覺，連忙說，「帥哥，我和我朋友都喝酒了，你們順不順路呀？能載我們一程嗎？」

柏宏逸答應得很爽快，「可以啊，完全順路。」

他們兩個男人走在前面，逢寧和閔悅悅落在後面兩步。

閔悅悅對江問跟逢寧的舊事保持著高度的好奇，「妳和妳前男友怎麼都這麼鎮定？一點都不像久別重逢的戀人。」她補了一句，「雖然分手了。」

靜默了一陣子，逢寧說，「不然呢，要執手相看淚眼嗎？」

「也不是這樣。」閔悅悅哎呀一聲，「就，至少，至少會僵硬一點嘛，分手不都反目成仇，當陌路人嗎？我看你們兩個剛剛站在那裡，你一句我一句的，聊得還挺自然的。」

可不就是僵硬嗎，連說兩句話都尷尬，完全的尷尬。

逢寧心煩意亂，壓著聲音，「如果不是妳堵了別人的車，又撞了別人的車，我現在會站在這裡，跟我的前男友尷尬地聊天？」

說起來也真是邪門，上海這麼大，連這種事都能被她碰上。

手臂被掐了兩下，閔悅悅趕緊求饒，「好嘛，是我的錯，妳別生氣啦。」

坐上車，繫上安全帶，柏宏逸隨手拿起控制臺上的口香糖，掏了兩粒丟進嘴裡，扭頭問她們，「要嗎？」

閔悅悅接過來，「好呀，謝謝你哦。」

她將口香糖倒在手掌上，分了逢寧一粒。

——是薄荷口味的，咬碎了再嚼，舌尖清新的涼意泛開。

柏宏逸伸手，掰了掰後視鏡，「妳們住哪裡？」

閔悅悅報了一個地址。

「美女，妳呢？」

被撞了撞，逢寧回神，「什麼？」

「妳住哪裡？」

一開口，說了一個字，發現嗓子有點啞，逢寧清了清喉嚨，「鬱南城附近。」

「OK，收到。」

晚上的氣溫不是很高，車窗都降了下來，風吹起來很舒服。一過晚上十點，上海的街道就靜悄悄的，柏宏逸問，「妳是Ryan的高中同學？」

逢寧靠在窗邊，「嗯，對。」

「我叫柏宏逸，妳們可以叫我Andrew。我跟Ryan是大學同學。」

閔悅悅也是個話癆，問道，「哦……那你們在什麼學校？」

柏宏逸答，「耶魯大學，我是學士碩士連讀，Ryan一畢業就去麻省理工了。」

「啊？耶魯大學！」這有點出乎閔悅悅的意料，「麻省理工！碩士！這也太厲害了吧！你們居然還是知識分子？完全沒看出來啊！」

閔悅悅的交際圈也算廣，雖然她知心朋友沒幾個，但狐朋狗友倒是有一大堆。反正在國內的圈子裡，都是跟她一樣不學無術、混日子的富二代，真正優秀的，她也搭不上話。

所以，閔悅悅知道他們的學歷之後還挺訝異的，「你們完全不像書呆子啊。」

「是嗎，那我們看起來像什麼？」

閔悅悅老實地回答，「渣男囉。」

柏宏逸被逗笑，「長得太帥確實也不能怪我。」

話匣子一打開，車裡充滿了他們的嘰嘰喳喳，一時間氣氛倒是暖了起來。閔悅悅嘆氣，「我本來打算去墨爾本讀的，但是我爸嫌棄那學校差，就把我留在國內了。」

「不過在國外讀大學也挺好的，適合我這種社交達人。」閔悅悅隨口道，「按照美國這個風氣，你們上大學肯定交了不少女朋友吧？」

柏宏逸隨口道，「講真的，我周圍都是單身狗。好幾個一單就單了四年，就比如我旁邊這個。」

閔悅悅第二次被震驚了，「真的假的？」她指了指江問，「他？單了四年？」

「是啊。」柏宏逸笑著說，「不過，我們學校學業負擔比較重，主要是這個原因。」

他們兩個聊得開心，車裡剩下的另外兩個人卻不怎麼說話。

「……那確實是沒看出來。」閔悅悅不禁感嘆，「我剛剛還在想，像江問這種帥哥，談起戀愛來肯定特別渣。」

她又旁敲側擊地向江問套話，試探著問，「帥哥，那你這幾年有沒有交女朋友啊？」

江問沒聽清楚，「什麼？」

閔悅悅換了個說法，「你現在有女朋友嗎？」

眼看閔悅悅就要沒完沒了地問下去，逢寧終於調開視線，打斷她，「閔悅悅，妳哪來這麼多話。」

江問看了閔悅悅一眼，回答了她剛剛的問題，不冷不淡，「我單身。」

柏宏逸察覺到了一點異樣，調侃，「美女，妳怎麼這麼關心 Ryan 的事？」

閔悅悅嘿嘿笑，「不好意思啊，我這個人有點八卦，你見諒。」

過了一個紅綠燈，柏宏逸又看了導航一眼，對後面兩個人說，「前面就是鬱南城，妳到哪裡下車？」

逢寧：「隨便找個路口把我放下來就行，謝謝。」

「那我也跟寧寧一起下吧，不麻煩你們了。」閔悅悅說，「跟你聊天好有意思欸，相逢即是緣，要不我們加下帳號唄。」

柏宏逸很爽快，「可以啊，讓江問把我的聯絡資訊傳給妳，以後有機會出來玩。」

「好。」閔悅悅興致勃勃地對逢寧說，「寧寧，妳把妳的手機也給我。」

逢寧坐著沒動，「妳要做什麼？」

閔悅悅直接從她的手裡把手機搶過來，擺弄了一番之後，抬頭對江問說，「帥哥，你把寧寧的好友申請確認一下。」

兩人下了車。

「寧寧，他說他還是單身！」閔悅悅激動，「他是不是故意說給妳聽的？」

逢寧沉默著，沒聽見一樣。

「是不是呀？」

逢寧面上無波瀾，「不是。」

直到那道身影消失不見，江問才收回目光。

他推開車門，下車，站在路邊點菸。

半根菸過後，他拿起手機，打開軟體，點開那則好友請求。

柏宏逸嘀咕，「對了，你回國後去找了你那個前女友嗎？」

江問玩著打火機，臉上的神情一成不變，「沒。」

這時候只有他們兩個，柏宏逸毫不避諱，「為什麼？放下了啊，還是……」

江問別開頭，良久，他說，「不想再纏著她。」

聲音很低，誰都沒聽見，就這麼被夜風吹散了。

逢寧頂著滿身的火鍋味回家，第一件事就是去浴室洗澡。

她腦子裡想著今天發生的事，做什麼都動作遲緩。她心不在焉地吹完頭髮，去客廳接了杯水，喝到嘴裡，才發現是熱水，燙得立刻吐了出來。

她回到臥室，拿起充電的手機，發現江問十分鐘之前確認了她的好友申請，順便還傳來一張聊天截圖。

她放大截圖，他沒打備註，她認出那是閔悅悅的頭貼。

My（閔悅悅）：『明天我有點事，打算拜託寧寧幫我去盯著修車，你要不跟她一起？』

逢寧把手上的水杯擱下，正想著怎麼回覆，手機又震動了一下。

還是江問的訊息：『抽三根菸，妳還沒回覆，我就睡了。』

第二十四章　君子之交

逢寧的大拇指在手機螢幕上摩挲了一陣子。

剛剛被燙到的舌尖隱隱作痛，她踱步去廚房，拉開冰箱門，找了塊冰含在嘴裡。

靠在門板上，拿著手機，她對著江問的消息沉思許久。怕顯示「對方正在輸入中」，她打開備忘錄，打了幾個字，又全部刪除。

其實直到現在，她都還沒恢復過來。

心底有無數個疑問——江問為什麼突然回國？回來做什麼？這幾個小時，她的腦海裡幾乎全都是他。

逢寧想得心煩，又整理不出絲毫頭緒。她撥了一個語音電話過去給雙瑤，等接通了，又掛斷。

雙瑤不知道是什麼情況，憤怒地傳了三個問號過來。

寧：『嘴疼，不想講話。』

雙瑤啊搖：『我都快睡了，找我何事！』

逢寧傳了相簿裡的兩張截圖過去。

雙瑤啊搖：『-61nfiawJ？這個是誰？』

寧：『江問，剛加上，還沒備註。』

雙瑤啊搖：『啊？！江問？他？你們？』

寧：『妳別激動，先告訴我怎麼回覆吧，我現在很頭疼。』

雙瑤回撥了語音電話過來，逢寧從廚房走回客廳，在沙發上盤腿坐下，接通。

『你們什麼情況？怎麼又聯絡上了，他回國了？』

逢寧在電話裡跟雙瑤把今天發生的事情敘述了一遍，說，「所以我該拒絕嗎？」

『你們這還真是緣分未盡啊，這麼大的城市都能碰見。拒不拒絕……就看妳怎麼想的囉。』

逢寧嘆了一聲，閉著眼往後倒，「什麼怎麼想？」

『妳以前想過跟江問重新碰面是什麼樣嗎？』

逢寧沒有接話，把眼睛睜開，望著雪白的天花板，沉默了好幾分鐘，回憶開始轉動。

想過嗎？

好像……她剛開始會想想，後來想得累了，就不怎麼想了。

雙瑤又問：『那妳現在對江問是什麼感覺？』

逢寧老實說，「我不知道，很複雜。」

『那他呢？』

「他，變了挺多的。」

『都多少年了，誰還沒點變化。不過，猜想前緣難續，你們能當朋友也挺好的。』

沉默了一陣子，逢寧欲蓋彌彰地問，「妳覺得我們還能當朋友？」

『逢寧小姐，見到前任就躲貓貓，是很幼稚的行為哦。』雙瑤毫不在意，『再說了，妳一個人在這裡傷春悲秋地糾結半天，或許別人早就放下了呢？』

掛了電話，雙瑤傳了一則訊息：『好懷念高中時期的小逢寧，天天都笑，像個小太陽一樣。可惜妳的熱情在前半生已經耗盡了，現在已經沒什麼能讓妳在乎的事了。』

寧：『有什麼不好嗎？』

雙瑤啊搖：『沒什麼不好，但是誰都不在乎，是一種自由，也是一種遺憾。妳體會體會這句話。』

逢寧以前對別人洗腦，講道理、講人生哲學的時候，雙瑤還穿著開襠褲在院裡玩泥巴。這種似是而非的小雞湯根本撼動不了她絲毫。

逢寧嗤笑一聲。整理了一下心情，又打開江問的訊息看了一遍，她回了三個字過去給他。

寧：『睡了沒？』

幾分鐘之後，手機響了一下。

-61nfiawJ：『第三根。』

寧：『不好意思，我剛剛洗澡去了，沒看手機，明天幾點？』

-61nfiawJ：『下午三點？』

寧：『ＯＫ。』

輾轉反側了一個晚上，逢寧摸了枕頭邊上的手機看，凌晨五點。

她又失眠了。

從窗簾縫隙漏進來的一點月光，打到地板上。她把眼睛閉上，還是睡不著。

逢寧把床頭燈打開，拿起手機，隨便找了部舊電影開始看。後來看得迷迷糊糊，她睡了幾個小時。

中午十二點，鬧鐘準時響起。逢寧起床，眼底青黑一片。她綁了個低低的馬尾，去浴室刷牙，洗了把臉，睏倦地在化妝鏡前坐下。

她拿起遮瑕膏，習慣性地先把手臂塗完，才開始塗臉。等整個妝上完，她塗口紅的手停了停，打量著鏡子裡的自己。

從精細描過的眉，到勾了黑線的眼角，她思考著是否顯得打扮得太過於隆重了。過了一下，她扯過一張濕紙巾，把嘴唇的顏色擦得淡了一點。

出門時，逢寧特地看了天氣預報。

今天氣溫不是很高，她挑了一件款式寬鬆的白色T恤、一條及膝的牛仔A字裙。

因為怕路上塞車，逢寧沒有開車。她隨手攔了輛車，找到閔悅悅昨天晚上傳來的地址，告訴司機。

誰知道，這個修車行最近開了家分店，逢寧到了地方，才發現沒預約。她又核對了一下，「那你們另一個分店在哪裡？」

店員跟她指了指路，「順著這條街走，到了十字路口再左轉，離我們這裡不遠，大概一千公尺的距離。」

她走到半路上，烈日炎炎的，突然就下起了雨。剛開始雨勢還很小，哪知道伴隨著滾滾悶雷，幾分鐘之後就成了暴雨。

逢寧簡直措手不及，四處望了望，也沒什麼能躲雨的地方。加之身上也濕得差不多了，她自暴自棄地繼續往修車行走。

江問剛結束完工作，一身正裝，手臂上掛了件外套，倚在車庫門口。

經過他身邊的女客人都忍不住多打量他幾眼。

學生時代，他走到哪裡都有一堆女生聚在一起用眼神對他從頭到尾掃視一遍，他早就習慣了，任她們圍觀。

經理拿了單子過來，請江問在沙發上坐下。他們聊了幾句。

本來說著話，江問卻停住，掉轉視線。

經理察言觀色，「您好，有什麼問題嗎？」

江問沒回答。

經理順著他的目光看去。

逢寧的上衣被雨水打濕大半，濕漉漉地黏在身上，牛仔裙上也是大塊大塊的水漬。她推開店門進去，空調帶來的涼意激得她渾身雞皮疙瘩都起來了。

有店員迎上來遞了一些紙。

逢寧道謝，接過來擦拭手臂和臉上的水漬。偶然一抬頭，她和在休息區坐著的人對上視線。她的動作慢了下來。

江問弓著腰坐在沙發上，看了她一下，將手裡的礦泉水瓶轉了半圈，起身。

見他走近，逢寧下意識地側了一下身子，擋住手臂。她往後退了兩步，語氣有點急切，「江問，把你的外套借給我穿一下。」

他順嘴就說，「怎麼，又打算騙我衣服？」

一出口，兩人都愣了一下。

沉默。

江問眼底黑沉沉，把手上拎著的外套丟給她。

逢寧迅速穿起來，打了個冷顫，說，「謝了，洗乾淨後還你。」

她模樣狼狽，循著指示牌，找到洗手間，用水洗了把臉。她從包包裡找出濕紙巾，對著鏡子開始擦拭，把臉上的殘妝都擦乾淨。

等她出來之後，接待的人特地把他們兩個引到二樓的會客室，對江問說，「這裡沒開空調，您看可以嗎？」

江問微微頷首。

這家車行很專業，效率也高。經理把維修項目和大概的定價跟他們確定了，然後推過來兩張紙，「如果您還有要求，可以現在提出來。如果沒有的話，兩位可以填一下維修單，在簽字欄確認一下，等可以取車的時候，我們會通知兩位。」

前後大概只花了一個小時不到的時間，所有交接全部完成。逢寧推開玻璃門出去，外面的雨還沒停，不過已經小了很多。

兩人站在屋簷下，江問就在她的旁邊。

逢寧問，「你帶傘了嗎？」

「沒。」

他下意識地從口袋摸出菸盒，拿了一根出來叼在嘴裡，低頭準備點燃。

逢寧看了他一眼，「你現在菸癮挺大。」

江問動作一頓，把菸從嘴裡摘了。

這時候，接待的經理過來，遞了一把傘說，「哎呀，外面雨這麼大，剛好店裡還有把傘，你們拿著吧。」

只有一把，江問給逢寧，「妳用吧。」

「你呢？」

江問：「我開車來的。」

逢寧「哦」了一聲，把傘撐開，往前走了幾公尺。她轉過身，兩人之間隔了一層雨幕。

她把傘稍微往後斜了一點，露出臉來，對他說，「你想淋雨，還是在這裡等雨停？」

江問無所謂地笑笑，語氣隨便地說，「都不是很想。」

逢寧：「那你還不過來？」

江問的車就停在附近，一輛銀灰色的 BMW Z4 軟頂敞篷車。他用鑰匙把車解鎖，別過頭，問，「妳去哪裡？」

「回家。」

「我送妳？」

逢寧拒絕，「不用麻煩，我搭計程車就行了。」

「怎麼？」

她隨便找了個藉口，「我身上都濕了，免得把你的車弄髒。」

江問置若罔聞，「上車。」

雨打在玻璃上，雨珠順著玻璃往下滾落，逢寧看得很投入。

江問手指在點導航，問了一句，「妳家在鬱南城？」

逢寧轉過頭，「嗯」了一聲。她兩手放在腿上，坐姿有點謹慎。

她忽然問，「這是你的車？」

江問說，「是啊。」

逢寧每次說話，他都會轉頭先看她，幾秒之後再回答。

她還以為他剛回國，沒來得及買車，隨便聯想了一下，疑惑，「那你昨天開你朋友的車……」

話剛剛問，就斷了半截。逢寧悶哼一聲，控制不住地扭曲了一下表情。

——她不小心咬到了自己的舌尖，正好是昨晚被開水燙到的地方。

她雙手捂住嘴，弓著腰，生理性的淚水都給痛了出來。

江問方向盤一打，把車停在路邊。他解開安全帶，側頭，「妳怎麼了？」

逢寧本來想說話，剛張嘴就感覺一大口口水要淌下來。她空出一隻手，指了指嘴巴，又對他擺了擺，示意沒事。

大概一分鐘之後，劇痛終於開始慢慢地舒緩。逢寧掏出手機，打了一行字遞到江問的面前：『我不小心咬到舌頭了。』

雨刷慢慢地刮著，他問，「出血了？」

逢寧點頭，啪啪啪又打了一行字：『走吧，等等警察來開罰單了。』

車重新上路，過了一段時間，逢寧才發現路線不對。她沒問，以為他有什麼事。

江問把車停在肯德基旁邊，「等我一下。」

逢寧坐在車裡，十分鐘左右，江問就回來了。他拉開車門，把一個塑膠袋丟到她的身上。

——是藥店的綠色標誌。

逢寧有點莫名其妙，解開袋子，裡面是西瓜霜、漱口水、口腔潰瘍貼。她一怔，對他說，「謝謝你啊。」

江問拿起藍牙耳機，戴在右耳上，「不謝。」

逢寧說，「多少錢，我轉帳給你吧。」

江問的雙手搭在方向盤上，正在打電話，當作沒聽到她的話。

聽他似乎是在跟對方講工作上的事，她閉了嘴，識趣地沒再去打擾。

逢寧回到家，關同甫傳了一個翻譯的案子過來要她校對。

她脫下外套，隨便去沖了一個澡，搬著電腦去書房，一忙就忙到天黑。

她伸了個懶腰，肚子咕咕一陣叫，這才後知後覺，一天下來連頓飯都沒吃。

逢寧打開APP，叫了份平時愛點的外送，盤起頭髮，開始整理屋子。

打掃到客廳時，她的眼睛瞟到沙發上被自己隨手一丟的外套。

逢寧彎腰，拿起江問的高級訂製西裝，揪出牌子看了看，發現在網路上搜不到。她又查了一下衣服的洗標，結果是……既不能乾洗，也不能水洗。

她忍不住罵了一聲，想了想，傳了一則訊息過去給他：『你這件衣服多少錢？』

等了幾分鐘，他沒回，逢寧擱下手機，繼續拖地。

等把陽臺也拖完，她重新拿起手機。

-61nfiawJ：『做什麼？』

斟酌著用詞，逢寧回過去給他：『你的外套被我弄髒了，我剛剛查了一下，好像是不能洗的？』

-61nfiawJ：『哦，妳丟了吧。』

逢寧收到這則訊息的時候，第一反應就是無語。緊接著，心底又突兀地冒出一股強烈的熟悉感。

這種感覺很突兀、很莫名其妙，卻幾乎是一瞬間，就將她拉回到很多年前。

一段對她而言已經封存很久的記憶被開啟。

江問一點都沒變。

他還是那個慣常帶著輕視的表情，潔癖一發作，就毫不猶豫地將衣服脫下來往地上扔的小少爺。

逢寧對著這則訊息，怔忪了片刻。

酒吧裡。

「欸，江問，你說回來就回來，一點招呼都不打的。不過，回來也好，不然孤家寡人只剩我一個了。最近不是去喝喜酒，就是去參加誰誰兒子的百日宴，我覺得我被時代拋下了。」

趙瀨臨說了很久，忽然發現江問正在低頭看手機，專心到幾乎不看他。

他停下來，碰了碰江問的肩，「這麼晚了，在跟誰傳訊息？」

江問沒回答，顯然沒把他的話聽進去。

趙瀨臨湊過去看，喲了一聲，「居然是逢寧啊。」

不過，他沒多少驚訝，好像意料之中似的，還在笑嘻嘻，「怎麼加上的？」

江問：「昨天碰到了。」

「之前傳給你多少次，怎麼不加？」趙瀨臨做出回憶的樣子，「你當時怎麼說的，勉強也沒什麼意思，這是你的原話吧？」

江問右手握著手機，慢慢將它擱在桌上，眼睛停在和逢寧的聊天畫面上，絲毫不遮掩。

也只有在趙瀨臨面前，江問才這樣無所謂了。

趙瀨臨嘖了一聲，「我看這些年，你的臉皮算是訓練起來了，也不怕我笑話。」

江問冷淡至極地「哦」了一聲。

「沒出息啊，還是那麼沒出息。」

江問咬出一根菸，喀嚓點燃，把打火機隨手丟在一旁，「是啊。」

瞥到江問的表情，趙瀨臨了然地閉上嘴。

煙霧繚繞間，江問說，「我昨天抱了她。」

趙瀨臨也不驚訝，只是問，「是嗎？」

「幾秒而已。」

「那你又遇到她，是什麼感受？」

江問陷入短暫的沉默。

趙瀨臨靜靜地等著他的下文。

「跟她說話的時候……」江問側了一下頭，想說什麼，又停住。

指尖的菸燃盡，趙瀨臨以為等不到回答了。

「每一個字。」江問突然出聲，手指摩挲著玻璃杯外壁，盯著杯中的酒液，「每一個字，我都在忍。」

說完，他端起杯子，喉結滾了滾，把剩下的酒一飲而盡。

外頭的雨停了，逢寧無意識地發著呆。

大約十分鐘以後，門鈴響了。逢寧穿好拖鞋去拿外送。坐在餐桌前拆包裝時，她發現今天的塑膠袋被繫了個死結。

她解了一陣子，解不開，只好起身，去廚房拿剪刀。

重新在椅子上坐下來的時候，逢寧突然想，江問跟她真像這個死結一樣，這麼多年過去了，還是解不開，也繞不過去。她一邊吃餛飩，一邊回訊息給他：『多少錢？我賠你一件。』

-61nfiawJ：『妳欠我的錢多了，也不差這一點。』

逢寧眉頭皺緊了，又看了一遍，確定自己沒看錯。

寧：『我什麼時候欠你的錢……多了？』

還沒等她放下手機，咻地一下，他的訊息就彈過來了。

-61nfiawJ：『高中時欠我的補課費，妳打算什麼時候還？』

盯著這行字，她沉默不語。過了很久，她才回過神來，把手機放下，低下眼，看到還剩下大半碗餛飩，忽然間失去了胃口。

又胡亂吃了兩口，把桌子整理乾淨，逢寧重新拿起手機，打開和江問的對話欄，還是沒想到該怎麼回覆這則訊息。

他波瀾不驚地重提舊事，可她的心境早就變了。對於高中的往事，她做不到像他那樣輕鬆面對。

因為母親去世，她花了很長時間都沒能走出來。

對逢寧來說，那是一段很長很長的自我封閉且難以熬過的日子。就算過去很多年，只要回憶起那時，她仍舊有痛感。

刻骨的孤獨將她裹挾，她經常從半夜驚醒，靠在床頭等待天亮。偶爾能睡到早上，她睡眼惺忪、迷迷糊糊醒來的時候，氣都不想喘。

江問曾經在她處於人生低谷時給她陪伴，所以不論發生了什麼，她對他從來都沒有過任何怨恨。

是她沒能留住他。

後來江問走了。

她刪了他的聯絡方式，刪了以前的照片。在學校時，為了不經過操場，她故意繞遠路去學生餐廳。就算高三時間緊迫，她回家也要轉兩趟車，只是為了不坐四二五路公車。

逢寧避免去接觸一切和江問有關的回憶，可是，她記得他的電話號碼，記得他的樣子，記得他給她聽過的每一首歌，記得碰見過他的樓梯口、校園走道，記得他站在街頭對她發脾氣。

這一切，她都記得。

當初趙瀕臨打完電話給她。她知道她和江問已經沒什麼可能了。但是，她覺得，自己還有很多坎沒過去，腦子裡有個念頭是去北京。她就是想，沒別的理由了。

她在學校裡，走神時會想到江問。

她需要花時間去抑制想去北京的衝動。

她靜不下心。

四月模擬考剛剛結束，逢寧跟班導師請了三天的假。她帶著物理書、數學試卷，坐上了去北京的綠皮火車。

實際上，逢寧已經沒有什麼幻想了，也不是想挽回誰，就是覺得，在江問走之前，去過他所在的城市，她能夠安心一點。

忍耐很痛苦。

逢寧覺得自己已經夠痛苦了。

一天一夜的火車，她到達北京的時候是早上六點。那天起了霧，她站在月臺上，看著遠處的煙囪冒著氣。

逢寧沒帶什麼錢。她提前查了這座城市的公車路線，肩上的書包就是她所有的行李。她坐了很久的公車去到江問的學校。

他們的學校很大，來往的人很多。

她來的時候買了坐票，一天一夜只睡了幾個小時，剩餘的時間都在看從前跟江問的聊天紀錄。江問跟她提過的地方，各種細枝末節，她都用紙記錄下來。

他經常去上課的理學院樓，周圍有大片的綠茵地。他去自習的北二圖書館，門口有棵蒼翠的松柏。他經常去吃飯的西三號學生餐廳，二樓有味道很好的糖醋肉。還有他跑過一千五百公尺的操場，開過迎新會的大禮堂，夏天景色很美的荷花池。

逢寧全都記在紙上，把每一個地方都列出來。

離開北京的火車是第二天早上八點啟程。她只有一天的時間。她花了一天的時間，問了一些路過的學生，走遍了江問曾經跟她說過的每一個地方。

在這個偌大的校園裡，他們沒有緣分出現偶像劇裡的相遇。直到日暮西沉，夜幕降臨，逢寧沿著長長的主幹道，走出江問的學校。

她坐在二十四小時營業的麥當勞裡，看著這座慢慢甦醒的城市，覺得差不多沒遺憾了，到這裡停止也很好。

其實，剛上大學的時候，逢寧心裡或多或少殘留點念想。身邊追求者不少，但她一直單身著。她總貪心地想著，就算只有百分之一、千分之一的機率也好，等她的病好了，等江問回國了，他們還能發生點什麼。

不過心境一年一年地漸漸變了。再後來，生活被忙碌填充。她偶爾想到江問，才覺得有些緣分盡了就是盡了，某些事情是真的該告一段落了。

人海茫茫，他們都是滄海中的一粟。時光不能倒流，生活一直在前進，可能忘記也是種解脫吧。

江問突然回國，他們相遇，她一點心理準備都沒有。他成熟了很多，也變了很多。

就算兩人都不再是少年，可她面對他，也還是做不到心如止水。

江問隨隨便便一則訊息，就攪得她心裡亂成一團，連飯都吃不下。

逢寧不太確定江問傳這則訊息的用意是什麼，但她確實沒辦法像他那樣坦誠。

昨天設定的晚上八點半的鬧鐘突然響起，逢寧盯著這則訊息又看了近半個小時。

寧：『你要怎樣？』

-61nfiawJ：『我還能怎麼樣？』

心狠手辣是長在逢寧骨子裡的，至今沒變過。她懶得跟他繞圈子，直接回過去。

寧：『過去的事沒什麼好提的。』

江問回覆得也很快。

-61nfiawJ：『開個玩笑而已，妳這麼介意？』

他無關痛癢的一行字，讓逢寧握緊了手。她在腦內迅速回憶了一下這幾天發生的事情。他雖然性格變了很多，但她的態度也算自然。

莫非真應了雙瑤的那句話？

妳一個人在這裡傷春悲秋地糾結半天，或許別人早就放下了呢。

寧：『我不是介意，算了，你就當我自作多情吧。』

-61nfiawJ：『我沒忘掉以前的事，但不代表我還在意。』

把這段話放在心底讀了一遍，末了，逢寧回覆他兩個字：『懂了。』

聊感情，彼此都尷尬，老老實實做君子之交也不錯。

聊天到此結束，江問沒回覆她。

逢寧放下手機。

第二十五章　以前的少年

隔天，逢寧去跟蘇流如見了面。

蘇流如是她的心理醫生，她這些年一直定期來這裡做心理測試、治療。

「最近睡眠怎麼樣？」

逢寧想了想，老實回答，「不怎麼樣。」

蘇流如交握住十指，溫和道，「怎麼？因為工作壓力大，還是別的什麼？」

逢寧搖頭，「都不是。」

「那是怎麼了，想跟我聊聊嗎？」

反覆斟酌半天，她說，「可能是，我遇到了一個人。」

蘇流如耐心傾聽。

逢寧說，「我曾經跟他說過，要他不要困在原地。現在我發現，被困在原地的一直是我，我該怎麼辦？」

蘇流如猜測，「我聽妳提起過，他是妳高中時的男朋友？」

「是他。」

蘇流如了然，「妳繼續說，我聽著。」

逢寧：「我現在回憶和他在一起的日子，就像喝了開心水。喝了很興奮、很開心，但是，我整個人特別特別累。」逢寧頓了頓，「不過，那時候我沒意識到，累是因為我的病造成的。但我把我的疲憊都歸咎於他。所以，我一邊享受有人陪伴的感覺，一邊又對他不耐煩、對他冷漠，我控制不住自己。」

面對蘇流如，逢寧一向坦誠，「是我做得不夠好，所以我們走散了。這些年來，我一直沒放下，我覺得我對待這段感情是有愧的。」

聽完，蘇流如微笑，「所以妳現在想要挽回他嗎？」

逢寧搖頭，「我不想，我只是每每回想起來，他年少時候對我付出很珍貴的感情，但是我沒能珍惜，我錯過了，我不知道怎麼把這種遺憾和內疚消解。」

「那妳這些年沒有想過去找他？」

安靜幾分鐘，逢寧說，「我想過，但我沒有。」

「為什麼？」

「因為很多事情都變了。」

江問不是從前的江問。

她也早就不是以前的逢寧了。

蘇流如拍了拍她的肩頭，「記得我說的話嗎？逢寧，妳不要自責。如果妳為過去的事情感到痛苦，那就讓它過去。」

既然他們都變了。

過去的事情就讓它過去。

那天和蘇流如聊完之後，逢寧的心情平靜了不少。她去北京出了半個月的差，回來之後跟著學長做專案，忙得日夜顛倒，一時間也沒工夫去想這些風花雪月。

小竹激動地在辦公隔間嘰嘰喳喳，「我剛剛和Maruko的專案經理對接完，從他們公司出來的時候，好像碰到他們的Boss了——好年輕哦，長得那叫一個帥，帥慘了。我路過的時候，毫不誇張地說，我的脖子都要扭斷，眼珠子都快掉到地上了。」

有人好奇，「Maruko？」

關同甫：「就是我之前說的那塊海外大肥肉，開連鎖酒店的，今年剛剛入駐我國市場，是家跨國公司。」

「你們的標中了？」

關同甫自信地挑眉，「差不多了，就剩一家在跟我們競爭。而且，這次他們公司正打算找外包翻譯長期合作。」

逢寧正在低頭削蘋果。

小竹繞到她的身邊，「寧總，幫妳拉到這麼大的客戶，沒一句表揚？」

削完最後一塊皮，逢寧說，「再接再厲，錢到帳了再說。」

小竹一臉春心萌動，「欸，寧總，妳知道嗎？我剛剛在Maruko碰到的帥哥，真的太絕了。他身邊還跟著一個助理。我當時就在想，就算讓對方再降一個百分點，我都能接受。這樣跑業務的時候就能順便看帥哥了，嘿嘿。」

逢寧啃了一口蘋果。

關同甫受不了了，「小竹，妳這個花痴，沒見過男人還是怎麼？瞧瞧妳這點出息！」

小竹立刻反擊，「我見過男人啊，我天天都見你這種男人，我能有什麼出息？你從頭到腳吧，再算上頭髮絲，都比不過人家Maruko的一根手指頭！」

關同甫氣急了，「——妳！」

逢寧笑著聽他們吵，「小竹，妳喜歡帥哥？我改天介紹幾個給妳。寧總別的沒有，就是認識的帥哥特別多，排著隊的。」

「嗷嗷，真的啊！」小竹尖叫。

逢寧又啃了一口蘋果，慢悠悠道，「當然是假的。」

小竹頓時洩氣。

關同甫從資料中抬起頭，嘲笑她，「有帥哥，我們寧寧姐自己就上了，還留給妳？再說了，我們寧姐這種大美人，輪得到妳撿漏？」

小竹聞言很平靜，走過去說，「關豆腐，麻煩你轉一下身。」

「幹什麼？」關同甫依言轉過去。

小竹對著他的屁股蹬了一腳，「揍你！」

一片歡聲笑語裡，逢寧的心情也很輕鬆。忙完所有事情，再拿起手機，她發現閔悅悅打了不只十通電話給她。

紅通通的一片未接來電，逢寧回撥過去給閔悅悅，「什麼事？」

閔悅悅：『妳怎麼現在才接電話呀！最近大半個月也不見人影的。』閔悅悅畢業以後就在自己家的公司上班，一個月有大半的時間都在摸魚，對這種上班族的忙碌完全沒法感同身受。

逢寧嘆道，「閔小姐，小的最近都在忙工作，剛剛從北京出差回來。」

『妳週末有沒有安排？』

「沒什麼安排。」逢寧想了想，「在家補眠吧，對了，妳的車修好沒？」

『哪有這麼快啦。還有，妳怎麼又在家睡覺？妳這樣不好的，我就不喜歡看妳孤零零的一個人。』嘮叨了一陣，小公主說：『我想約個小哥哥去迪士尼玩。』

「哪個小哥哥？」

『就停車場那個呀。』

逢寧抬起眼，回憶了一下，「哦」了一聲，「隨妳。」

『妳也一起呀。』

逢寧莫名其妙，「我為什麼要一起？」

『反正妳一個人閒著也是閒著，就當陪我嘛。』

逢寧忍不住說，「妳跟他一起去迪士尼？妳不是有男朋友？」

閔悅悅滿不在乎：『前幾天分了呀。』

逢寧拒絕，「那你們兩個去囉，找我做什麼。當電燈泡？三人行多尷尬。」

『不是的，哎呀，妳真的不懂嗎？』閔悅悅急了，『我對那個小哥哥有好感，我想追他。但是呢，我不能這麼明顯。雖然是倒追，但是我得矜持點。我們還在曖昧期呢，我就撩撩他。再說了，我都跟他說了我是要跟妳一起去的，我只是順便邀請他一起。順便，懂嗎？妳要是不去，我該怎麼跟他說？』

逢寧還是拒絕，「我不想去，妳找別人。」

『我不管、我不管，妳一定要陪我。』閔悅悅又開始在電話那頭耍賴，『不然，我今天就去妳家裡，求到妳去。哎呀，妳就去嘛，好不好啊。』

逢寧就是典型的軟硬不吃的人，但是閔悅悅這種撒嬌賣痴最能制服她。到底還是敵不過閔悅悅的痴纏，她答應了下來。

星期六早上七點在陸家嘴的某個ＣＢＤ的星巴克門口集合。閔悅悅說晚上要看煙火秀，在迪士尼附近訂了家民宿住一晚，囑咐逢寧帶一件換洗的衣服。

到了約定的地方，逢寧一邊用手機滑社群，一邊啃包子。

進入九月底，上海的氣溫開始變幻不定。前幾天還熱得能把人烤化，昨天下了場雨，今天溫度陡降了攝氏十度。逢寧沒帶外套，只穿了件長袖T恤，被風一吹，覺得有點冷。她正哆嗦著，身後有人喊她的名字。

「逢寧。」是江問的聲音。

逢寧轉頭，「你怎麼在這裡？」她迅速反應過來，「你今天也去迪士尼？」

江問點了點頭。

逢寧沉默下來。

江問站在臺階上，今天穿著淡灰色的休閒衫，戴著半框的銀邊眼鏡，把那雙勾人的眼一遮，氣質斯文溫和了不少。

逢寧第一次看他這個造型，「你近視了？」

江問答，「沒度數。」

逢寧把剩下的話憋回去。

哦，原來是為了好看。

逢寧看了看手錶，七點都過了五分。她探頭張望，「他們人呢？」

「留點空間給他們。」

「什麼空間？」

「私人空間。」江問臉上沒什麼表情，「走吧，我開車了。」

坐電梯去停車場，電梯的反光鏡裡，江問盯著她。

逢寧低著頭看電梯顯示幕上跳動的數字，太入神，沒注意。

在上海這幾年，逢寧一次都沒來過迪士尼。她排過最長的隊就是去哥老官等吃的。以至於到迪士尼門口時，面對黑壓壓的人山人海，她差點掉頭回家。

一看到逢寧，閔悅悅就大驚小怪地叫起來，「寧寧，妳今天怎麼打扮得這麼樸素？」說著，她把手上大紅色的蝴蝶結髮箍替逢寧戴上。

逢寧臉小，杏仁眼，鵝蛋臉，戴上誇張的蝴蝶結髮箍，柔順的黑髮垂下，居然顯出點少女感。閔悅悅很滿意，拉著她自拍了幾張。

趁只有兩個人時，逢寧壓低聲音質問，「妳既然打算和柏宏逸一起來，那妳找我的意義是什麼？」

閔悅悅的聲音帶了點討好，「我不是順便替妳和江問製造機會嗎？」

「我不需要。」

花了半個多月調整心態，再面對江問，逢寧已經平靜很多了。她說，「妳別管我跟他的事，我們自己心裡有數。」

閔悅悅沒聽到一樣，像發現新大陸，小聲地叫起來，「天哪，寧寧，妳脖子上哪來的這麼多狂野的吻痕，戰況太激烈了吧？」

「什麼？」逢寧摸了摸脖子，「什麼吻痕，這是前兩天被蚊子咬的包。」

迪士尼門前排的隊伍，能讓你從進去前就開始感到絕望。光是進園，他們就排了至少一個半小時。排隊的時候，閔悅悅和柏宏逸兩人在講話，江問就站在逢寧的後面。這麼多年過去，他好像又長高了不少。

逢寧幾次轉頭找閔悅悅的時候，都能撞到他的目光。

江問雙手插在褲袋，看人的時候不低頭，只垂眼，一如既往地輕慢。

她不躲不避地看著他，和氣地問，「你這是什麼眼神？」

江問就像是在演一齣靜默的默劇，也不作聲，又去看別處。

逢寧心想：我惹到你了？

他們買了快速通行票，花了近一個小時，打卡完網路上最近正紅的創極速光輪。路邊有賣紀念品的小亭子，閔悅悅興沖沖地過去挑選。

玩到現在，逢寧只吃了兩個包子。她有點餓，去賣爆米花的地方買了一根烤香腸。掃條碼付錢的時候，才得知居然要四十塊錢，她差點吐血。

迪士尼的物價跟搶劫也沒差別了，果然還是小孩子的錢最好賺。

她忍著滴血的痛，撕開印有史迪奇的包裝袋，吃進嘴裡嚼了兩下，更是如遭遇一陣晴天霹靂。她差點吐了出來，活到這麼大，她就沒吃過如此難吃的香腸。

盯著手裡被咬了一口的香腸翻來覆去地看，她懷疑是自己的味蕾出現了問題。幾番猶豫之後，她還是繼續吃了。

——逢寧從來不浪費食物，而且花了四十塊錢。多難吃、多難以下嚥，她都要吃完。

逢寧隨便挑了一張椅子坐下來。

她專心於解決這根昂貴的烤香腸，手邊突然丟過來一個袋子。

她一抬頭，是江問。

逢寧撥開看了看，用另一隻手去拿裡面的東西，發現是一條毛茸茸的連帽圍巾，「幹什麼？」

江問歪著頭，下巴抬了抬，「遮遮。」

「遮什麼？」她順著他的視線，低了低腦袋，瞬間反應過來。

逢寧從背包裡掏出隨身攜帶的花露水，噴在掌心上，往脖子上的紅痕處抹了點。

一天玩下來，逢寧打開手機的手機計步上顯示，已經走了十七公里。

要知道平時工作忙，她也很少去健身房運動，偶爾空閒了會去跑跑步，實在是受不了迪士尼的各種亂七八糟的隊伍。她感覺自己就是童話裡那條走在刀尖上的人魚公主，邁一步都是鑽心的疼。

迪士尼雖然在郊區，但是附近的小鎮也還算是熱鬧。等閔悅悅看完煙火，已經是八點半，他們去找了個滬館吃飯。

等菜上來的空隙，雙瑤傳了一個郭德綱老師的經典相聲剪輯給逢寧。

閔悅悅和柏宏逸在聊天，也沒人注意她。

逢寧自顧自地戴上耳機，沉浸在郭老師的相聲中，忍不住就笑了出來。

她看了一段時間，網路突然斷掉。

檢查了一下行動網路，逢寧轉頭喊閔悅悅，「把妳的手機 wifi 借我連一下，我儲值個手機網路費。」

閔悅悅往嘴裡丟了一根薯條，「哎呀，我正吃東西，懶得拿手機，妳連江問的吧。」

逢寧打開藍牙，一眼就看見「-61nfiawJ」，她點了一下，「你的密碼是多少？」

江問坐在對面，剛要張口，逢寧打斷他，「等等，這裡人多。」她抽出紙和筆遞過去，「還是寫下來吧。」

他靠在椅背上，單手抓起筆，把密碼寫在紙上，推給她。

逢寧拿起來一看，龍飛鳳舞的一大行，醜得出奇的字。

Ytxwz92459111499959。

對著上面的密碼開始輸入，打完Ytxwz，她有點遲疑，有什麼東西在腦海裡一閃而過。

正好柏宏逸就在旁邊，瞟了一眼紙上的密碼，「Ryan，你還真的是，什麼玩意都用同一個密碼，你就真的不怕密碼被盜啊？」

江問不怎麼在意，「用習慣了，懶得改。」

閔悅悅也湊上來看，「什麼？」

柏宏逸搖搖頭，「我之前幫他選課，學號的密碼也是這個。不瞞妳說，我後來還試了試登入他的其他帳號，居然成功了，他也還是不改。不知道他是有多偏愛這個密碼。」

閔悅悅拿過紙，「Ytxwz……咦，這個是櫻桃小丸子的縮寫嗎？」

「是吧？」柏宏逸還沒注意到這個，「好像是。」

閔悅悅看向江問，「看不出來呀，江帥哥，你居然還喜歡櫻桃小丸子，這麼有少女心。」

柏宏逸調侃，「是啊，Ryan比一般的女人都有少女心。」

閔悅悅興致勃勃地追問，「那這串數字到底是什麼意思？」

柏宏逸略沉吟，「沒什麼意思吧，就是一張彩券的號碼。」

「彩券？為什麼有人拿彩券當密碼，中過獎嗎？」閔悅悅覺得很新奇又有點浪漫，「還是說有什麼別的意義？」

江問面不改色，無足輕重地說，「過去的事情……不怎麼記得了。」

「那你為什麼一直要用這個？」

「有點念舊。」

藍色的小標誌顯示出來，手機顯示熱點連接成功，逢寧的嘴唇抿成一條線。

她想到他那晚說的話，「我沒忘掉以前的事，但不代表我還在意。」

逢寧只好裝聾作啞。她快速儲值好手機網路費，斷開江問的熱點，故作平靜地朝他道謝。

打開儲值網路費的地方，買了網路流量，她重新把耳機戴上，隔絕了他們的談話。

閔悅悅岔開話題，「你不是在國外創業嗎，怎麼會突然想回國？」

「不知道。」江問微微揚眉，「感覺那不是我待的地方，就回來了。」

閔悅悅瞥見逢寧手機上的小掛飾，沒怎麼思考就說了一句，「寧寧也挺喜歡櫻桃小丸子的，你們還真是有緣啊……」

話說完，柏宏逸沒聽出來什麼不對勁。江問動作頓了頓，也沒什麼表示。

逢寧沒聽見。

這句話就淡淡地被蓋過了。

在場幾個人都不太能吃辣，點的菜都是口味偏甜。本來逢寧平時很少吃滬菜，但整整餓了快一天，她只吃了一根四十塊錢的香腸和幾個包子。這時候飢腸轆轆，她看野菜都覺得香。

她吃飯的速度很快，吃到中途，手機收到訊息。

看到名字，她先是抬頭看了看對面的人。

江問側頭，正在跟柏宏逸講話。

逢寧垂下眼，把手機解鎖。

江問傳來了兩張照片和一個貼圖——從門縫中探出頭的柯基。

照片是他剛剛拍的——半個小時之前，她低頭看相聲時，情不自禁抿嘴笑的樣子。

隔著桌子，逢寧又抬頭看了他一眼，單手打字，跟他用訊息對話。

寧：『偷拍我做什麼？』

-61nfiawJ：『這隻狗和妳有點像。』

寧：『……』

飯吃完，結了帳，柏宏逸和江問去外面抽菸。閔悅悅腿也疼，和逢寧兩個人都坐在位子上休息。她半認真似的說，「我覺得江問有點想撩妳。」

逢寧把閔悅悅的話當耳邊風。

「江大帥哥是不是對妳舊情難忘？」閔悅悅思量地看著她，「我的直覺，他還是對妳有點那種似有若無的小曖昧。」

逢寧沒理會她，「大小姐，妳不要再亂想了。」

「怎麼是我亂想？」閔悅悅不服氣，「妳怎麼這麼遲鈍！那我跟妳舉個例子好了。」

「就剛剛妳吃飯的時候，吃得那叫一個專心。根本沒怎麼抬頭，然後，我夾菜，收筷子的時候，有一滴油滴在妳的手背上。我都還沒反應過來，江問就遞了一張餐巾紙給妳。結果，妳就看了一眼紙，接過去，然後還是沒看他。你們要是沒鬼，誰信啊？」

逢寧一時不知該說什麼好，她問，「然後呢？」

閔悅悅：「什麼然後？」

逢寧：「沒什麼然後了。」

訂的民宿就在附近，一行人去辦了入住。

這裡是獨棟的小別墅，閔悅悅和逢寧住在二樓。他們各自回房間洗澡。

閔悅悅洗的時候，在浴室裡喊，「寧寧，這裡沒護髮乳，妳幫我去旁邊的便利商店買一瓶吧。還有啊，順便買張補水的面膜，我忘記帶了。」

逢寧拿起鑰匙，拖著疲憊的身體出門。

這裡一整片都是民宿區，很安靜。她踩在鵝卵石鋪的小路上，周圍黑燈瞎火的。

逢寧轉進一個巷子，沒料到還會碰見人。

聽到動靜，江問側過頭。

無聲地對視幾秒，逢寧領會了他的意思，以為打擾到了他的獨處。她本打算繞過去，卻被擋住。

「……」

江問倚在牆上，手指壓在唇上，示意她不要出聲。

靠得近，他又高，她略微退後一步。

這裡挺黑的，逢寧好一陣子才稍微適應了這裡的光線，這才注意到前面轉角的牆角處有人在接吻。

她小聲地問，「你在這裡做什麼？」

江問攤開手，上面是打火機和半包菸。

逢寧看了眼那對野鴛鴦，吻得難捨難分，她轉頭，「你不走？」

江問長眉長眼，似笑非笑，英俊中帶點陰鬱，「這時候打擾別人？」

你不會換條路走？

逢寧懶得管他了，諷刺一句，「那你等在這裡，打算看完全程嗎？」

江問逕自點了一根菸，還是那副平淡的腔調，「如果妳想的話，我不介意奉陪。」

雖然輕描淡寫，但這話包含的調情意味，就隱約往有些低級的地方靠了。

逢寧盯著江問思考了一下，忽而輕笑，「好啊，那就一起看吧。」

說完，她毫不在意地抱起手臂，目光落到遠處，就這麼認真地觀看了起來。

長這麼大，要比臉皮厚，逢寧從來沒輸過。

黑暗中，兩人互相沉默著。

逢寧一動也不動，表情嚴肅得就像在聽一場學術討論會。

江問微微別開頭，率先收回自己的視線，「走吧。」

「走什麼。」逢寧斜著眼，從下往上掃他，「你不看了？」

他不急不徐地說，「我沒妳這麼變態。」

她說，「這就變態了？剛剛撩人的話不是張口就來嗎？怎麼，原來只是說說而已？」

江問：「……」

看著他被她回得接近無言，她冷嘲一聲，「真有你的。」她掉頭就走。

身後傳來腳步聲，逢寧沒再理他。循著ＬＥＤ燈，她進到一家便利商店。

她挑了兩瓶旅行裝的護髮乳，拿了兩張補水面膜，兩袋黃瓜味的洋芋片，放到收銀臺上。

逢寧拿出手機，「多少錢？」

身後伸出一隻手，丟了一盒雀巢咖啡和一瓶礦泉水過來。

店員掃條碼的手一頓，有點不確定，「你們……是一起的嗎？」

「是。」

「不是。」

兩人同時回答。

江問把付款條碼秀出來，將手機丟在收銀臺上，「掃我的吧。」

店員看著這形勢，還以為是小情侶鬧彆扭，也沒在意，點點頭，「一共兩百二十七塊錢，你們需要塑膠袋嗎？」

「要。」

逢寧把東西一樣一樣地裝進袋子，「麻煩把明細也給我一下。」

用手腕掛著塑膠袋，她往回走，路上對著明細算了一下，在手機上把錢轉帳給江問。

江問稍稍落在逢寧後面幾步遠。

過了一下子，她腳步停下來，站住，回過頭來，「你一直跟著我做什麼，有事？」

江問安靜了一下，出聲，「只准妳回去？」

「這不是回去的路。」

江問：「……」

前面一條街，賣紀念品的店鋪大多都打烊了。察覺到手機震動，逢寧低頭瞄了一眼，回訊息給雙瑤。

寧：『今天都關門了，明天走的時候再幫妳買迪士尼小熊的背包。』

江問「哦」了一聲，隨口問，「妳火氣怎麼這麼大？我剛剛不就開了句玩笑。」

逢寧關上手機螢幕，停了一下，平淡地陳述，「沒這個本事，就別跟我開這種玩笑。」

江問幽幽地盯住她，默不作聲。他站在那裡，被她教訓得像個做錯了事的小孩子一樣。

天上一輪孤零零的月亮，映著地上孤零零的一個人。看著他這個模樣，逢寧心頭憋的火氣突然消了不少。

她邁開步伐，往民宿的方向走。過了一陣子，她轉過身，發現江問還留在原地。

逢寧對他說，「還不走？」

逢寧從浴室洗完澡出來，閔悅悅正在換衣服。

逢寧一邊擦著頭髮，一邊在床沿坐下，「妳要出去？」

「不出去呀。」閔悅悅拿著香水噴在手腕上，又抹了點到耳後。

逢寧：「那妳弄這麼隆重做什麼？」

「這個民宿三樓有個家庭KTV，等等一起去唱歌呀。」閔悅悅露出燦爛的笑容，「寧寧，我想聽妳唱歌。」

逢寧把毛巾換了個面，繼續擦頭髮，「你們玩吧，我累了，我要睡覺。」

「不准睡，不准睡。」閔悅悅拖著她的手臂，可憐兮兮地說，「妳也來，好不好？再說了，三更半夜，我一個女孩子跟兩個男人單獨待在一起，多不好呀。」

逢寧看她一眼，「妳還介意這個？」

閔悅悅有點訕訕的，「沒有啦，人家就是想聽妳唱歌。」

逢寧把濕漉漉的頭髮擦得半乾，拿起吹風機開始吹。

閔悅悅催促著逢寧，「快點，快點。」

「妳先去吧。」

「好吧。」閔悅悅從床上坐起來，「那妳等一下記得來啊。」

逢寧「嗯」了一聲。

她懶得化妝了，把手臂塗好遮瑕膏，換下睡衣，擦了點乳液，素著一張臉，鬆鬆地紮起長髮出去。

她推開包廂的門，閔悅悅和柏宏逸正在合唱一首歌。燈光調得很暗，江問坐在靠門邊的沙發角落，讓人瞧不清臉上的神情。

逢寧走到另一頭坐下。

他們一首歌正好唱完，閔悅悅問，「寧寧，妳要唱什麼？」

逢寧無所謂，「隨便，妳幫我點吧。」

閔悅悅翻了翻排行榜，點了一首陳粒的〈種種〉。

柏宏逸把麥克風遞給逢寧。她接過，單腿曲起，坐在高腳凳上，等著前奏結束。

閔悅悅點完歌過來，在柏宏逸的身邊坐下。兩人講著話。江問坐在她的左手邊，她隨意瞟了一眼，他的手機上是聊天軟體的畫面。她沒怎麼在意，收回目光。

當第一個空靈低緩的音出來的時候，柏宏逸的話突然停住。又聽了幾句，他問，「妳剛剛忘記關原唱了？」

閔悅悅：「這是寧寧唱的啊，你聽不出來？」

柏宏逸有點驚訝，「她唱歌這麼好聽？」

逢寧唱得不是很認真，漫不經心的樣子，看不清的歌詞就直接跳過了。她唱歌的聲音和平時說話的差很多——溫柔款款，嗓音輕淡。包廂裡其餘三個人都不說話了。

歌曲過了大半，柏宏逸才回過神，喃喃道，「哇，厲害啊。」

一曲完畢，柏宏逸率先給了她熱烈的掌聲，「逢寧，真的，第一次聽妳唱歌，實在是太驚豔了。這水準、這功力，怎麼不去參加《中國好聲音》？」

逢寧早就習慣了別人的誇獎，不以為意，「參加選秀當歌手不是我的夢想。」

柏宏逸好奇，「那妳的夢想是？」

逢寧半真半假似的跟他開玩笑，「當個大演說家。」

柏宏逸：「妳這是特地去練過唱歌？」

「天賦異稟吧。」逢寧想了想，「我從小唱歌就挺好聽的。」

柏宏逸豎起大拇指：「那妳再來一首吧。」

閔悅悅起身去點歌機，又幫她點了一首〈一個人看小丸子〉，對他們說，「寧寧唱這首歌也很絕。調子乍一聽很歡快，硬是能被她唱出一種很悲傷、很心酸的感覺。」

晚飯時間到了，窗外香味飄進來了。

那是別人家開始開開心心吃飯了，

我獨自捧著碗，獨自看著卡通片，

眼淚卻不知不覺掉下來了。

……

我會努力的，雖然我好累了。

遙遙幾公尺之外，晦暗的角落裡，江問始終看著她。交錯的光影落在她的臉上。她對著螢幕，看著上面滾動的歌詞，唱得很認真。

那時候那麼多的幸福圍著我，

我卻總是覺得時光好折磨。

……

可是我長大了，我學會隱忍了。

不會像從前那樣任性了。

逢寧唱完兩首歌，把麥克風放到桌上，「我去一下洗手間，你們玩。」

閔悅悅接力，點了一首周杰倫的〈告白氣球〉。她是個音痴，情歌唱得像兒歌。

逢寧從洗手間出來，坐在沙發上聽了一陣子，聽閔悅悅唱聽得笑場。她站起來，準備回房間睡覺。環視一圈，她發現坐在角落的某個人不見蹤影。

逢寧隨口問了一句，「江問呢。」

柏宏逸不怎麼在意，「哦，他又一個人下去喝酒了吧。」

逢寧抓到一個詞，「又？」

想到什麼，她眉頭皺起來，「他經常喝酒？」

「是啊。」柏宏被她的態度弄得愣了一下，「妳不知道？」

逢寧頓了頓，「他以前不喝酒的。」

「是嗎？」柏宏逸說，「Ryan在國外讀書，有陣子酗酒很嚴重的，之前喝到胃穿孔被送進醫院好幾次，還是改不了。」

逢寧獨自下樓。

昏黃的燈光照亮一隅。她走到他的身邊，沒有立刻說話。

江問似乎沒察覺到有別人來。叮叮幾聲，玻璃杯裡浮起的冰塊輕輕地撞在一起。

吧檯上已經東倒西歪地空了幾個酒瓶，看瓶子，全是烈酒。她說，「別喝了。」

對方沒回應。

江問像是沒聽到，眼睛瞇縫，又自顧自地喝了一口。逢寧一把搶過他的酒杯，「要你別喝了。」

她把酒杯擲在桌上，金黃的液體傾灑而出。

江問發呆。他已經醉了，一雙眼睛水潤潤的，視線迷茫，瞳孔有點渙散。

逢寧把他扶去旁邊的沙發上坐下。她去廚房的冰箱裡找到了優酪乳，拿出來。

他合上眼睛，像是睡著了。

「江問？」走過去，彎下腰，逢寧拍了拍他的臉，「喝點優酪乳。」

根據以往照顧醉酒客人的經驗，逢寧決定再去倒杯水。民宿裡沒有現成的熱水，逢寧找出電熱水壺，現燒。幾分鐘之後，等水煮沸，倒進杯子裡，她又兌了一點涼水。

端著溫開水出去，逢寧在不遠處的地方停住腳步。

江問雙腿架在茶几上，略低下頭，嘴裡叼著一根菸，用手籠罩著，打火機喀嚓一下，微弱的火光一跳，點燃菸。他吸上一口，將煙噴出來。

逢寧就站在原地，盯著江問抽菸的側臉。

他只抽半根，然後靜靜地等著猩紅的菸頭燒完。

逢寧記得，以前的他，就算高傲得愛拿下巴看人，但是也很有教養，成績優異，很少說髒話，不抽菸，連酒也很少沾。

和少年時期比，他清俊得越來越過分，一舉一動卻越來越陌生。

忽然，有難受失落的感覺冒出。

逢寧走過去，把溫開水放下。

看著她，他的眼神比之前清醒了一點。

江問站起身，搖搖晃晃地繞過她，回到吧檯坐下。他手肘曲起，撐在桌上，拎起杯子，似清醒，又似不清醒。

不以為意地拿起旁邊已開封的酒，他重新替自己倒滿。

其舉手投足間，放縱又墮落。

逢寧過去，想搶走他的酒杯。

江問側過身子，她的手被按在桌上，無法動彈。他表情冷淡，仰頭灌完酒，又倏地垂下。

辛辣的酒入喉，他嗓子喑啞，「看夠了沒？」

逢寧用了點力氣，抽回自己的手，「柏宏逸說你酗酒，為什麼？」

江問將頭垂得很低，沒說話。

「為什麼？」

「什麼為什麼？」

她輕聲問，「你為什麼會變成這樣？」

逢寧沒辦法想像，眼前這個酗酒成性、抽菸成癮的人和她記憶中的少年是同一個人。

江問腦袋稍偏了一下，對逢寧說，「我的事，跟妳有什麼關係嗎？」

和他對視片刻，逢寧說，「你以前不是這樣的。」

他「哦」了一聲。

樓上傳來隱約的音樂，逢寧看到江問現在這個樣子，心底不知道是什麼感受。她說，「江問，你已經不像你自己了。」

「以前的江問？」足足安靜了一分鐘，他低低地笑了一聲，「以前的江問，連他喜歡的人都留不住，我為什麼要像他？」

第二十六章　對不起

江問說完這句話，終於醉倒在桌上。

逢寧竟一時怔住。

樓上，閔悅悅拿著麥克風，漫無目的地唱著歌。

讓這口煙跳升，我身軀下沉，

曾多麼想多麼想貼近。

你的心和眼，口和耳，亦沒有緣分，

我都捉不緊。

一屋昏暗的燈光，江問似乎是難受，眉間蹙起，夢囈了幾句。

他的臉近在咫尺——漆黑的睫毛，秀挺的鼻梁，偏薄卻柔軟的唇——一切都恰到好處。

逢寧看著江問眉毛旁的棕色小痣，抬起手，懸在空中，慢慢地靠近。她在指尖快要觸碰到的時候，又在極短的距離停住。

她把手收回去。

閔悅悅只會幾句粵語，跟著哼了哼。她打開了原唱，轉身去和柏宏逸講話，「以前我最喜歡的歌手就是王菲，雖然有人不覺得她漂亮，可是我覺得她好看。尤其是在《重慶森林》裡面，她太有靈氣了。」

柏宏逸，「王菲的歌，不太快樂，唱碎了天下多少有情人的心。」

略沙啞的粵語反覆低吟——

害怕悲劇重演我的命中，

越美麗的東西我越不可碰。

江問緊閉著眼，眼角眉梢卻依然有一絲無法遮掩的痛楚洩露出來。

逢寧在壓抑呼吸，拿著毛巾，慢慢地擦拭江問唇邊、下巴的酒液。

成年男人的身軀很沉重，她的步伐很緩慢，一步一步，把他重新扶到沙發上。

逢寧起身的時候，發現地上有一個東西。從外形判斷，那是一個棕色的牛皮夾。她彎腰替他撿起來，從裡面掉出幾張美元。

逢寧翻開皮夾，準備把錢塞回去。

這個皮夾有三層夾縫，逢寧順手掰開其中的一層，裡面的東西，讓她忽然遲疑了一下。

——很眼熟。

剎那間，無可遏制的情緒氾濫開。她被釘在原地，恍惚了幾秒。

逢寧把裡面的東西拿出來。

——兩張便利貼，一張彩券，全都被護貝起來。

她一眼就認出，其中有一張是自己的筆跡，可她的記憶已經模糊了，她一點都不記得什麼時候寫過這句話給江問。

「祝江問同學新年快樂，年年都快樂！」

另一張……是孔雀和酒瓶的便利貼。逢寧微微低下眼，去看沉睡之中的男人。

這張便利貼的背後也寫了一行字。

——Jwaifn16。

是江問寫的。

她立刻聯想到江問帳號那串突兀的「亂碼」。

她反應過來那是什麼意思後，心頭微妙的一點酸澀，瞬間達到了疼痛的程度。

包廂內的照射燈五彩斑斕，閔悅悅和柏宏逸相擁在一起。

他們開始接吻。

歷史在重演，

其實我再去愛惜你又有何用，

難道這次我抱緊你未必落空。

逢寧找來薄毯，蓋在江問的身上。

他的左手自然地從沙發上垂落。

她在另一個小轉角坐下，皎潔的月光落進來，淡淡地、溫柔地切割出一片剪影。

逢寧凝視著江問的影子，整個人充滿了無法看透的沉默。

不知過了多久，她起身，把燈關上，靜悄悄地離開。

什麼我都有預感，
然後睜不開兩眼看命運光臨。
寂寞哀切的歌已經放到結尾。
時間好像定格在一個點上，世界都睡著了。

滿室寂靜中，江問睜開眼。

閔悅悅第二天中午醒來，發現身邊已經空無一人。

她睡眼惺忪地拿起枕邊的手機，傳訊息給逢寧。

My：『寧寧，妳人呢？』

逢寧沒回覆。

洗漱完下樓，閔悅悅發現只有柏宏逸一個人。

閔悅悅問，「咦，江帥哥呢？」

柏宏逸正在烤吐司，「他很早就走了，妳朋友呢？」

「她也走了。」

柏宏逸想到什麼，隨口說了句，「妳覺不覺得，Ryan 和妳朋友之間，有種很怪的感覺。」

「嗯？」閔悅悅說，「原來你還不知道嗎？他們以前在一起過啊。」

柏宏逸一瞬間就糊塗了，「逢寧？」

「是啊。」

「她就是 Ryan 的那個在國內的前女友？」

閔悅悅有點茫然，「你這麼激動做什麼？」

柏宏逸的表情變得十分奇怪，「我從很早前就對 Ryan 這位傳說中的前女友好奇了。」

閔悅悅咬了一口吐司，「好奇什麼？」

「到底是什麼樣的女人……」柏宏逸輕輕搖頭，拖了一下聲音，「才能把 Ryan 傷得這麼深。」

「傷得深？那我就不知道了。」閔悅悅冥思了一下，「而且，寧寧不像吧……你說的可能是另一個人？」

柏宏逸，「那逢寧現在還是單身？妳們什麼時候認識的，聽她提起過 Ryan 嗎？」

「對啊，單身。我們讀研究所時才認識，沒怎麼聽她提過以前的事。」

閔悅悅靠在料理檯邊緣，又捏了一片吐司，「寧寧身邊一直都沒人，我還不是想著江大帥哥和她還挺配的，所以故意拉他們出來玩嗎，想看看能不能擦出一點火花來。」

這時，手機跳出來一則訊息。

寧：『我先回去了，妳好好談妳的戀愛。以後別管我和江問的事情。』

又過了一個月，逢寧和江問差不多算是斷了聯絡。那晚，江問醉酒，無意識說出的話，讓她第一次直面他的痛苦。

而這些也許只是冰山一角。可就連冰山一角，她也沒能力去融化。

如果過去那段感情對彼此來說都是折磨，那麼分開、疏遠，各自將生活再度恢復成平靜，就當作一切都沒發生過。這是逢寧希望達到的目的。

連著好幾個星期，上海開始飄陰冷的濕雨。

聖誕前夕，快到下班的時間，逢寧突然接到關同甫的電話。

『寧姐，妳幫我個小忙吧。』

逢寧正在看上一季的財務報表，「什麼忙？」

『我和小竹現在要去跟 Maruko 的客戶吃頓飯，妳下班了能幫忙送份文件去他們公司嗎？我下午整理的時候漏了一份。』

逢寧看了看手錶，「嗯，送給誰？」

關同甫：『一個姓李的經理，我把他的聯絡方式給妳。』

逢寧「嗯」了一聲，「把他們公司的地址傳到我的手機上。」

雙瑤今年來上海過聖誕，傍晚的飛機，晚上八點到。逢寧開著車，正想著這事，就收到她的訊息。

雙瑤啊搖：『我又延誤了半小時，不過快起飛了。航班3U8889，等等下飛機了，我要在虹橋T2看到妳的人，知道嗎？』

寧：『知道了，關手機吧，路上平安。』

雙瑤啊搖：『我才剛剛檢票上飛機，還能再聊一下。』

寧：『沒空跟妳聊，有事。』

Maruko的公司在內環某繁華街區的一棟辦公大樓裡，逢寧跟櫃檯說了來的目的。

櫃檯讓她在旁邊等等。

逢寧走到旁邊，打電話給李經理。

那邊過了一陣子才接，『喂，妳好，妳是？』

逢寧解釋，「李經理，你好，我是兩港翻譯的，來送一份文件。」

『哦、哦，不好意思啊，我現在正在開會。』

那邊一陣窸窣，似乎換了個地方，李經理說：『我現在走不開，不然，妳直接放在櫃檯吧。』

逢寧：「這個文件相當重要，你要是忙的話，你跟櫃檯打個招呼，我幫你送上去？」

『嗯，好、好、好，麻煩妳了。』

電梯緩慢上升，到了樓層，電梯門自動打開。

逢寧經過他們的辦公區，Maruko 的燙金招牌就懸掛在牆上。她路過的時候，多看了幾眼，發現他們的 logo 是一個類似櫻桃的東西。

逢寧突然生出了點莫名的好感。

有個長相很甜的小女生替逢寧倒了杯水過來，帶著她往裡走，解釋道，「我們公司今天開例會，不過差不多快結束了。李經理讓我先帶妳進去。」

逢寧道了聲謝，說，「沒事。」

她們剛繞過一個廊道，前方突然出現了一群人。

走在最前面的男人，被剪裁流暢的深色西裝束縛起來，既俊逸又成熟。

逢寧愣了愣。

他們迎面走來，江問的步伐突然慢了些，視線掉轉，視線和逢寧的對上。

她側了側身，讓開路。

前面有道門被推開，李經理探出身，喊了她一聲，「妳是兩港翻譯的逢小姐吧？」

逢寧快步走過去，「是的。」

一邊和李經理交接，腦海裡千絲萬縷的線索，全部連了起來，逢寧分神地想，原來關同甫說的這家跨國公司居然是江問的。

她的心情瞬間複雜了起來。

正好手機有個電話撥了過來，逢寧心一鬆，接起來。她一直在跟對面說話，眼睛低著看路，不看兩邊，就這麼往外走。

她等在電梯口，樓層的數字從「17」跳到「24」。

事情說完，逢寧垂下眼，應了兩聲，把電話掛斷。

電梯門打開，她走進去，旁邊跟進來一個人。

逢寧側頭。

江問也轉頭。

這是逢寧第一次看到江問穿這麼正式的西裝，白襯衫，深藍的溫莎結卡在領口。上上下下打量他幾秒，她將視線收回。

電梯往下降的一瞬間，有幾秒的失重感。

稍小的空間裡，只有他們兩個人。江問低聲問，「妳剛剛看到我跑什麼？」

逢寧很平靜，反問，「我看到你為什麼要跑？」

「我怎麼知道。」

電梯下了三層，停住，門打開，又進來一批人，把兩個人沖散。

於是，他們沒再說話。

電梯到了一樓，所有人魚貫而出。逢寧落後幾步，回過頭對江問禮貌地告別，「我先走了。」

江問雙手插在口袋裡，眼睛微微抬起，淡漠地說，「請妳吃個飯？」

逢寧聽出他的客套，拒絕，「不用了。」

江問一聲不響。

頓一頓，逢寧跟他解釋，「雙瑤來了，我等等要去機場接她。」

江問突然問，「我那天……」

逢寧下意識地打斷他，「沒有。」

江問瞥了她一眼，沒作聲。

「走了。」逢寧朝他道別。

雙瑤的飛機誤點了半小時。逢寧住在楊浦區，開車的話，花的時間太長，乾脆坐地鐵過去。

等她接到了雙瑤，把行李放到家裡安頓好再出門吃飯，已經接近十二點。

於是，她們去吃了海底撈。

一路上，雙瑤都在盤問江問的事，逢寧沒理她。

等坐在海底撈的店裡點完菜，雙瑤依舊喋喋不休。

逢寧說，「妳到底是來看我，還是來看江問的？」

雙瑤嘖了一聲，「那我這不是關心妳嗎？妳知道我眼睜睜地看妳單身了這麼多年，心裡有多著急。真的，我都想好了，要是妳以後不結婚，那我就生兩個小孩，過繼一個給妳。」

逢寧正在疊餐巾紙，聞言，好笑，「有這麼誇張嗎？」

「所以妳和江問聊過了嗎？他對你是已經放下了，還是說你們還可以發展點別的？」雙瑤問得很迂迴。

「要發展，這十年早就發展了，還等到現在？」

雙瑤，「話可不能這麼說，多的是七老八十還在追求初戀的，你們這才幾歲跟幾歲。」

她從自己的位子上起身，走到逢寧那邊，在逢寧的旁邊坐下，「把妳的手機打開，給我檢查一下。」

「檢查什麼？」

雙瑤拿起她的手機，「別廢話，趕緊解鎖。」

逢寧不肯配合。

雙瑤強制性扳過她的臉，對準虹膜，面容解鎖。

雙瑤把手機放到桌上，訊息畫面停在逢寧和江問最近的對話上——

二〇二X年十月九日上午六點十九分——

-61nfiawJ：『我走了。』

-61nfiawJ：『昨晚喝多了，不好意思，麻煩妳了。』

-61nfiawJ：『醒了之後回個訊息。』

-寧：『嗯，沒關係。』

-61nfiawJ：『我昨天沒說什麼吧？』

二〇二X年十月十八日下午九點零九分——

-61nfiawJ：『逢寧？』

-61nfiawJ：『？』

星期五 下午十一點五十一分——

-61nfiawJ：『妳這個帳號還用？』

昨天下午十一點二十分——

-61nfiawJ：『？阻擋我了？』

- 寧：『最近工作忙，忘記回了。』

-61nfiawJ：『……』

-61nfiawJ：『是我那天喝醉跟妳說什麼了？』

下午五點十八分——

-61nfiawJ：『雙瑤什麼時候走？』

下午七點零二分——

-61nfiawJ：『算了，隨意吧。』

雙瑤佩服得五體投地，「別人十幾則訊息，妳只回幾則？好敷衍啊，妳的心還能更狠點？」

逢寧瞥了一眼，按了一下關閉，手機螢幕重新暗下來。

雙瑤好奇，「所以江問喝醉酒到底跟妳說什麼了？我看他好像挺在意這件事的。」

逢寧：「沒說什麼。」

如果讓江問知道自己醉酒後在她面前說出了那句話，以他驕傲的性格，他說不定這輩子都不想再見到她。

雙瑤沉思了一下，咕噥，「等等，等等，不對……有點不對。」

她忽然靈光一現，催促道，「快點，逢寧，再把妳和江問的聊天紀錄給我看看，我好像知道什麼了。」

「-61nfiawJ」——雙瑤琢磨著江問的這個帳號名。

剛剛江問傳給逢寧的一長段訊息，讓雙瑤突然變得敏感了起來。她說，「寧寧，如果不是自作多情的話，妳把他這個帳號名字倒過來看。J、w、ai、f、n、16-」

雙瑤差點要跳起來，「這不就是 Jiang Wen Ai Feng Ning——江問愛逢寧？」

逢寧沒出聲。

雙瑤又自我肯定了一遍，「還真的是！絕對是！」

她像發現了什麼驚天大祕密，激動地扯過逢寧，「妳快看，妳快看啊。」

逢寧巋然不動，「我早就發現了。」

「那還剩下一個『16-』，這個是什麼意思？」

還沒等逢寧回答，雙瑤一拍大腿，「我知道了，莫非是從十六歲到……」

她一卡，表情有點呆，「到沒了……」

那豈不就是……

江問愛逢寧，從十六歲起，到永遠……

良久，雙瑤才回過神，兩眼冒桃心，憤憤道，「這也太浪漫了。逢寧，妳到底憑什麼？妳上輩子是拯救了銀河系？這輩子才有個這麼帥、這麼有錢，還這麼痴心的帥哥被妳玩弄於股掌之間？」

逢寧說，「妳不要想太多了，我們現在不是妳想的這樣。」

等鍋底上來，雙瑤的心情還未平復，一邊涮豆皮，一邊抬頭問，「為什麼不跟江問再試試？他這樣，明顯就是對妳還沒放下啊。」

氣氛意外地安靜了很久。

逢寧回答，「〈暗湧〉這首歌聽過嗎？王菲唱的，林夕寫的詞。」

「沒聽過。」

「妳上網找找。」

雙瑤拿出手機，搜尋了一下，找了個搜尋結果開始看，看了一陣子，唸出口，「〈暗湧〉描寫的愛情，表面雲淡風輕，實則暗流洶湧。愛而不得，又無可奈何。不敢靠近，只是害怕悲劇再重演。」

雙瑤唸完了，「什麼爛歌，這麼悲傷。」

逢寧看著她，「雙瑤，我知暗湧，我不敢碰。」

——我知暗湧，我不敢碰。

江問從十六歲開始愛逢寧，可是他知不知道，現在的她早就不是十六歲的她了。

她早就不是了。

雙瑤看出逢寧的樣子不是在開玩笑。

她哽了哽，嚴肅了表情，「逢寧，有句話，我想對妳說很久了。」

逢寧：「什麼？」

「妳不要成為那種瞻前顧後、懂得很多道理卻依舊過不好一生的人。」

一頓飯吃得有點沉悶。

逢寧胃口喪失了大半。

雙瑤中途去上廁所，逢寧打開訊息，點開江問的對話欄。

半個小時前，他又傳了兩則訊息過來。

-61nfiawJ：『不想回我訊息？』

-61nfiawJ：『好，妳有本事就把我封鎖。』

海底撈讓兩人都吃得有些撐，雙瑤和逢寧壓著大馬路回家。

道路兩旁的店鋪幾乎都打了烊，沒有白日的喧囂。到了這個季節，街邊上梧桐樹的葉子掉了滿地。萬籟俱寂的上海，有種特別的蕭索、冷漠和不近人情的精緻。

逢寧玩著手機，打開雲端上經常聽的某首歌，點進去，又退出來，如此反覆。

雙瑤裹緊身上的風衣，說，「我明天陪妳過聖誕，後天要去找高中一個同學玩。」

逢寧聽了，沒什麼表示。

「妳要不要跟我一起啊？」雙瑤推了一下她。

有風吹來，逢寧撥開被風吹到臉上的髮絲，「再說吧，看我有沒有空。」

隨便聊了兩句，雙瑤說，「對了，我這次來上海，其實還要完成母親大人交給我的任務。」

逢寧了然，「這次又是哪個？」

之前雨江巷的長輩介紹過幾個未婚男性給逢寧，不過那些人後來都被她的冷淡勸退。

「這次這個，真的可靠了。雖然長相不算特別帥，但是斯斯文文的，身高一百八十幾公分，還是交大的博士後。」雙瑤翻出手機讓她看照片，心猿意馬，「反正顏值這方面，江問那麼帥的男人都被妳遇見了，這輩子也沒啥遺憾了。妳應該也不在乎。」

「能不能別動不動就提他？」

雙瑤自掌嘴，「行、行，不提，我不提。」

逢寧看了一眼照片，「妳媽怎麼直接跳過妳，開始催我了？」

「我不是有男朋友了嗎？」雙瑤哼了一聲，「再說了，等過完年，我就要和小嘉登記了。到時候我爸媽的炮火就要正式對準妳了，別怪我沒提前警告妳。過年的時候，妳可要小心點。」雙瑤含糊地說，「不過，早知道那誰誰回來了，我就不讓我阿姨替妳物色單身男生了。」

逢寧有點無語，「他回不回來，我都不用妳操心。」

「呵，我看著妳這個架勢是想孤獨終老呢。」

「妳省省吧，我沒妳想的這麼悲情。」

逢寧刷完牙，從浴室出來，發現雙瑤趴在床尾，拿著自己的手機不知道在做什麼。

她走過去，「妳在用我的手機跟誰聊天？」

雙瑤不怎麼在意，「剛剛跟妳提的相親對象，我直接把妳的帳號傳給他了。我先幫妳試探兩句，不行就pass。」

逢寧打開床頭的加濕器，「你們在聊什麼？」

「約一下時間，什麼時候出來吃個飯、見個面。」

雙瑤翻了個身，「我剛剛從相簿挑了一張妳的絕美照片傳給那個交大博士，哈哈哈，妳知道他回了句什麼嗎？」

逢寧皺眉，「妳傳我的照片？」

「妳這什麼表情，我倒也還不至於這麼喪心病狂地去看妳的相簿，我是從我自己手機上翻出來的妳以前的照片。」

雙瑤：「吳博士先是對妳的美貌給予了肯定，然後委婉地問了問，妳還有沒有素顏照。他說以後如果過日子，肯定要坦誠相待的。」

逢寧把她的話當耳邊風，在化妝鏡前坐下，思考著要不要敷面膜，一看時間，太晚，還是算了。她開始塗護膚品。

雙瑤喊，「那我再傳張自拍照過去了啊？」

逢寧擦手，「什麼自拍照？」

「就是妳之前坐高鐵的自拍照。」

那時候流行梨花頭，逢寧也跟風去燙了一個。年底回南城，在高鐵上，雙瑤問她到哪裡了，她直接傳了張自拍照過去。

就是這張照片，她穿著米黃色的高領毛衣，有幾縷微捲的碎髮黏在唇釉上。高鐵上的燈光偏暖色調，她靠在玻璃上，有根白色的耳機線，抿著唇笑，對著鏡頭比了個剪刀手。

梳粧檯上一堆瓶瓶罐罐，逢寧剛剛把面霜的蓋子蓋上，聽到身後傳來一句粗話。

逢寧回頭，詫異，「妳怎麼了，大驚小怪的。」

雙瑤又罵了兩聲。

逢寧皺眉，「妳能不能別罵了，鄰居要投訴我擾民了。」

「寧寧，我對不起妳。」

逢寧有種不好的預感，她起身走到床邊，「怎麼了？」

果然，下一秒，雙瑤把手機遞給她，「我不小心把準備傳給吳博士的照片傳給江問了。」

逢寧拔高聲音，「什麼？」

雙瑤解釋，「我真的不是故意的，我……剛剛把照片傳到妳的訊息上，結果用妳的訊息分享給吳博士的時候，江問就在他的對話框下面。他們的頭像都是灰色系的，我一時大意，就直接傳給江問了。」

逢寧沒吭聲，迅速搶過手機，長按圖片，點擊收回。

還好在兩分鐘以內，成功收回。

逢寧在床邊坐下，「妳故意的？」

雙瑤舉起手發誓，「這次真不是，我真的手滑了。」

幸好現在已經很晚，逢寧又等了一下，江問那邊什麼動靜都沒有，猜想是睡了。

她鬆了口氣。

她又看了一眼，除了剛剛收回的訊息，上一則還是江問傳過來的：『好，妳有本事就把我封鎖。』

逢寧剛要放下手機，江問忽然傳了個問號過來。

-61nfiawJ：『？』

寧：『沒什麼，手滑了。』

-61nfiawJ：『妳傳什麼了？』

-61nfiawJ：『？』

逢寧看著自己發的東西，好像解釋得有點生硬，於是又補充了一句。

寧：『準備傳給同事的一個工作通知，分享的時候不小心傳錯了。』

-61nfiawJ：『哦。』

逢寧沒回覆了。

雙瑤跪在她的身邊，「怎麼樣？」

逢寧重重地打了她的手臂一下，「還好，他沒看見。」

「啊？」雙瑤失望地咕了一聲，「無趣。」

逢寧扯了她的頭髮一下，「妳再故意整我，我要把妳的尿床照傳給小嘉了。」

「妳還能再惡毒一點？」

她們正笑鬧，手機又收到一則訊息提示。螢幕上，是江問傳來的——

-61nfiawJ：『妳說的工作通知，是這個？』

-61nfiawJ：『（圖片）』

逢寧：「……」

雙瑤掃了一眼，笑倒在床上，「哈哈哈，江問的手速夠快的。」

逢寧靜默著。

雙瑤又說，「他現在還會耍妳了，這些年在美國果然沒白待。」

寧：『？』

-61nfiawJ：『大半夜傳這個給我？』

寧：『手滑。』

-61nfiawJ：『你們公司還挺特別的。』

-61nfiawJ：『用自拍照當工作通知。』

逢寧被他的話弄得生出一點怒火。

寧：『你陰陽怪氣什麼？說了手滑。』

-61nfiawJ：『？』

寧：『又不是傳給你的。』

寧：『睡了。』

逢寧草草和江問結束對話，罪魁禍首雙瑤還在幸災樂禍，「你們兩個是小學生嗎？這都能吵起來。」

「沒看見是他先刻薄我？」逢寧煩躁。

雙瑤，「那還不是因為妳這個婆娘太冷漠了嗎？」

「冷漠？」逢寧好笑，「難道我要正常地去跟他交朋友？假裝以前什麼都沒發生過？」

雙瑤想了想，「為什麼不行呢？」

逢寧冷血無情，「斷掉的東西哪有這麼好接上的。」

雙瑤感嘆，「妳對別人狠，對自己也狠。算了，我不勸妳了，反正我也勸不動。」

從小，逢寧就是個很有主見的人。她不喜歡變動，什麼事情都要在自己的掌控範圍內。

逢寧一下決定，別人就很難再撼動她。

江問在她這裡，已經被歸為過去的事。

儘管兩個人都不算澈底放下，但逢寧心裡已經認定了不可能的東西，就不會在那上面繼續糾纏，浪費時間。

第二天是平安夜，街上的商店到處都是聖誕老人的白鬍子、棕色的麋鹿、雪橇。雙瑤拉著逢寧去做了個美甲，然後逛街、做頭髮。

晚飯時分，雙瑤接到高中同學的邀請。她本來打算把逢寧拉著一起去的，結果在路上，逢寧被一通工作電話叫走，跑去公司加班。

把事情忙完，小竹過來說，「寧寧姐，我們今天要去跟Maruko的人吃飯，一起去？」
逢寧回憶了一下，「你們上次不是吃過？」
小竹哎呀一聲，「做生意，有來有往嘛。上次是別人做東，這次是我們老闆做東。」
「學長也去？」
師遠戈從辦公室走出來，「我去。」
逢寧：「那我還去做什麼？」
「Maruko是個大客戶，我們兩港兩位老闆到齊，多有誠意啊。再說了，學長、關豆腐，我們三個都不能喝酒，撐場子還是要寧姐來。」
他們訂的是徐家匯那邊新開的一家日本料理店。
Maruko也來了四個人，逢寧只認識李經理。第二次見面，她主動打了個招呼。
這家日本料理店正在舉辦開幕活動，需要三個人上傳社群媒體宣傳打卡，可以打七折。
幾個人紛紛掏出手機，在店員的指導下掃了QR Code。
逢寧定位了一下位置，上傳了社群媒體。
關同甫這幾天工作繁忙，一天到晚都在跟法務部忙合約，看到店內的裝修，才恍然，「今天是不是平安夜了？」
「是啊。」
大家聊了幾句，師遠戈負責點單。
吃到中途，李經理起身接了個電話，返回時說，「等等可能還要來個人，沒事吧？」

師遠戈笑，「這能有什麼事，加雙碗筷而已。」

小竹跟對面一個年輕人是典型的活潑有朝氣，兩人盡職盡責地暖場。

逢寧聽師遠戈聊著工作上的事。

門口的簾子忽然被撩起來，李經理起身。逢寧側頭，也跟著往門口看。

大家都安靜了幾秒，尤其是小竹，正說著話，突然斷了半截，嘴巴張開，忘記闔攏。

江問在場內掃視一圈，和逢寧的目光對上一下，就錯開。

他若無其事地說，「沒打擾到你們吧？」

小竹回過神來，連聲道，聲音有點不受控制的顫抖，「沒打擾，當然沒打擾。」

關同甫在桌底下掐她的大腿。

小竹的笑出現了一絲裂痕，從牙縫裡擠出幾個字，「你做什麼！」

關同甫也把聲音壓在喉間，「別一副沒見過世面的花痴樣，讓兩港丟臉。」

師遠戈站起來，伸出右手，「歡迎。」

江問左手臂橫著放在椅背上，另一隻手伸出，回握，「幸會。」

他把外套脫了，隨手放到一旁，露出帶點英倫風的V形暗紋毛衣，領口處是規整的藍襯衫。深灰色西裝褲，身形恰好被淺淺地勾勒出來，簡直帥得人神共憤。

小竹的目光都黏在他的身上了。

李經理說，「我介紹一下，這是我的老闆，江問。他剛好在附近，就一起來吃飯了。這兩位是兩港翻譯的竹小姐、關先生。」

「還有這個——」李經理介紹到逢寧。

江問口氣散漫地打斷，「這個不用介紹了。」

桌上幾個人都愣了一下，他坐下來，「我認識。」

逢寧像沒事人一樣倒著水，察覺到別人都看著她，於是問，「怎麼了？」

關同甫說，「妳和江總認識啊？」

逢寧：「認識。」

小竹略有些激動，不免又好奇地追問，「真的啊！居然這麼巧！你們怎麼認識的？怎麼從來沒聽妳提過。」

逢寧瞟了她一眼。

「——帥」差點脫口而出「帥哥」，小竹及時刹車，「江總，你跟我們寧寧姐認識多久啦？」

「忘記了。」

「忘記了？」小竹的表情有點迷惑。

逢寧說，「我們兩個是高中同學。」

出乎意料的答案，不過，其他人也沒再追問。

Maruko 的另一個人說，「老闆，你怎麼來了？」

「看到你們的社群分享了。」江問挑了挑眉，「還以為是公司聚餐，剛好在附近，過來湊一頓飯。」

他們說著話，師遠戈把剛剛說到一半的事情繼續對逢寧講完。他用手機調出臨時的工作表格。

逢寧湊上去看，兩人離得很近。

從關同甫的角度看去，他們兩人的頭都快要靠在一起了。他提高聲音嚷嚷，「Boss，你們怎麼回事，大庭廣眾之下秀恩愛？」

李經理順勢開起玩笑，「秀恩愛？原來兩港是夫妻合夥創辦的？」

關同甫招來師遠戈警告的一瞥，趕緊出聲解釋，「沒、沒、沒，目前還沒有。」

小竹趁機報復回去，「他平時就喜歡亂說話。」

他們聊天，江問一直都不怎麼講話。

又點了幾個菜，喝過一輪酒。氣氛明顯輕鬆多了，關同甫主動cue江問，「江總，我能打聽一下寧姐的八卦嗎？」

「什麼？」

「她經常跟我們吹牛呢，說自己當年從國中開始就是校花，追她的人能從學校門口排出三條街。」

聞言，江問笑了笑，「我不太記得了，可能是吧。」

師遠戈出來幫逢寧說話，「小寧在大學裡更搶手。那時候，我們系裡大概有一半的男生都對她有點意思。」

「那這一半的男生裡包不包括你？」

師遠戈很紳士地回答，「當然。」

「那江總，你有沒有什麼寧姐的糗事說給我們聽聽？」

逢寧忍不住了，「你們有完沒完？」

「沒有。」不知道江問是在回答她，還是回答小竹。

小竹有點失望，「真的沒啊？」

江問簡短地說，「她只會讓別人出糗。」

「例如？」

「把一個男生踹到噴泉池。」說完，江問習慣性地補充一句，「大冬天。」

「這也太彪悍了。」

江問不置可否，他喝了一點酒，靠在椅背上，身上有股從容不怕的懶散感。

這時候，小竹看到江問和逢寧隔著桌子對視了一眼。雖然兩人都淡淡的，但她總覺得……他們不像是普通高中同學那麼簡單。

她就是覺得他們有種說不清楚的小曖昧。

吃完飯後，關同甫提議一起去唱歌。李經理說要趕著回家陪老婆孩子，一想到是節日，大家應該都各自有約，便作罷，「好，那我們今天就到這裡，有空下次再聚。」

一群人分別之際，師遠戈說，「去哪裡？要不要我送妳？」

逢寧拒絕，「不用了，我打算去逛逛，你去忙你的吧。」

冬天黑得很早，街上霓虹燈全部亮起，很有耶誕節的氣氛。

逢寧繞著附近的廣場走了一圈，最後停在星巴克門口一棵巨大的聖誕樹附近。

她仰頭看，綠色的枝上掛著閃光的雪花、金色的鈴鐺、紅色的蝴蝶結。

逢寧心情好了點，冷風裡，她深深地吸進一口涼氣。

交大博士傳了幾則訊息過來給她，大概意思是想約她到時候出來跨年。

逢寧看了一眼，沒回覆。

她本來想直接拒絕，但是這是雙瑤的媽媽託人介紹的，也不好太直接。到時候見面了，她再把話說清楚也行。

她把手機收起來，把雙手插進外套的口袋裡。

將下巴埋進墨綠的圍巾裡，她踢了踢腳邊的小石頭，準備找個地鐵口進去。

誰知道一轉身，她就和江問迎面撞上。他們一時間都停住，打量著彼此。

她略有些遲疑，「你還沒走？」

江問把手裡的袋子往上提了提，「來買杯咖啡。」

「哦，這樣。」逢寧客套地跟他寒暄了幾句，然後道別，「那我先去坐地鐵了。」

逢寧繼續往地鐵口走。

玻璃上的影子，江問不遠不近地落在她身後三四公尺。她停下步伐，轉頭，「你做什麼？」

「回家。」

「那你跟著我做什麼？」

「我也坐地鐵。」

逢寧：「你沒開車？」

江問不急不徐地反問她，「妳想讓我酒駕？」

兩人一同下了樓梯。今天因為過節，人很多，江問被擠得撞到逢寧的身上。

她轉過頭，問他，「一號線和十號線，你坐哪條？」

江問沒有立刻回答。

看他的臉，「我怎麼知道」五個大字明明白白地寫在上頭。

於是逢寧又問，「那你家住哪裡？」

江問慢慢地說了個地名。

逢寧覺得有點耳熟，問清楚是哪幾個字後，用網路地圖搜了一下，居然就是她家附近新蓋好的大樓。

進站前，逢寧把手機掏出來，打開乘車條碼，手臂被人從後面扯住。

逢寧回頭，「做什麼？」

江問就跟個大爺一樣，理所當然地側了側頭，像使喚助理一樣，「去幫我買票。」

逢寧：「……」

望了一眼黑壓壓的排隊隊伍，逢寧說，「你想得倒是挺美啊。」

江問剛剛被灌了酒，眼角發紅，「嗯」了一聲。

逢寧沒什麼耐心，「你別坐地鐵了，上去搭個計程車吧。」

江問：「懶得走了。」

逢寧：「……」

最後，她還是教江問下載了一個軟體。

兩人上了一號線。地鐵門關上，啟動，江問的身形搖晃了一下。

逢寧正在回覆別人的訊息，突然感覺帽子被誰揪住，轉頭一看。

她有點惱火，「你扯我的帽子做什麼？」

江問鬆開手，「剛剛沒站穩。」

「那你不會抓扶手？」

他略有點嫌棄地皺眉，「髒。」

逢寧：「……」

可能是喝了酒的原因，江問有點「本性暴露」。就算披著英俊優雅的表皮，乍一看挺像個商場菁英，實際上，他還是那個長不大的臭屁孔雀男。

從徐家匯過了幾站，旁邊有個位子空出來。逢寧看了一眼，「你過去坐吧。」

江問沒推辭，過去，俐落瀟灑地坐下。

旁邊有個上海阿姨看著他一身西裝革履，忍不住吐槽，「年輕人，你這樣不好的，怎麼讓女朋友站著，自己坐下了呢。」

江問兩條大長腿大大咧咧地伸著。

逢寧說，「阿姨，沒事，他是身心障礙者。」

江問：「……」

阿姨立刻噤聲，換上同情的樣子，沒再說什麼，就轉過頭去。

對面兩個男的同時看過來。

江問挑起嘴唇，笑了笑。

路上，他接了個江玉柔的電話，那邊問：『哥，你在哪裡？』

江問：「坐地鐵。」

江玉柔有點糊塗：『啊，坐地鐵？你怎麼坐地鐵？』她在那邊被人催促，應了兩聲，衝著電話說，『對了，哥，你要不要來跟我過耶誕節？』

「不了。」

江玉柔不高興：『為什麼呀？』

「沒時間。」

等江問掛斷電話，逢寧說，「你妹妹也來上海上大學了？」

江問很高冷地「嗯」了一聲。

這氣場……

旁邊的阿姨心想，怎麼看都不像是個身心障礙者啊。

逢寧曾經替江玉柔補過一段時間的課，對這個聰明的小女生印象不錯，「什麼學校？」

「上海外國語大學。」

逢寧點點頭，「還可以。」

到了站下車，他們並肩從地鐵口出來。

江問不說話，逢寧也不說話。他們安安靜靜地順著街道往前走。

突然想到一件事，到了某個巷口，逢寧腳步一拐。

進巷子口走了十公尺遠，她蹲下來，熟練地把熱狗香腸掰成小塊，丟在地上。她喊了兩聲，沒多久，從一堆廢紙箱裡出來一個搖搖晃晃的小身影。是一隻瘦弱的小黃狗，右後腿有點瘸了。

有腳步聲響起，江問的聲音在頭頂響起，「逢寧，妳有沒有一點禮貌？」

逢寧轉頭，「我怎麼了？」

江問：「把我一個人撇下，連個招呼都不打？」

流浪狗很怕生，一看到陌生人，掉頭就跑了。

逢寧懶得跟他拌嘴，重新轉回頭，誰知道狗已經不見了蹤影。

小黃狗前幾天不知道去哪裡打架了，身上還有傷。逢寧有點擔心，站起來，打開手機上的手電筒，照著各個小角落，一邊往裡摸索，一邊找狗。

巷子裡的光線很弱，一片漆黑。夜色濃重，她低著頭，忽略了旁邊豎起的「前方施工，請繞行」的牌子。

逢寧找著找著，忽然一腳踏空，無法收住身體，瞬間失去平衡。隨著一聲悶響，她掉進了一個坑裡。

她坐在坑底，等待劇痛過去。終於恢復過來，她用還能活動的左手，慢慢地摸尋著手機。今天出門可能沒看今日運勢，倒楣起來真是喝涼水都能塞牙縫。終於摸到掉在旁邊的手機，逢寧撐著旁邊慢慢地站起來。

不幸中的萬幸，這個坑不算是特別深，不然，大概連小命都要交待在這裡。

她喊了幾聲江問的名字，「你還在嗎？」

江問立在坑的邊緣，往裡面查看，「妳怎麼掉坑裡了？」

逢寧解釋，「我剛剛在找狗，沒看路，你幫我報個警吧。這裡有點深，我上不去。」話沒說完，她忽然「啊」地尖叫了起來。

「妳怎麼了？」江問在上面問。

她還在叫。

逢寧從小天不怕地不怕，最怕老鼠。她雞皮疙瘩起了一身，還沒等她反應過來，又聽到沉悶的一聲咚。

江問一邊吃痛，一邊費力地爬起來，「怎麼了？沒事吧？」

逢寧震驚，「我要你報警，你跳進來做什麼？」

江問：「要不是妳叫得這麼嚇人，我會跳下來？」

「……」

她花了幾分鐘平復心情，然後按捺住性子問，「你沒事吧？」

江問：「腳好像扭到了。」

他把手機的手電筒功能打開，一察覺到周圍的環境，潔癖立即發作，「這裡怎麼這麼髒！」

「……」

「給我一張衛生紙。」江問嫌惡地甩手，「我手上全沾上泥巴了。」

「……」

逢寧：「你忍忍吧。」

她想，她真是高估了江問的智商。短暫的混亂之後，她決定自己打電話求救。把手機拿起來，果然，電信公司的訊號從來不讓人失望。訊號幾乎只有一格，電話根本打不出去。江問的手機也沒訊號。

江問說，「現在怎麼辦？」

逢寧：「還能怎麼辦，等著看有沒有人路過啊。」

靜了兩秒，江問轉臉問她，「妳怎麼對我這麼不耐煩？」

逢寧：「……」

他繼續指責，「要不是因為妳，我現在會在這個鬼地方？」

逢寧說，「你自己跳下來的，跟我有什麼關係。」

「剛剛喊我名字的人不是妳？」

「……」

寂靜了好一陣子，江問彆扭地開口，「妳沒事吧？」

逢寧很冷靜地說，「手臂有點疼，沒什麼事。」

兩人就待在這個坑裡，一仰頭，只能看見月亮。隱隱約約有狗吠聲。

江問隨口說，「我記得以前妳家裡也有隻大黃狗？」

逢寧「嗯」了一聲。

「我還差點被牠咬了。」

兩人突然都笑了。

氣氛變得很微妙。在隔絕了所有人聲的地方，只有他們兩個人，某一刻，就好像又回到了從前。

又是很久沒聲音，江問說，「我那天喝多了，不管跟妳說了什麼，妳都別誤會。」

「我能誤會什麼。」

「妳什麼都沒誤會最好。」

冷不防地，逢寧開口，「我其實想問問，你拿我買的彩券當密碼做什麼？」

江問停了一下，波瀾不驚地回答，「時刻提醒自己，不要再做過去那些愚蠢的事情，以免重蹈覆轍。」

「哦，這樣。」逢寧應了一聲，沒有再說別的話。

他們運氣不錯，等了差不多一個小時，有個工人大哥路過。

工人大哥喊了幾個路人過來，齊力把他們拉上去，送到醫院。

逢寧手臂疼，到醫院之後，有個女醫生幫她檢查手臂，「妹妹，把外套脫了，袖子捲起來，我先幫妳看一下。」

逢寧照做。

仔細摸了一陣子，女醫生說，「應該沒骨折。妳去下面急診掛個號，把單子拿過來讓我簽字，然後去拍張X光片。」

這個時間，醫院的人也不少。等了好一陣子，她才拿到號碼。

她走路的時候，感覺腿間有種不對勁的感覺。

逢寧摸了摸包包，還好平時備了幾片護墊。她急匆匆地去廁所，路上剛好碰到江問。

她說，「你沒什麼事吧？」

江問：「醫生讓我拍張X光片。」

逢寧點點頭，把單子遞給他，「那你幫我把這個給那個醫生去簽一下字，上三樓左轉第一間診室，我去上個廁所。」

女醫生坐在位子上，翻了翻病歷本，說，「剛剛有個病人，唉，幫她檢查的時候，那手臂上一道一道的刀傷，太觸目驚心了。」

「刀傷？」

另一個人接話，「是憂鬱症吧？我有個朋友的姪子也是這個病，因為這個，在家休學了半年。」

「可能是吧，一個如花似玉的小女生，手臂都不能看了，怎麼得了這種病。」

有一陣響動傳來，女醫生轉動椅子，探出頭，往門口看了一眼，「誰啊？」

來了一陣風，沒人回答。

逢寧連著打了兩個噴嚏。她裹緊了身上的羽絨外套，渾身都是泥土。

她略有點心疼，這是下午剛買的新衣服，又報廢了。

旁邊有人坐下，江問把單子丟到她的腿上。

逢寧拿起來看了一眼，「謝謝啊。」

他略微沉默，然後「嗯」了一聲。

這裡只有他們兩個人，逢寧瞥到了他的手。反正也無事可做，視線落在那裡，她就順便觀察了一下。

江問的手很漂亮，骨節清晰分明，沒有任何裝飾品。看到指尖上的泥，她從包包裡拿出濕紙巾遞過去。

江問望著前方，沒動。

「喂。」逢寧用手背抵了抵他的手臂，「發什麼呆？」

他偏過頭，不帶情緒地迎上她探究的目光，慢了半拍，「什麼？」

逢寧：「把你的手擦擦。」

逢寧被叫號，先進去拍X光。

江問打開了手機。

他的舊帳號已經很久沒用了，江問翻了翻列表，找到逢寧。

櫻桃小丸子的頭像是灰色的。

暱稱還是叫「一生摯愛郭德綱」，個性簽名是八年前的。

——如果世界上真的有打不死的小強，那牠的名字一定叫逢寧，加油！

江問關了手機。

等出醫院已經很晚了，他們在路邊等車，江問突然說，「妳的手沒事吧？」

她隨口應對，「沒骨折。」

「我看看。」

逢寧有點莫名其妙，「有什麼好看的。」

江問抬起她的手腕。

逢寧愣了一下，然後猛然抽回自己的手，「都說了，醫生說沒事。」

正好有輛車過來，逢寧跨出一步，想招手攔下。感覺另一隻手被江問拉住，她被他捏得發疼，「你怎麼了？」

他們目光交會，江問鬆了力道。

略顯空曠的街道，偶爾有輛車呼嘯而過。在夜色裡，他就這麼看著逢寧。

她與他對視，心裡隱隱有種預感。

漫長得好像過了一個世紀，江問一個字、一個字地重複了一遍，「我看看妳的手臂。」

逢寧忽然就頓在了那裡。

她知道江問在說什麼了。

逢寧紋絲不動，眼神從遲疑、慌亂到防備，變了幾次，最後回歸到漠然。

她轉身，往前走。

他追了幾步，過去攔她。

僵持幾秒後，逢寧繞過他。

江問撈住她的手臂，急切地將人拽住。

掙了掙，掙不開，逢寧盯著江問，神情淡淡的，「做什麼？」

江問看著她，感覺一根根神經都被絞著，「妳……手臂上是不是有傷？」

他的話就像尖銳的棒槌，猛烈而突然地在她的心頭重重一擊。

腦子嗡地一響，逢寧眼裡瞬間升起憎惡。她控制不住地冷笑，手腕轉動，猛地抽回自己的手，聲色俱厲，「聽不懂你在說什麼。」

沒料到她會有這麼大的反應，江問退開幾步。

逢寧冷靜地回望他，「誰跟你說的？」

「醫生。」

聽到這個答案，逢寧微怔了一下，腦子裡迅速開始運作，「你剛剛幫我找醫生簽字時聽到的？」

見江問點了一下頭，逢寧終於反應過來是怎麼一回事。她有點懊惱，剛剛那一下，差點就要露餡了。短短幾分鐘，她恢復神色，說，「我手上的傷，是前年出了個意外，我被掉下來的玻璃片劃傷了。」

「意外？」

逢寧面不改色，「對，整條手臂都被劃傷了。」她替自己剛剛的失態找理由，「雖然這也不是什麼大事，但是身上留下的疤還挺醜的。我這個人又比較要面子，所以我通常不給別人看。」

江問：「很嚴重嗎？」

「一些皮外傷，就是看上去有點嚇人，不嚴重。」

他沉默了片刻，低語，「原來是這樣。」

再開口時，逢寧的語氣已經柔和許多，「對啊，不然呢？」

她好像是憋不住地好笑，「你剛剛搞成那樣子，不知道的，還以為我是要去跳樓了。」

江問也鬆了口氣，「妳直接說不就行了，反應那麼大做什麼？」

「要不是你上來就要看我的疤，我會生氣嗎？」逢寧翻了個白眼，「男女有別，知道嗎？」

「脾氣真夠大的。」

兩人又不痛不癢地拌了幾句嘴，有輛計程車停下。

逢寧先拉開車門上車，坐進去以後，發現江問站在原地，她說，「怎麼，你不回家？」

江問說，「妳先走吧，我還有點事情。」

逢寧把車門關上。

計程車開走，轉了個彎，很快將江問拋在身後，從一條線，到一個黑點。

逢寧靠在椅背上，不作聲地看向窗外。卸下剛剛輕鬆的表情，她的情緒依舊亂糟糟。

以前的事，誰知道都可以，無所謂，但是江問不行。

江問不行。

她不想讓他知道，自己完好的外表下，一顆心早就被腐蝕生鏽。

雙瑤在上海玩了兩天就回南城了。跨年前兩天，她突然接到一通電話。

『喂，妳好，是雙瑤嗎？』

聽聲音沒聽出來是誰，她回答，「啊，對，我是雙瑤，你是誰？」

那邊沉默了一下。

雙瑤有點莫名其妙，對方遲遲不說話，她拿下手機看了看來電顯示，是上海的電話號碼。

那頭回答：『我是江問。』

雙瑤愣住，「江問？」

他解釋：『逢寧以前的朋友。』

「哦、哦、哦，我記得，我記得。」她很快反應過來，「你找我是要……」

『我想找妳問問逢寧的事情。』安靜了一陣，他又說，『如果可以，不要告訴逢寧。』

掛了電話，江問跟助理說，「幫我訂一張去南城的機票。」

「什麼時候的？」

「今天。」

江問回憶起那晚逢寧的樣子。

明明覺得自己的猜測無比荒誕，可有些念頭一旦出現，就像野草一樣瘋長。

雙瑤沒想到，有一天江問還會單獨約自己出來。她有種自己是不是在做夢的錯覺。

怕讓逢寧丟了面子，她下班還特地回家，把自己打理了一番。

出門前，換鞋的時候，雙瑤停住，忽然想到了一件事情。

約的時間是晚上七點半，她特地提前十分鐘到達約定的地方。

只不過有人比她更早到。

隔著幾步距離，她就看到江問安安靜靜地坐在那裡，不知道在想什麼。

雙瑤走到他面前，禮貌地打了個招呼，在他對面落座。

江問說，「想喝點什麼？」

「不用麻煩，我就喝點水吧。」雙瑤把包包放到旁邊。

兩人沒什麼交集，也沒什麼能寒暄的。雙瑤開門見山，「你想找我問逢寧的什麼事？」

江問沒出聲。

雙瑤看他的表情，感覺有點不對勁。

她故意活躍氣氛，「你別嚇我啊，逢寧是不是跟你借了一百萬元跑路了？」

江問勉強笑了笑。

沉默了一段時間，他模稜兩可地說，「逢寧的手臂，她……」

雙瑤驚訝，眨著眼睛，「你知道了？」

江問一頓，若無其事，「嗯，她跟我說了。」

雙瑤微微有些困惑，「……那你找我想問什麼？」

江問試探，「為什麼會這樣？」

「逢寧沒跟你說？」

江問慢慢撥弄著玻璃杯，看她，「說得不多。」

雙瑤面露難色，「她得憂鬱症這事，我也不太好多說什麼。她也不喜歡別人提。具體的，你還是自己問她吧。」

江問手上的動作停住，像是在發呆。

雙瑤沒注意到他的異樣，「而且，關於這些，她其實也不怎麼跟我說。」

江問：「……她這樣多久了？」

「這個啊。」雙瑤回憶了一下，「很久了啊，大學入學考之前吧。我不是特別清楚，反正應該是她媽媽去世以後。那時候挺難熬的，不過這幾年還好，復發的次數很少了。」

江問之前就隱隱猜到答案，可親耳聽到雙瑤的回答，重重地一下，胸口像被人砸出了個洞。疼。

他喉口發緊，勉強才找回聲音，「那就是我們剛分手的時候？」

「差不多，那時候挺嚴重的吧。」

雙瑤望著他，欲言又止，停了一下，說，「其實，我也不知道你們當年發生了什麼，怎麼就不聯絡了。那時候逢寧整個人狀態都不對勁，我們兩個都吵了很多次。我也不敢問她關於你的事。但我覺得，當初她其實是沒放下你的……所以，這麼多年來，她的身邊也沒有別人。」

她觀察了一下江問。他有點愣怔，也有掩蓋不住的失落。

雙瑤像下定決心一樣，從包包裡翻出幾張紙，「對了，還有這些東西，當初逢寧丟了，我從垃圾桶撿起來，替她收起來了。」

「其實，來之前，我很猶豫要不要把這些給你。我不確定自己是不是在多管閒事。因為你們的事情其實已經過去很久了，我只是逢寧的朋友，不是她本人，按理說，沒資格插手她的事情。」

雙瑤略略起身，把幾張發皺的紙放到江問的面前。

她說，「但是……有句話不是說『當局者迷，旁觀者清』嗎？你特地來南城找我，你們兩個都不像是放下彼此的樣子。所以……我覺得說不定，說不定你們還有點可能。」

江問：「謝謝。」

「哎，謝什麼啊。你們都不容易，這些東西，你留著吧。」雙瑤拿著包包起身，「我等等還有事，那我先走了。」

走到門口，不知怎的，雙瑤腳步頓住，回頭看了看江問。

他仍然保持剛剛那個姿勢坐著。

把菸盒從口袋裡摸出來，抽出一支菸，意識到咖啡廳禁菸，江問把東西拿著，結了帳，出去。

腦子裡很亂，他漫無目的地開著車，在南城的街上晃了一陣子，把車停在某個廣場附近。

無聲地抽了幾根菸，他打開頂燈，拿起副駕駛座上的那幾張紙。

藉著暗淡的燈光，看清楚內容，江問的手微微顫了顫，呼吸不由得頓住。

上面是一隻熟悉的醉酒孔雀，圖案的下面跟著一行英文。

——Apologize to my little prince.

向我的小王子道歉。

我的，小王子。

江問微微錯愕。

數秒之後，意識才恢復。

他將車窗按下，打火機打了幾次，沒能點燃火。

他拿起下一張，那是一個像計畫列表的東西。上面的字寫得有點潦草，是熟悉的逢寧的字跡。

江問有點恍惚地看了幾行，忽然如醍醐灌頂。

一、理學院樓（到的時候剛好是中午，等放學等了半個小時，大學生比我想像中的樸素多了）。

二、自習的北二圖書館（我看到門口的松柏了）。

三、西三號學生餐廳（我沒學校的證件，糖醋肉大概吃不到了）。

四、操場上跑一千五百公尺（我昨天也去跑了跑）。

五、大禮堂關門了，沒進去（到時候到網路上搜尋圖片吧）。

六、荷花池（可惜還沒到夏天，看不到很美的荷花了）。

哦，對了，我還去了你們的宿舍大樓。從外面看，感覺它挺破的，你這種嬌氣的小少爺能住得習慣嗎？

你們學校挺大的，我走了一天，感覺還有好多地方都沒走過。

回去的火車上，我想。

早知道我們談不了多久，我該對你好點的。

江問的心臟怦怦地跳。

逢寧後來去過自己的學校？

腦子裡有無數個念頭，他迫不及待地開始看第三張。

其實上次在公車上遇到你，我想回頭的。

你後來是不是一直跟在我的後面啊？

夏天快到了，我去剪了短頭髮。

前幾天下了一場雨，我又忘記帶傘了。

過馬路的時候，吃飯的時候，不知道為什麼，我又突然想起你。

我好像有點後悔了。

我應該試一下能不能留住你的。

幾張紙，輕飄飄的，輕到幾乎沒有任何重量，可上面斷斷續續寫的字句，讓江問已經要拿不起了。

有劇烈的酸楚充斥在心裡，有什麼東西在崩塌，江問感覺整個世界都空了。

他又坐了許久，才遲鈍地去看最後一張，慢慢翻開。

這次，上面只有簡短的一行字。

——江問，對不起。

第二十七章　愛

趙瀨臨淩晨三四點被電話吵醒，急匆匆地趕到Pason。

店裡冷冷清清的，已經沒幾個客人。找了一圈，他終於在某個角落看見江問趴著的身影。

他走過去，桌上是亂七八糟的酒瓶。他伸手，拍了一下江問的肩膀。

一片黑燈瞎火裡，江問背對著他。

距離近了，能聞到一股濃烈的酒味，趙瀨臨又推了推江問的腦門，「哥？」

江問混沌地睜眼，慢了半拍地轉過頭。

眼前的人影模糊晃動，江問辨認了好一陣子，才呢喃，「你是誰？」

趙瀨臨：「……」

迷茫片刻，江問把頭又垂下去。

趙瀨臨看不過，「你一個人在這裡喝什麼悶酒？」

江問說了幾句話。

江問說得斷斷續續，趙瀨臨彎腰，湊上去聽，只聽到零星幾個詞，「什麼？什麼難受？說大聲點。」

江問拎起酒瓶，貼著杯沿往裡倒，「……心裡。」

趙瀨臨好笑，「心裡難受？」

鬧扯幾句，被人半夜吵醒的火氣也散了一點，趙瀨臨一屁股坐在江問的身邊，咧著嘴，用手肘碰了碰他，「兄弟，我們過幾年都是要三十歲的人了，還玩借酒消愁這套？幼稚不幼稚。」

江問單手撐著額頭，啞著嗓音，「幫我打個電話。」

「打電話？」趙瀨臨感覺莫名其妙，「打給誰？」

半天，江問說了一個人名。

趙瀨臨噗哧樂了，又實在是難以置信，「逢寧？打給她？」

「嗯。」

「現在？」

江問的聲音低下去，「嗯。」

趙瀨臨掏出手機，遞到這傻子的眼前，「你知道現在幾點了嗎？看看。」

江問一把揮開他的手，「要她過來。」

趙瀨臨祈求他，「你是說真的還是假的，別搞了，兄弟。你和逢寧，你們到底有完沒完啊？」

江問盯了他十秒，清醒地說，「我跟她，沒完。」

「沒完？還沒完哪？」

在北京讀了幾年大學，趙瀨臨說話都帶點北方的腔調，連珠炮地說，「多少年了？七八年了吧？現在知道沒完了，你都幹什麼去了？」

說完一輪，也不等江問插嘴，趙瀨臨自問自答，「哦，不對，你前幾年弱著呢，弱得只敢讓我幫你看著人。怎麼，您這又是受什麼刺激了？一把年紀了，要開始追愛了？」

江問又不動了，雙目放空。

「你打不打？」他再開口時，依舊是這句。

趙瀨臨嘴角抽了抽，看他這個頑固的樣子，摸出手機，恨恨地道，「你這個孫子，爺爺上輩子欠你的。」

趙瀨臨打了兩遍才打通。

這個時間打電話，趙瀨臨有點心虛。自報家門的時候，他帶了點討好的意味，「逢寧？我是趙瀨臨啊。」

那邊靜了一下：『趙瀨臨？』

「是我。」趙瀨臨問了句廢話，「妳，妳睡了嗎？」

逢寧：『你覺得呢？』

趙瀨臨趕緊說，「不好意思啊，不好意思，我也不想這麼晚打擾妳的。」說到這，他又看了眼江問，欲言又止，「不過，江問出事了。」

逢寧有點困惑：『什麼事？』

「也沒什麼大事。」趙瀨臨瞧了一眼江問。

這人一動不動，正專心偷聽他們講話呢。

趙瀨臨心想，我真該把這模樣錄下來，明天親自放給江問看。看看自己這德行，他大概得找個縫鑽進去。

收回視線，趙瀕臨直樂，語氣嘲諷，「他喝多了，現在一直嚷著要見妳。我怎麼勸都勸不動，他說妳不來，他就要自尋短見，去外灘跳江了。」

逢寧：『……跳江？』

「真的，沒騙妳。」又說了幾句，趙瀕臨唉了一聲，「好，那我把手機給江問了啊。」

逢寧還算是溫和，喊了兩聲他的名字：『江問？』

聽見她的聲音，江問把手機握緊，頭腦空空，一片白。

逢寧安靜了一陣子，聲音帶著濃重的睏倦，「你要見我？」

「逢寧。」江問目光渙散，開口，「我……」

不知是不是打電話的原因，他的聲音有點失真。房間裡黑漆漆，周圍沉寂，逢寧的腦子還是糊塗的，隨手把檯燈打開。

乍然跳動的光線讓眼睛有點不適應，微瞇了一下，逢寧靠著床頭坐起來一點：『你怎麼了？』

「在喝酒。」

『我知道啊，喝多了？』逢寧說，『這個時間找我有事？』

江問抓起杯子，又灌了一口酒，皺眉，抿唇，「沒喝多，妳睡吧，趙瀕臨故意整我的。」

他語氣冷靜，說話連貫，有邏輯，一點都不像是剛剛醉酒的模樣。

趙瀕臨在旁邊一點一點地瞪大眼睛，壓低聲音罵，「江問，你這個渾蛋，你這個爛人，有什麼事就讓兄弟揹黑鍋。」

江問一共只和她說了三句話。

電話掛斷，江問仍舊保持著剛剛的姿勢。他安靜地看著手機上的通話紀錄，也沒有進一步的動作。整個人就好像定在了那裡。

趙瀨臨看了半天，突然覺得有點不對勁，「你今天這是怎麼了？」

「沒什麼。」江問懨懨，撐著桌沿站起來，「走吧。」

結完帳，他們出了Pason。趙瀨臨去停車場把車開出來。

江問立在路邊，正在抽菸，手臂垂在身側，手間夾著根菸。

趙瀨臨按了一下喇叭，「怎麼樣，送你回去？」

江問酒已經醒了大半。他上車，把菸盒往旁邊一扔，繫安全帶，「你家今天有人？」

「有人我還能來接你？」

江問「哦」了一聲，「我今天去你家吧。」

「去我家？」趙瀨臨打方向盤，奇怪地看他一眼，「為什麼？」

江問：「不想一個人待著。」

市區的深夜不算喧囂，江問閉著眼，靠在座位上，突然問了一句沒頭沒腦的話，「你覺得我和她還有可能嗎？」

像是沒聽明白，趙瀨臨嘀嘀按了兩下喇叭，「什麼？」

「我和逢寧還有可能嗎？」

趙瀨臨沒回應。

江問側頭，「有沒有？」

趙瀨臨想了想，說，「男未婚，女未嫁，有什麼不可能？要不是你當初懦弱了，出國了，說不定現在和逢寧的孩子都能跑來跑去了。說到底，還是你懦弱。」

江問居然沒反駁。

趙瀨臨沉吟，誠實地表達心裡的想法，「不過，真的不是我詛咒你們，你們兩個，我覺得可能就是沒緣分吧。不然，這麼多年，要在一起，早該在一起了。既然沒能在一起，這輩子也就這樣了，這道坎也該跨過去了，蹉跎得也夠久了……」

「趙瀨臨。」旁邊的人喊他的名字。

趙瀨臨嗯嗯兩聲，「怎麼？」

「你要是不會說話。」江問看他一眼，臉色有些難看，「你可以少說兩句。」

趙瀨臨：「……」

江問單手撐著頭，自顧自地望著前方。

手肘抵在車窗邊緣，手錶碰在玻璃上，發出輕微的響聲。

整個人靜下來，不由自主地又想到那幾張紙。

可紙上的東西……江問卻不敢再仔細回憶。

那些字，單單是在腦子裡過一遍，他五臟六腑都發疼。

從早上起來，右眼皮就開始跳，逢寧去公司上班的路上，突然收到雙瑤的訊息。

雙瑤啊搖：『寧寧。』

她正在等紅綠燈，抽空回了個語音訊息過去：『什麼事？』

雙瑤啊搖：『沒事，我就是來替我媽關注一下進度，妳跟那個交大博士如何了？』

逢寧思考了一下：『哦，他約我今天下班吃個飯。』

前方紅燈變綠燈，逢寧把手機放下。

她一路把車開到公司，等再看訊息，雙瑤已經傳了三四則。

雙瑤啊搖：『啊？今天？這麼快！不太合適吧……』

雙瑤啊搖：『妳要不要再考慮考慮？』

雙瑤啊搖：『哈囉？』

進了辦公大樓，逢寧戴上工作識別證，指著自己辦公桌上的白玫瑰問，「誰送的？」

小竹：「不知道，剛剛快遞送來的。」

逢寧也沒在意，摘了一朵，一邊放在鼻尖底下聞，一邊回訊息給雙瑤。

寧：『之前不是妳像催命一樣催我嗎？』

雙瑤啊搖：『啊，是嗎？可是我突然有點後悔了。要不然這樣，我幫妳把他打發掉吧。再介紹另外的女生給他，因為我突然覺得妳跟這種知識分子不太合適，說真的。』

寧：『我都答應別人了，至少把這頓飯吃了吧。』

雙瑤啊搖：『妳還是適合跟真愛在一起，我以後再也不催妳找男朋友了。』

寧：『妳今天沒事吧？』

過了一下，雙瑤從雲端分享了一首〈不將就〉過來。

逢寧笑出聲，回覆了一串刪節號給她。

和相親對象吃飯的地點是家法國餐廳。這位高級知識分子叫吳通，真人的長相比照片上的好看很多，談吐也挺有教養的。

逢寧跟他有來有往地聊了一段時間。

吳通說，「妳和我想像中的有點不同。」

「嗯？」

「我不知道怎麼說。」吳通笑，「之前也認識過一些人，感覺跟妳最有共同語言。」

逢寧點點頭。

兩人又不鹹不淡地聊了一陣子，吳通說，「我家裡人這兩年催婚也催得緊，尤其是我媽，天天都說想抱孫子。」

逢寧：「那挺好的。」

「妳家裡人沒催妳嗎？」

「我？」逢寧很平靜地說，「我的爸爸、媽媽都已經不在了。」

吳通有點意外，「對不起，我不知道。」

「沒事。」

見他吃得差不多了，逢寧看了看手錶，「時候不早了，我還有一點工作沒忙完，那今天就先這樣？」

「好，我送妳回家。」

逢寧道了聲謝。

外面不知何時飄起了小雨。雨刷刮著，吳通開著車，又跟她講起剛剛還沒講完的哲學。

逢寧很有耐心地聽著。

手機震動，她看了一下來電顯示，沒接。

電話剛結束，下一個又跟著打來，不依不饒的。

逢寧對正在說話的吳通比了個抱歉的手勢，「不好意思，有個電話。」

接起來，她稍微偏了下頭，「做什麼？」

江問淡淡地說：『找妳有事。』

「什麼事？我沒空。」

他問：『妳在做什麼？』

逢寧不自覺就壓低聲音回答，「和朋友剛吃完飯。」

吳通開著車，側頭，「沒事的，妳不用拘謹。」

那邊安靜一下，江問說：『男的？』

逢寧沒回答他，「有事快說，沒事我掛了。」

他突然說：『妳什麼時候回家？』

逢寧右眼皮又跳了一下。

今天是什麼日子？怎麼一個、兩個都這麼奇怪。

她有點莫名其妙，不明白江問今天吃錯了什麼藥，「你管我什麼時候回家。」

『不是說了？我找妳有事。』

「什麼事？」

『當面說，我等妳。』

隱隱覺得有點不大對勁，又說不上來，她問，「你等我？在哪裡等我？」

『妳家樓下。』

逢寧還以為自己聽錯了，「哪裡？」

江問的聲音聽不出很明顯的情緒：『妳家樓下。』

車在鬱南城附近停下。

逢寧跟吳通道了別，下車。目送車子消失在馬路，她才抬腿往社區走。

江問靠在一根石柱上等她。這裡是風口，他一身平常的裝扮，藍色的防寒外套，黑色長褲，看著遠處，像在發呆。

冬天的夜色有些蒼涼。江問整個人看上去和平常也沒什麼兩樣，清俊依舊，只是臉色蒼白，略微有點憔悴。

逢寧走過去。

天黑了，藉著燈光，一眼就看到他肩膀的衣服都濕了一大片，逢寧皺眉，「等多久了？」

「八年。」

她沒聽清楚，問了句，「什麼？」

江問背著光，面容模糊，無聲地看著她一下子，又扭了頭去看別處。

逢寧見他那樣，遲疑，「你來找我什麼事？」

江問裝作無所謂的樣子，「妳低頭看看。」

逢寧聽到一陣熟悉的嗚咽聲。

微怔，隨即反應過來，她眼睛一亮，激動道，「小黃？」

「汪汪——」趴在地上的瘦弱小狗回應了她一聲。

逢寧驚喜，「你從哪裡找到牠的？」她彎腰，準備把小狗抱起來。

結果，牠在半空中一掙扎，又跳了下去，跑去江問的腳邊窩著。

逢寧：「……」

她蹲下來，查看小黃狗的傷勢。

江問也在黑暗裡看她，有什麼情緒，正在艱難地壓抑著。

正在這時，電話鈴聲響起。

是吳通，他說：『逢寧，妳好像有個東西落在我車上了。』

「什麼東西？」

『一個藍色的資料夾，是妳的嗎？』

逢寧回憶起來，忙說，「沒錯，是我的。」

『好，那妳出來一下，就在剛剛的地方，我送回去給妳。』

逢寧應了一聲，「謝謝，麻煩你了。」

電話掛了，江問說，「剛剛送妳回來的那個男的？」

逢寧「嗯」了一聲。

她對江問說，「你在這裡幫我看一下狗，我去拿個東西就來。」

關同甫傳了個工作訊息給她，她打開看了一下，也沒再管江問，一邊回訊息，一邊往社區外頭走。

她站在樹下等了一下，耳邊突然響起吳通的聲音。

逢寧把東西接過，又道了聲謝謝。

「不用謝，應該的。」

她一側眼，江問也過來了。

瘸腿的小黃狗還搖搖晃晃地跟在旁邊。

一人一狗在幾公尺外停下，江問一隻手揣在口袋裡，自帶一點倨傲，也不說話，就這麼盯著吳通。

不知為何，吳通覺得有點異樣。出於禮貌，他還是問，「這位是妳朋友？」

逢寧看了江問一眼，「我高中同學。」

江大少爺把臉別開。

不知道怎麼，突然就感覺帶上了點火藥味，吳通主動說，「你好，我是逢寧的朋友。」

「朋友？」

吳通跟逢寧對視一眼，帶點笑意，暗示性地說，「我們暫時，還只是朋友。」

江問「哦」了一聲。

不得不說，他每次擺出這種裝腔作勢的樣子，任誰看了都很火大。

不知道這是在鬧哪一齣，逢寧跟吳通打完招呼，準備走了。

「逢寧。」江問一股慵懶的腔調，喊她的名字。

逢寧回頭。

江問帶著點習慣性的驕矜，一句話輕飄飄的，「怎麼了，剛追到我，就打算腳踏兩條船？」

吳通走後，兩人都沒說話了，逢寧靜靜地盯著面前的人，不知道他又在動什麼心思。

她頂著寒風往前走，江問不慌不忙地跟在身後。

感覺腳被什麼東西軟軟地撞了一下，逢寧低頭，小黃狗「汪汪」兩聲，濕漉著眼睛看她。

她一下子就心軟了。

蹲下身，逢寧重新把牠撈起來。這次牠沒再掙扎，大概是認出了她。

逢寧突然想到一件重要的事，轉頭問，「你帶狗去檢查了嗎？」

江問「嗯」了一聲。

「疫苗打了嗎？」

「打了。」

逢寧決定原諒他剛剛幼稚的行為，向他道謝，「好，謝謝你了。」

「不用謝。」江問淡淡地說，「我幫妳找狗，妳欠我個人情。」

逢寧的眉頭微微皺起。

看她這個表情，江問眉一揚，「怎麼，想賴帳？」

逢寧：「你想怎麼樣？」

「我還沒想好，等考慮好了再告訴妳。」

逢寧猶豫半晌，還是答應他，「好吧。」

江問滿意地笑了。

逢寧顛了顛手上的小狗，替牠找了個舒服的姿勢，「那我把狗帶上去了。」

「我也去。」

逢寧停止了動作。

「狗是我撿來的，我需要交接一下。」

她說，「你最好適可而止。」

江問：「幫牠洗個澡，我就走。」

逢寧陷入沉默。

江問無恥起來，她居然還真的拿他沒什麼辦法。

僵持一陣子，為了小黃狗，逢寧還是妥協了。

兩人乘坐電梯上樓。到了家，她進門。

她稍微看了一眼，昨天晚上打掃過，雖然家裡有一丁點凌亂，也無傷大雅。

她用遙控器開空調，去臥室換了一件毛衣出來，看到江問還杵在門口。

逢寧一邊挽袖子，一邊疑惑地說，「你進來啊，站在那裡做什麼，來幫我當門神？」

江問抬了抬眼皮，「妳沒給我拖鞋，我怎麼進去？」

「……」

逢寧看著他半天沒話說。

她四處找了找，「我家裡沒你能穿的拖鞋，鞋套也沒了，你直接穿鞋進來吧。」

江問蹙眉，表示不情願，「會把家裡的地板弄髒。」

他還挺有教養。

逢寧建議，「那你就穿襪子算了，我昨天拖過地。」

「我不要。」江問義正詞嚴地拒絕，「這樣不雅觀。」

「……」

沒遇過比江問還難纏的人，逢寧有點不耐煩，往門口隨意一指，「那你走吧。」

江問無聲地看著她。

小黃狗不知道兩人在做什麼，在逢寧的腳邊蹲了一下，就去咬江問的褲腳。

她往浴室走。

江問轉身，摸到門把轉開，說了句，「那我走了。」

逢寧有點詫異，回頭。

門被關上，發出「砰」的響聲。

她探頭看了一眼，玄關那裡已經空蕩蕩的，江問真的走了。

這人脾氣也是夠陰晴不定的。

逢寧發了幾秒的呆，說不清是鬆了口氣，還是別的什麼。她到陽臺往下看了，沒看到什麼。

逢寧去浴室放水，感覺水慢慢從冰冷到溫熱，正準備把狗抱進來。

門鈴聲被按響，逢寧擦了擦手，走到門口，「誰啊？」

熟悉的聲音傳來，「除了我，還有誰。」

逢寧把門打開，望著去而復返的人，「怎麼了？你不是走了嗎？」

江問：「我不能回來？」

逢寧一眼就看見他手上拿的東西，反應過來，「你專程去買了雙拖鞋？」

江問把臨時買的鞋丟在地上，「嗯」了一聲。

逢寧澈底無言了。

江大少爺終於如願換上了拖鞋，像主管視察一樣，在客廳環視了一圈。

兩個人進了浴室，逢寧找出一個盆子。江問把袖子挽起來，半蹲半跪。他腿長，在這個小地方有點伸展不開。

小黃狗有點抗拒洗澡，嗚咽掙扎著。

兩人一狗較著勁。逢寧單手固定住牠的腿，拿著香皂搓泡沫。

小黃拗著，另一隻腳亂動，甩了她滿臉的水。

逢寧都被氣笑了，擺了一下頭，用手背擦臉。明亮的燈光下，她眼睛亮亮的，還有水光。

她偶然一抬眼，江問也在看她。

一愣，她有點尷尬。

兩個人同時停了下來，不太自然地把臉別開。

他們花了半個小時，把狗洗乾淨。逢寧找來吹風機，把狗毛吹乾。結束了，她用一條大浴巾把狗包起來。

她站起身的時候，忽然聽到咕咕的一聲。

她動作一頓。

他們對視一下，她說，「你沒吃飯？」

江問也不尷尬，聲音低低地帶點抱怨，「沒吃啊，一直在等妳。」

可能是錯覺，逢寧從他這句話裡居然聽出了點委屈的意味。

看了看客廳的掛鐘，她說，「那你去吃飯吧，這裡差不多忙完了。」

江問：「吃什麼？」

逢寧莫名其妙，「我怎麼知道？」

他理所當然地反問，「我帶著狗在寒風裡等了妳幾個小時，難道妳一頓飯都不做給我？」

逢寧無話可說。

她把狗安置好，去廚房洗了個手。早上出門前，她下了幾個餃子當早餐，鍋和碗還被泡在水槽裡。

她簡單地整理了一下。

江問在外面打了個電話，進了浴室。

「逢寧。」江大少爺又開始喊她。

「又怎麼了？」

逢寧舉著個鍋鏟出去，看見他的瞬間，聲音戛然而止。

江問赤裸著上半身，單手撐在門框上，「妳剛剛把吹風機收到哪裡去了？」

逢寧什麼大風大浪沒見過，用鍋鏟指著他，「你這是在做什麼？」

他低頭看了看自己，一點都不覺得害臊，「我衣服都濕了，不能穿了啊，感冒了怎麼辦？」他見她不理自己，又說，「妳就想讓我難受，對嗎？」

逢寧沒見過這麼大還這麼嬌氣的男人，「在一個單身女人家裡脫衣服，這是一種很危險的行為，你知道嗎？」

他說，「那妳克制一下妳自己，別對我有什麼想法就行。」

「……」

臉皮厚是鍛鍊出來的，豁出去一次，後面就簡單多了。有生之年，逢寧居然也能被他噎得沒話說。

她定定地看了江問一段時間，從口袋裡摸出手機。

「你不如把褲子也脫了。」

江問：「……」

逢寧冷笑一聲，舉起手機，喀嚓喀嚓，對著江問上上下下拍了幾張。

他一個機靈，下意識地捂住胸口，接著故作鎮定，「妳做什麼？」

「你不是挺有本事的嗎？」

逢寧前後晃了晃手機，「你脫啊，最好脫光。我正好拍個全套，把你的照片和聯絡方式一起上傳到網路上去，還能多幾個人欣賞。你覺得怎麼樣？」

江問呆若木雞。

「吹風機在客廳的茶几上。」

扔下這句話，逢寧轉身回廚房。

十分鐘之後，江問穿好衣服出來，「妳是我見過的心腸最歹毒的女人。」

逢寧沒理他，矮下身，從冰箱裡拿出來幾袋冷凍食品。

江問說，「我不愛吃這個。」

逢寧抬頭看他一眼，把東西放回去，「餃子呢，吃不吃？」

「不吃。」

她暗暗翻了個白眼，沒什麼好氣地說，「那您想吃什麼？」

「吃麵條吧。」

「我家沒麵條了。」

江問指揮她，「妳用ＡＰＰ，現在買，有超市外送。」

他吃麵條還有諸多要求，麵不能煮得太軟，也不能煮得太硬。

逢寧耐著性子替他煮。

江大少爺靠在旁邊，神清氣爽地指揮，「鹽和醋都別放太多，比例控制在二比一吧。還有，我不愛吃薑和蒜。」

終於，她不耐煩了，緩緩開口，「你再說一句？」

江問噤聲。

過了一段時間，他小聲道，「妳凶什麼凶。」

鍋裡的水煮沸了，算了算時間，逢寧用筷子撈麵條，「你唸經唸得我頭很痛。」

「我昨天幫妳找狗，差點被車撞了。多說兩句話，妳就煩了？妳就是這樣感恩的嗎？」

他重複上次的賣慘戰術，這次，逢寧絲毫不為所動，「說實話，你往道德制高點一站，我還真的沒什麼話能反駁你。但是，不好意思，我這個人，從出身就待在道德盆地。道德綁架對我沒有用，你要是識相點，就現在出去，愛幹什麼就幹什麼，要是再像隻蒼蠅在我的耳邊嗡嗡嗡，別怪我不客氣。」

江問被氣笑了。

逢寧慢吞吞地補充一句，「不知道你還記不記得，我學過武術。」

江問：「……」

出於禮貌，江問吃東西的時候，逢寧就坐在對面陪他說話。

洗了澡的小黃狗懶懶地在四周逡巡著，走走，趴趴。這個時刻，氣氛有些微妙。客廳的電視機正在放綜藝節目，餐廳的燈光是溫馨的暖黃色，窗外下著細細的夜雨。

曾經的點滴，好像從記憶裡慢慢甦醒。有幾秒鐘，久違的、陌生的溫暖侵襲上逢寧的心頭。

冷不防，江問出聲，「妳也想吃？」

逢寧回神，「啊？」

「妳盯著我的筷子發呆做什麼？」

逢寧隨口說，「我睏了。」

她打了個哈欠，「你吃完沒，吃完了就走。我要洗澡睡覺了，明天還要上班。」

江問這次沒再無理取鬧，默不作聲地解決完碗裡剩下的一點東西。

外面雨還沒停，逢寧拿了一把傘給他，「你到家了傳個訊息給我。」

江問在玄關口換鞋，點了一下頭。

她把人送走，將門反鎖。

小黃狗一搖一晃，在她的腳邊窩成一團。

背靠著鞋櫃，逢寧望著前方的吊燈發了個呆，她可能是又發病了。

江問吵吵鬧鬧一晚上，她煩得不行。現在他走了，房間裡終於恢復寧靜。

明明和平時沒什麼不同，卻讓逢寧覺得有點冷清。

夜深人靜，好像太安靜了。

第二天是跨年夜。

明天是元旦，公司下午就放了假。

逢寧被閔悅悅拉去吃了頓飯。

這位大小姐最近和柏宏逸蜜裡調油，沒空來騷擾逢寧。今天柏宏逸在國外出差，趕不回來，她終於想起逢寧來了。

閔悅悅的話還是一如既往的多，嘮嘮叨叨地講著一些廢話，從包包講到鞋。她忽然想起什麼事，「哦，對了，等等有個跨年聚會，一起去玩吧。我哥哥，還有他幾個朋友，裡面有個中美混血，又高又帥，妳要不要認識一下？」

逢寧：「妳上輩子是個媒婆嗎？有事沒事就想著介紹男人給我。」

閔悅悅噘嘴，眼巴巴地看著她，「妳知道人家平時閒嘛，沒什麼好操心的，就只能操心妳啦。」

她是個金魚腦，提起這件事，忽然想起江問，滿懷期待地說，「你們有什麼進展？」

逢寧沒回答。

吃完飯，閔悅悅拉著她去逛附近的彩妝店。

閔悅悅刷卡的時候，逢寧忽然接到一通電話。

逢寧聽那邊說了兩句，皺了皺眉，「去哪裡？」

『我到了再告訴妳，妳人在哪裡呢？』

她看了閔悅悅一眼，「今天算了吧。」

他的聲音低了一個度：『算了？』

「我跟我朋友在一起。」

『那妳欠我的人情，就今天還了吧。』

說完這句，也不給她拒絕的餘地，江問掛了電話。

手機跟著震動了一下。

-61nfiawJ：『地址傳過來。』

她們站在人來人往的商場門口。

江問來得很快。黑色短髮有點凌亂，他穿著很正統的單排扣呢絨長大衣，掐了一點腰，裡面是炭灰色的英式西裝，皮鞋乾乾淨淨。

他從遠處走過來，引起旁邊女孩的回頭。閔悅悅花痴地讚嘆了一聲，「好帥啊。」

等人到面前，閔悅悅卻不肯放開逢寧的手，故意為難他，「什麼呀，寧寧說好今晚要陪我的。」

江問站在那裡，先看了逢寧一眼，才去看閔悅悅。他微瞇著細長的雙眼，笑了笑，「讓我插個隊？」

根本無法抵抗，閔悅悅被他的笑容迷得原地投降，當即就把逢寧交了出去，「好了好了，她是你的了，我不打擾你們過兩人世界了。」

閔悅悅走後，只剩下兩人面對面，有點冷場。

江問遞了個東西給她。

盯著這張機票，愣了足有半分鐘，逢寧遲疑著，「你這是做什麼？」

他看著她的眼睛，「我就要妳陪我一個晚上。」

逢寧起先不懂。

接過來，她把機票翻個面，看到上面的地名。

她懂了。

逢寧可能是中邪了。

她在登機的時候回過神來，反思著，剛剛自己怎麼就頭腦一熱，答應了江問。

她被他那麼看了幾眼，好像所有理智都沒了。

重逢以後，他們彼此靠近，遠離，再試探，又互相折磨。明知道兩人差不多就該到這裡了，明明她心裡早就做了決定。

她自詡有鋼鐵般的意志力，可是面對他時，一而再、再而三地放任自己沉淪。

逢寧有點賭氣。

——跟自己。

從上海到南城，一個半小時的旅程，她一句話都沒講。

後來機艙裡開始播放，「先生們、女士們，我是本次航班的機長，我們即將在南城機場降落，請您收起摺疊桌。機場地面溫度為攝氏二度，相對濕度……」

逢寧把小窗戶的推板推上去，望著燈火通明的城市。溫柔的夜色裡，璀璨的燈光像一條金色的河流，貫穿了整個南城。

她看著看著，心裡的牴觸情緒突然全都消散了。

江問收起手邊的雜誌。

飛機已經開始滑行。

大概十分鐘，機艙門打開。他們在最前面，下去的時候，迎面被風一吹。

冷空氣澈底籠罩下來，逢寧哆嗦了一下，在原地跺跺腳，裹緊了外套。

她沒問江問，他在今天訂了兩張回南城的機票要做什麼。

她也不需要問。

他們彼此心知肚明，跨年對他們來說，意味著什麼。

機場到市區大概半個小車的車程。

逢寧望著窗外熟悉的風景，從口袋裡掏出水果糖，遞給江問一顆，自己吃了一顆。

她轉頭，「我們去哪裡？」

江問回答，「不知道。」

兩人又是一路沉默。

和八年前相比，南城沒有多大的變化。有的舊樓拆了，有新的建築矗立，繁華依舊。

街上到處都放著歌，有賀新年的，有情歌。林俊傑在一片喜氣洋洋裡唱著，「笑著說愛讓人瘋狂，哭著說愛讓人緊張，忘不了那個人就投降……」

也不知走了多久。

「逢寧。」

她正盯著馬路對面一塊可愛的熊貓石看，反應慢了半拍，「啊？」

「上一次，也是走這條路。」

沒頭沒腦的一句話，來得如此突然。

可是，幾乎一瞬間，逢寧就反應過來他在說什麼。

江問的聲音很淡、很輕，「那天下車以後，我一直跟著妳。妳踩了一下人孔蓋，我也跟著踩。」

「到最後，妳都沒回頭。」

逢寧鎮定好心緒，出聲打斷他，「江問，這些都過去了。」

「對，早就結束了。」

逢寧的心一抽，停住腳步。

他垂下漆黑的眼，重複一遍，「該結束了。」

互望著彼此，逢寧說，「所以……這就是你今天帶我回南城的目的？」

江問的目光直直地鎖著她。

就在逢寧以為他要說什麼的時候……

「妳等我十分鐘。」

逢寧沒跟上他，「什麼？」

「妳在這裡等我十分鐘。」

只說了這句話，江問轉身走了。

她在寒風中等了十分鐘不到，心漸漸平穩的時候，他回來了。

她的雙手縮在袖子裡取暖，看著江問一步一步地走過來。

他走近了，她發現他的臉上有點紅暈。

逢寧聞到一股熟悉的味道，「你剛剛去做什麼了？喝酒？」

江問歪著頭，跟她坦白，「我剛剛灌了一瓶茅台。」

一小瓶的茅台，他幾乎是一下子喝完，灌得太猛、太急，從舌尖到喉管，辛辣、發熱。

逢寧一愣，哭笑不得，有點無奈，「你是不是傻啊，喝酒做什麼？」

他帶著脾氣說了句，「壯膽啊。」

短暫的安靜。

江問沙啞著聲音，「我先緩緩。」

逢寧：「你這是喝了多少，我需要送你去醫院嗎？」

江問搖頭。

她陪著他在地上蹲了一下。

酒精慢慢開始在體內發酵，大腦開始慢慢沉重，江問有點虛晃，分不清是過去，還是現在。

逢寧四處看看，準備去便利商店幫他買瓶水。她正打算走，手就被人拉住。

她愣住。

他抓著她的手，借了點力氣，站起來。

等人站穩，逢寧想把手抽回來。

江問沒放。

兩個人的手都出了汗，濕濕地糾纏著。

「你做什麼？」

逢寧清晰地感覺到，江問看著她，有一瞬間的猶豫。

然後，他扯了逢寧一下，把她整個擁入懷中。

逢寧掙扎著，「江問，你別借酒裝瘋。」

江問狀似小孩子耍脾氣，凶狠地說，「別動。」凶完，他又委屈地呢喃，「難受……」

喝多了的他，完全就像變成了另一個人。她沒見過他這麼脆弱的樣子。

逢寧不說話了，任他抱著。

彷彿得到了某種默許，兩個人維持著這個姿勢擁抱著，靜止在熙攘的街頭，招來不少路人好奇的打量。

不知道過了多久，江問忽然說，「逢寧，我說謊了。」

路旁傳來喧鬧，她看著幾公尺外的樹，沒說話，聽他說。

「我說，我記得以前的事情，不代表我還在意。」江問又說了一遍，「我說謊了。」

江問是真的喝多了。逢寧想。

「去到國外的前幾年，我恨過妳。我嘗試過去過新生活。我不敢讓自己停下，害怕又想起妳，想起我們一起坐的公車、妳做的菜和蛋糕，妳送給我的禮物。任何一樣東西，我都不敢想起。我怕我會後悔，後悔跟妳提了分手。妳喜歡尼采，我逛遍了紐哈芬所有的書店。我每次想到妳，希望妳過得好，又怕妳過得太好。」

低到隱祕的聲音，有曖昧、有羞澀，還有摻雜了甜蜜的憂傷。

逢寧喉嚨哽住。

「以前，我因為得不到妳的回應而感到痛苦。那時候的我，第一次知道，原來愛一個人可以這麼絕望。妳對我來說，放棄與否，都是折磨。」

那時，她淺嘗輒止，在岸上一動也不動。

可他的愛已到底，泥足深陷，無法自拔。

江問的聲音，帶著濃重的鼻音。他故作輕鬆，「最後，我自作聰明，我懦弱了，所以我選擇了後退，我想忘了妳。」

「別說了，江問。」逢寧身子微顫，心臟猛地收縮，不敢再聽下去。

她害怕，可又隱隱渴望著。

「我花了八年，我才想通，就算妳沒我那麼喜歡妳又如何？」

在逢寧看不見的地方，難以掩蓋的感情，在他眼裡洶湧。

「和妳分開以後，我覺得很輕鬆。但是，往後的每分每秒，我再也沒快樂過。」

一句接著一句，江問醉到骨子裡去了，呼吸沉重而灼熱。

逢寧撐著他身體的重量，快要喘不過氣來。

他說的每一個字，就像刀，一筆一筆地刻在她的心上。

江問眼眶赤紅，附在她的耳畔，輕輕地說，「逢寧，我愛妳。」

她的心臟停了一下。

終於，搖搖欲墜的一滴淚，啪嗒一下，砸在她的頸窩。

「從十六歲起，我就愛妳了。一直，一直愛妳。」

第二十八章　把心給你

每一件事，江問都熟爛於心。

他在心裡想了無數遍，有關她的所有細枝末節。

想完，他再一層一層地蓋住，從不洩露出絲毫，到最後能讓別人窺探到的，不過是冰山之下的某個小小的邊角。

可在這個夜晚，江問無所顧忌地把最真實的自己完完全全地攤開在逢寧的眼前。

江問親手遞給了她一把手槍。

「我愛妳，從十六歲起，我就愛妳了。」

現在，這把槍的槍口對準他的心臟。

逢寧抬不起手，沒力氣扣動扳機了。

雙瑤接到逢寧的電話，稀裡糊塗地聽那邊說了幾句。她不可置信地又確認了一遍，「什麼？你們在哪裡？南城？」

電話打完，雙瑤撇下一同跨年的朋友，急忙地開車過去找他們。

看到有人來，逢寧稍微拉開了一點和江問的距離。

他撐著樹幹，手指微微曲起，蹲在路邊吐。

雙瑤瞪大眼睛，吃驚地看著他們，「江問是怎麼了？喝了多少啊？」

逢寧轉過頭，「先把他送去醫院，我等等再跟妳講。」

去醫院的路上，江問又下車吐了一次。雙瑤光是看一眼，都替他難受。

深夜急診。

醫生替江問吊了點滴。

前前後後，樓上樓下地跑，好不容易把人安置下來，雙瑤低聲跟逢寧吐槽，「妳和江問，你們兩個人怎麼湊到一起就互相折磨啊。」

逢寧稍稍回憶了一下，她跟江問湊在一起，真的很倒楣。從高中到現在，一直都是這樣，基本上就沒發生過幾件好事。

病房裡安靜無比。江問筋疲力盡之後，陷入沉沉的昏睡。他額頭上仍有薄汗，像是不舒服。

逢寧一動也不動地站在床邊，壓著亂糟糟的情緒，心裡又沉又重，想了很多事。想著想著，她又想起他剛剛醉酒時候，湊在她的耳旁的呢喃。

「我不敢放棄。如果放棄，我和妳就沒有以後了。」他的聲音越說越低，「只要我一個人放棄，我們就沒有以後了。」

她心底一抽。

她怔怔地出神，緩慢地抬起手，用手指撥弄江問的睫毛，然後順著摸到眼角，指尖還能感覺到一點濕潤。

她輕輕地替他擦掉殘餘的淚水。

江問半夜醒過來一次。

他的意識依舊模糊，感覺有人在碰自己。暈黃的燈光中，他依稀能看到逢寧晃動的身影。他瞇著眼，放下心，幾分鐘之後，又昏迷了，陷入了沉睡。

第二天，被收音機嘈雜的聲音吵醒，江問勉力睜開眼。

醒來他正好瞧見一個大媽扶著大爺在床上坐下。大媽不停地抱怨著，「都說了，你這個年紀要小心點呀，可別再摔了，身子骨受不住喲。要你在浴室鋪個防滑墊，你就是不聽⋯⋯」

昏沉的腦子逐漸清醒，江問望著天花板，反應過來是在醫院。稍微坐起來一點，他病懨懨地轉頭，找了找，病房裡哪裡還有逢寧的人影。

記憶隨之復甦。

昨晚發生的片段在腦子裡閃過，江問先是羞赧、尷尬，緊接著，又緩了幾分鐘，無名火一點一點地升起來。

逢寧去哪裡了？

他到處摸索著手機，胃跟著一陣陣抽動。

江問臉色慘白，準備撥個電話。他打開通訊錄，最上面的連絡人就是逢寧。

垂眼，盯著她的名字，他輕輕呼吸著。幾秒之後，他又扔了手機。

他住的病房還有三個人，大概是七八點的時候，有病人的家屬陸陸續續來了，病房開始漸漸熱鬧起來。好幾個人扯著嗓子講話，房裡充斥著歡聲笑語。

和別人相比，江問這裡就冷清得有點異常。

他長得俊俏，靜靜地靠坐在那裡，特別吸引別人的目光。過了一段時間，就有個大媽送了橘子過來，「年輕人，你怎麼一個人？今天可是元旦呀，沒個陪床的？」

江問看了大媽一眼，接過橘子，「謝謝，我一個人。」

他一臉菜色，臉臭得讓不知情的人還以為他老婆昨天跟別人跑了。過了一下，另一床的大媽也來了，這次還熱絡地拿了幾個蘋果給他。

江問禮貌地說，「謝謝阿姨。」

這個大媽也順口說了句，「連削蘋果的人都沒有。」

江問：「……」

逢寧來的時候，病房裡亂哄哄的。江問正被一群大媽圍在中間問東問西。

她不知道是什麼情況，走過去，正好聽到有人在介紹對象給他。

隔著一堆人，江問一眼就看到了她。

逢寧鬆了鬆圍巾，「這是做什麼？」

聽到她的聲音，幾個人紛紛回頭。大媽看到她，驚訝地哎喲了一聲，「這又是哪裡來的女孩，長得真漂亮！」

她就站在旁邊看著，幾個阿姨沒說兩句話，作鳥獸散。

等人走後，逢寧把保溫桶擱在旁邊，又把小桌子翻過來，把一個塑膠袋放到上面，「買了粥給你，喝一點。」

江問垂眼，靠在枕頭上裝高冷，一言不發。

她又說了一遍，他還是沒反應。

察覺到江問的情緒，逢寧拉了張椅子過來，坐下，看他一眼，「你發什麼脾氣？」

江問悶不吭聲，把臉別開。

他就像個鬧彆扭的小孩，不願意和大人好好談，只等著別人來哄。

逢寧的手停了一下，看了他一眼，把粥又往前遞了遞，「不會說話了？」

安靜片刻之後，江問說，「妳去哪裡了？」

逢寧低頭，把保溫桶的蓋子打開，一股香氣飄出來。

「我喝多了，妳就把我一個人丟在醫院？」說完，江問意識到什麼，又加上一句，「就算只是朋友。」

逢寧打斷他，「我幫你熬雞湯去了啊。」她指著保溫桶說，「雙瑤的媽媽剛剛買的老母雞，為了你，今天宰了。熬了幾個小時，熬到現在，我都沒睡覺。」

江問瞥了一眼，心情好了點，臉色稍亮。

逢寧把濃香的雞湯晾到一旁。

兩人相顧無言，進入了無話可說的狀態。

她整個人都很淡然，假裝什麼事都沒有發生的樣子。

就這麼僵了幾分鐘，他突然說，「幫我削個蘋果。」

「削蘋果？現在？」

「嗯。」

逢寧四處看看，「連刀都沒有，怎麼削，算了吧。」

江問對吃蘋果這件事異常執著，「那妳跟旁邊的人借。」

「好吧。」

拿了個垃圾桶過來，逢寧開始削蘋果皮。中途，她偶然抬頭，看到江問皺著眉，嘴唇抿緊。他側著身，蜷縮起來。

逢寧把手邊的東西放下，趕緊走過去，蹲在病床旁邊，看著他冒著冷汗的臉，擔憂地說，「你沒事吧？」

江問「嗯」了一聲。

她把手貼到他的額頭上，黏黏的，都是汗，「是不是胃難受？」

剛好醫生來查房，逢寧有點著急地站起來，「醫生，可以過來看一下嗎？我朋友他好像有點不舒服。」

醫生略微辨認了一下，「昨天喝多的年輕人吧，哪裡不舒服？」

江問有點僵硬地說，「都不舒服。」

醫生不以為意，「是正常的，沒多大事，多喝點熱水吧。」

臨走時，醫生看著逢寧蹲在旁邊溫聲細語地跟江問講話，心裡感嘆：現在的年輕人怎麼一個兩個都這麼嬌氣。

中午，雙瑤過來探望江問。

病房裡有老人要午休，兩個人出去說了一下話。

雙瑤陪著逢寧在底下的小花園裡散步，「你們到底該怎麼辦，妳想好了嗎？」

「差不多了吧。」

雙瑤：「差不多了是什麼意思，江問這不是很明顯還喜歡妳。」

逢寧把手裡的衛生紙扔進垃圾桶，「我和江問真正的問題，不在於他喜不喜歡我。」

雙瑤兩手交叉，「喜歡妳這種人，真的太難了，太折磨人了。」

逢寧：「說老實話，我無法拒絕江問，也無法推開他。但是……」

雙瑤開啟人生導師模式，「寧寧，妳不要把自己的承受能力想得太弱了。雖然愛情就是承受痛苦，但是痛苦就是用來承受的呀。」

逢寧的眼圈都青了一片，「我不是承受不來痛苦。沒什麼承受不了的，反正死不了。我只是不敢碰，我怕它碎掉。」

「怕誰碎掉？怕妳美好的回憶碎掉嗎？」

雙瑤嘟囔，「所以他都攤牌了，妳還要繼續往後退嗎？妳軟不軟弱啊！」

逢寧沒解釋多少，只是說，「雙瑤，我不是軟弱。我只是這輩子能懷念的東西太少了，江問算是一個。」

我這輩子能懷念的東西太少了。

江問算是一個。

我不敢碰。

我怕它碎掉。

雙瑤有點愣住了，緊接著，又生出一些心疼和感慨。

雙瑤陪著逢寧，目睹了她如何掙扎著，一路走到現在。不論狼狽成什麼樣，到了什麼絕境，遭遇什麼挫折苦難，跌進多深的坑，她從來沒有害怕的時候。

就算休學，母親去世，江問離開，逢寧整日整夜地失眠，吃藥，身無分文，身上欠了一堆債，她都不曾對別人展露過任何痛苦。

當初她生病，她對雙瑤說，「我不需要任何人的安慰，更不需要誰在我眼前表演同情。妳以前怎麼對我，現在就怎麼對我。」

逢寧就是這樣一個不會矯情、不會抒情的女人。越是這樣骨頭硬的人，一旦說出這種溫柔的情話，就越讓人心疼。

雙瑤忍不住，「可是都這樣了，妳還推開他，他得多失望？」

她頓了一下，「妳難道不知道，失望可以抵消多少細膩入微的感情？我覺得，這可能是妳和江問的最後一次機會了。你們兩個年紀都不小了，假如又恢復成以前的狀態，很久不聯絡，你們會遇到合適的人，到最後，你們之間的感情會被時間沖得越來越淡。」

逢寧看著遠處，不知道在發呆，還是在想事情。

一連串說完，雙瑤氣都不喘，依舊苦口婆心，「不對，不是被時間沖淡，而是被失望沖淡。妳給江問的失望太多了。妳只看得到眼前的解脫，看不到以後的後悔。人生那麼長，妳別用下半輩子去後悔。」

氣氛凝重了幾秒。

「妳這幾句嘔心瀝血的雞湯——」逢寧轉過頭來，看她，「又是從哪個情感部落格看來的？」

雙瑤：「……」

忽略了她的臉色，逢寧慢悠悠地繼續道，「雙瑤，少看點這些東西，挺降低智商的。」

雙瑤給了逢寧一拳。

逢寧笑了一笑。

逢寧回到病房，江問的床位已經空蕩蕩的。她打電話給他也沒人接。

她出去問醫生，醫生說，「哦，他啊？江問是吧，剛剛已經辦了出院。」

逢寧又連著打了兩個電話給江問，第三次才打通。

她問，「你去哪裡了？」

『不知道。』

「什麼不知道？」

江問：『我迷路了。』

她耐心地問，「在哪裡迷路了？」

『找我什麼事？』

逢寧：「……」

隔了一陣子，江問才說：『妳跟雙瑤走了，還管我做什麼。』

果然……

從沒見過這麼小心眼的人，逢寧耐著性子，「我只是出去跟她說說話，我哪裡跟她走了？」

江問「哦」了一聲，也不做其他表示。

逢寧頭昏腦脹，閉了一下眼睛，好脾氣地哄他，「你傳個定位過來，我去找你。」

公園裡。

江問坐在長椅上，面前有一個淺綠的湖，風吹過，泛起漣漪。岸上有撲打著翅膀的鴿子。有幾個小女孩蹲在草地上撕麵包屑，像拍電視劇一樣的場景。

逢寧走過去，擋住他看風景的視線。

颳過的風尖銳、凜冽。江問整個人像雕塑一樣，一點也不動彈。

盯著他頭頂的髮旋，像個小孩子一樣，逢寧伸出手在他的眼前，上下晃了晃。

江問一動也不動。

她放下手。

兩人並排坐著，偶爾有幾隻白鴿停在腳邊。

在寒風中默默無言，江問沒有跟她聊天的意思。於是，她就看著不遠處的小女孩餵鴿子，藉此打發時間。

為了打破凝固，逢寧嘗試著講了兩個笑話。

講完，她笑，他沉默。

江問：「妳以為自己很幽默嗎？」

逢寧：「……」

她扯了扯嘴，自顧自地笑了出來。

實在被冷風吹得頭痛，逢寧乾脆站起身。

江問終於開了尊口，「妳就沒什麼話想對我說嗎？」

逢寧回身，看著他，「說什麼？」

「妳說呢？」

逢寧佯裝平靜，想了想，「新年快樂。」

江問怒極反笑，「就這樣？」

她又想了想，「一直快樂。」

「呵呵。」

江問瞪著逢寧。

她轉頭看別處。

忍了一天，終於忍不住了，江問諷刺道，「才一個晚上，妳打算跟我裝失憶嗎？」

看著她一直在他面前裝傻，他覺得好委屈。

委屈完了，想啊想，想到他們浪費的時間，他又好心疼。

就算從現在開始，往後的每分每秒都珍惜，可是這些年的缺憾，錯過的空白，卻再也補不回來了。

最可恨的是，他昨晚都那麼說了，逢寧這個全世界最鐵石心腸的女人，她居然能當作什麼都沒發生，這麼旁若無人地繼續跟他裝死。

江問本來打算等她主動跟他提他們的事，現在看來，這輩子可能都不會等到了。

視線定在她的臉上，他說，「我記得我喝醉了，妳好像沒有吧。」

逢寧又嘆口氣，「走吧，我帶你去吃頓飯。」

搭了輛計程車到東街，兩人一路上都沒講幾句話。

這個時間正是熱鬧的時候，去了家店，有幾個人過來招呼她。

有人認出逢寧，跟她說孟瀚漠有事出去了。

逢寧不怎麼在意，指了指身後的江問，「我不是來找我哥的，而是帶我朋友來吃頓飯。」

平頭叼著一根菸，瞧著江問一身正裝，歪著頭調笑，「喲，這麼帥的男人。」

逢寧點點頭，「你們不用管我了，該忙就去忙。」

從溫度為攝氏零下幾度的室外到開了暖氣的店裡，暖融融的空氣，讓身上都有些發癢。把外套脫了，逢寧挑了個比較安靜的角落坐下。坐了一陣子，她想到什麼，起身，輕車熟路地從結帳檯那裡拿了個暖水袋，放到旁邊充好電。

幾分鐘之後，指示燈從紅跳為綠，逢寧把熱水袋丟進江問的懷裡，「熱熱肚子。」

他心安理得地享受著她的照顧。

江問吃東西的口味清淡，只點了微辣。烤翅、鳳爪、韭菜、牛肉串、羊肉串、馬鈴薯、脆骨、烤蝦，各種泛著香氣的燒烤，還有一盅養胃的海鮮粥，全部上桌。

霧氣氤氳之間，江問隨便吃了兩口，就放下筷子。

逢寧埋著頭，吃得津津有味。

他看了逢寧兩三秒。

她有所察覺，放慢咀嚼的動作，略略抬起眼，疑惑地跟他對視。

她把嘴裡的東西囫圇吞下去，嘴邊油光發亮。

見他不說話，逢寧默默地拿了一串馬鈴薯，放到他面前的鐵盤裡，小聲地說，「你先吃點東西，吃飽了，我們才有力氣談別的。」

聽到這句，江問被氣得臉黑了。

「逢寧，我不是沒事做。跟妳耗了這麼久，妳要給我個說法。」

他一臉受害人找上無良商家的怨恨表情。逢寧好奇，「給說法？你想要什麼說法？」

也不等他回答，逢寧拿起酒瓶，直接撬開。她說，「不然，這樣，我們也喝一次酒吧，你別喝，我一個人喝，就當我補給你昨天的。」

說著，逢寧沿著杯口，往下倒著翻著泡沫的酒，自顧自地斟滿，端起來就灌完。

酒液從嘴角溢出，她隨意一抹，又倒了一杯。

一整杯，她又是一口氣乾完。

逢寧連著喝完三杯，說，「好了，我們來談談。」

桌底下，江問的手握緊了。

逢寧不急不徐，「我要問你三個問題，你也可以問我。問完之後，我給你昨天的答案。」

「第一個，你現在還喜歡我，對嗎？」

江問：「對。」

他答完，問逢寧，「那妳呢？還喜歡我嗎？」

逢寧認真地回答，「幾年前可能還喜歡吧。」

她的話就像一盆冰涼的水，一頭澆過來，滅了江問所有的氣焰。他有一瞬間露出脆弱的表情，但很快恢復過來，用高傲的表情掩飾。

「我不在乎妳喜不喜歡我，我只知道自己被妳耽誤這麼久。妳的人、妳的心，我至少要得到一個，其他的，隨便吧。」

逢寧「噗」地一下，被他霸道總裁的語氣弄得笑場。

江問陰沉著一張俊秀的小臉，「妳還笑得出來，妳沒有心嗎？」

逢寧又替自己倒了一杯酒，止住笑，「怎麼，我現在連笑都不可以了？」

她說，「我沒有心，只剩下一個人了。」

喝了口酒，逢寧伸出兩根手指，「第二個問題，你來形容一下，我現在在你心中的形象。」

江問扯出一個譏嘲的笑，「虛偽、自私、冷漠、刻薄、鐵石心腸、心狠手辣、自以為是。」

逢寧不動聲色地聽完，點點頭，「懂了，你還有什麼想問我的嗎？」

盯著她，江問沒有說話。

在外人面前，江問向來傲然。然而，不管他如何驕傲自信，只要遇到逢寧，還是會低到塵埃裡。

他這棵鐵樹在塵埃裡，無助又絕望地開出了一個小花蕾，最後卻被她一腳踩碎，又毫不留情地踢了一腳。

靜默之後，江問說，「我可以沒有尊嚴地跟在妳身後，但是妳至少要回頭看看我。」

他滿臉都是受傷的表情，把她的心刺痛。

逢寧「嗯」了一聲，依舊維持著談判的語氣，「好，那最後一個問題。」

「什麼問題？」

逢寧沉吟一下，「你怕不怕，我們到最後都是大夢一場空？」

「至於妳，我不知道。」江問冷淡地說，「而我再大的夢，也無非就是妳喜歡我。」

聽到他的回答，逢寧沉默。

逢寧點點頭，「既然這樣——」

她扯了一張白紙，沾了點啤酒，捲在一個筷子上。

逢寧把綁了一面白旗的筷子丟進杯子裡，推到江問的面前，對他說，「那我投降了。」

江問的表情變了幾下，靜止了。

他的視線不離開她，想要冷靜，可聲音已經澈底喑啞，「投降是什麼意思？」

逢寧答非所問，「〈淘汰〉開頭的歌詞，你知道是什麼嗎？」

江問：「什麼？」

「我以前說的所有謊，你全都相信。」她笑起來，「現在，我說我愛你，你信不信？」

江問愣了一下，心臟一陣發顫，咬著牙說，「我不信。」

逢寧開始笑，笑著，笑著，眼睛漸漸變紅了。

「你曾經在公車上，趁我睡著的時候，為我放了一首歌。你走之後，這首歌的旋律，在這八年我無數個失眠的夜裡，反反覆覆地響起。」

逢寧還在笑，「對了，你知道我為什麼喜歡櫻桃小丸子嗎？因為小丸子有爺爺、有爸爸、媽媽，而我什麼都沒有了。」

「其實我覺得我已經沒什麼能失去的了。」

「除了你，江問。除了你。」

江問很難受。

可他感覺自己的心，被慢慢地、一點點地融化。

逢寧一直覺得自己是個很厲害的人，她上天入地，上山下海，什麼都不怕，什麼都不在乎。後來，三五年，她把所有痛苦都熬過去了，才生無可戀地發現，她不是個無所不能的人。忘記江問這件事，她花了很久很久，都沒做到。

「江問，告訴你一個祕密。」

江問聲音低啞地說，「什麼祕密？」

她的眼神熾熱，「逢寧這輩子一無所有，江問是她這輩子擁有過又弄丟的最珍貴、最珍貴的東西。」

「所以，她越想越不甘心，她應該再試一下挽回的。」

她恢復了吊兒郎當的姿態，「矯情的話就不多說了。我把我的心掏出來給你，流著血的，正熱著，全天下只此一顆，怎麼樣，你要還是不要？」

江問久久說不出話。

他等這天，等了不知道多久，多少個日日夜夜。等到絕望了，他還是放不下她，以至於到了現在，此時此刻，他終於在她眼裡看到了夢寐以求的情深，依舊像夢一場。

逢寧喂了一聲，「手上的血都快淌到地上了，你不要，我就把心放回去了。」

他罵她，「妳是變態嗎？」

「可能吧，有一點。」

人聲鼎沸的餐館，燈光明亮。

江問微微起身，探過半個桌子，單手扶住逢寧的側臉，吻了她。

嘈雜亂哄哄之中，忽然傳來重重的咳嗽聲，「嘖，注意點形象啊。」

彼此分開距離，逢寧將臉錯開，清了清喉嚨。

平頭笑容可掬，上下打量著他們，揶揄著，「忍著點啊，這是吃飯的地方。」

嬉笑扯淡兩句，人走了。破天荒，逢寧有點難為情，耳根有點泛紅。她轉過臉，直直地看向江問。

他也勉力裝得很平靜，實際臉上還是浮現了一層薄薄的羞澀。

沒過多久，又來了個人笑他們，笑嘻嘻地說，「寧仔，怎麼還在吃呢？出門右轉，五百公尺有家酒店，趕緊啊。」

逢寧波瀾不驚，「嗯嗯」幾聲，打發走人，然後挑了一串烤雞翅放進嘴裡。

大約幾分鐘之後，桌底下，逢寧驀地踢了踢他，「好了，別害羞了。」

江問迅速抬眼，瞪著逢寧。

瞧了幾眼她的正臉，他又把頭別開，眼睛看向別處。心裡充盈著混亂不清的感覺，他掩飾著說，「妳能不能把妳的嘴巴擦擦。」

「我的嘴巴怎麼了？」

「妳說呢？」

逢寧不以為意地啜著啤酒，「怎麼，親都親了，現在開始嫌棄了？」

江問：「……」

她繼續不解風情道，「還有這麼多，你就不吃了？」

江問勉強地擠出幾個字，「我吃不下。」

「你怎麼浪費糧食啊？這毛病要改改。」

逢寧撈起一串馬鈴薯、一串脆骨，「算了，那我來解決吧。」

看著她狼吞虎嚥，江問心裡的粉紅泡泡碎了一地。

臉色紅一陣，白一陣，他有點挫敗，「有誰互訴衷腸完接著吃燒烤的，逢寧，妳是個女人嗎？」

「誰規定訴說衷腸完了不能吃燒烤？」

逢寧完全沒覺得有什麼不對，「我的心情難得這麼好，胃口就好，當然要趁機多吃一點。」

江問：「……」

他們推開店門，頂著風出去。逢寧瑟縮了一下，把臉埋進圍巾裡擋風，雙手插口袋。

兩人並肩在街上走，大概隔著一個手臂的距離。

經過某個小超市，逢寧停住腳步，「你在這裡等等我啊。」

一下子之後出來，逢寧撕開薄荷糖的包裝袋，往自己的口裡丟了兩顆，又遞給江問。

他接過去，將糖放進嘴裡。

——很清新的味道，有點涼。

薄荷糖化了，江問說，「給我張衛生紙。」

逢寧從包包裡翻出來給他。

江問拿著衛生紙，抬手，幫她擦拭了一下嘴角。

逢寧頓住。

收回手的時候，他的動作慢了下來。他的手指在她的嘴角流連一下，又忍不住掐了掐她臉頰的肉。

逢寧「哎喲」地吃痛一聲，拉下他的鹹豬蹄。

江問滿意了。

兩隻手順勢交握，江問不動聲色地停頓一下，手指扣緊。

繼續往前走，他們的距離靠近了點，時不時，手臂撞到一起。

江問默默地沉浸在這點小小的甜蜜之中。

沒過多久，逢寧開口喊他，「江問。」

他轉頭，「嗯，怎麼了？」

逢寧有點為難地說，「大冬天，我們這樣手牽手，也不戴個手套，有點冷啊。」

江問：「……」

說著，逢寧的手掙了一下，抽出來，「要不然這樣。」

江問不吭聲，又發火地把她的手拉回來，有點固執地交握著。

天氣又乾又冷，她乾脆把他的手連帶著自己的，揣進上衣的口袋，「這樣就暖和點了。」

下午五點多快六點的時候，天上洋洋灑灑地開始飄起小雪。今天又是元旦，節日氣氛很濃，東街一整條街上張燈結綵，溫馨熱鬧。他們走在人海裡，和任何一對普通的情侶沒兩樣。

漫無目的地往前逛，手機震動，趙為臣打來的電話。

逢寧用另一隻空著的手接電話。

『小寧姐，聽雙瑤說妳回來了？』

逢寧「嗯」了一聲，「對呀。」

『玩幾天？』

逢寧想了想，「不知道，應該明天就要走了吧，後天我還要上班。」

趙為臣哦哦兩聲：『那妳現在是什麼情況？』

「跟一個朋友在一起。」

趙為臣嚷嚷：『妳什麼朋友？連我和雙瑤都拋下了。』

逢寧大大方方地承認，「男朋友。」

聽到她說這個詞，江問一怔。

趙為臣連著罵了兩聲：『真的還是假的？男朋友？誰啊？太突然了，真的，我認識不認識？這人可靠嗎？』

「你聲音小點，激動什麼。」

『不是！』趙為臣確認了一遍，『妳真的脫單了啊，這也太突然了。我一點心理準備都沒有。不行，我要來看看是什麼情況。』

逢寧把手機稍稍拿得遠了一點，看了江問一眼，「要不要我童年玩伴過來？」

江問搖頭。

「他不願意。」逢寧打發著趙為臣，「算了，就這樣吧，你識相點，別打擾我過兩人世界。」

電話掛了，逢寧問，「我們現在去做什麼？」

江問沉默一陣子，蚊子似的聲音，給出答案，「洗澡。」

「什麼？」逢寧沒聽清楚，「洗澡？」

「嗯。」

她「啊」了一聲。

江問略微蹙起眉，跟她解釋，「昨天沒洗澡，身上都臭了。」

逢寧拎起自己的衣領聞聞，又嗅嗅袖口，確實是一股燒烤味。考慮到江問這人的潔癖，她問，「那我們現在就訂機票回去？這沒地方洗澡，也沒有換的衣服。」

江問拒絕，「明天再走。」

「那你想怎麼樣？」

江問：「現在去買衣服。」

逢寧難以置信，「你再說一遍？」

於是，江問又說了一遍，「現在，去買。」

看他的神色不像在開玩笑，逢寧說，「沒必要吧？」

江問看著她，臉上明明白白地寫著兩個字：必要。

逢寧真不知道說什麼好。

儘管無法理解這種行為，但是介於他們剛在一起沒兩個小時，她思考一番，還是決定讓著江問。

兩人攔了輛計程車去附近的商圈。

他們隨便找了家店進去，店員很殷勤地跟他們介紹時下最流行的新款。逢寧眼睛逡巡著，想到什麼似的，「江問，在我印象裡怎麼沒見過你穿羽絨外套啊？」

高中的時候，她就沒見他穿過。

江問：「不怎麼喜歡。」

「為什麼？」

「不好看。」

逢寧：「……」

「那你今天可以試試別的風格。」

逢寧在貨架上挑挑揀揀，選了幾件，丟給江問，讓他去試。

最後，他試了一件短款的黑色羽絨外套，逢寧眼睛一亮。

她把江問推到鏡子前面，跟他一起照，「你看你不是挺帥的嗎？好韓風啊，像哪個當紅男團的成員呢！」

幾個女店員笑得跟花似的，紛紛在旁邊附和。

江問被逢寧用這種毫不掩飾的目光觀賞，極其不自在。

他怎麼看怎麼彆扭，打算脫下來。

店員對逢寧說，「哎呀，這件衣服是男女都能穿的，要不然，你們兩個都買一件，當情侶裝？」

江問脫衣服的動作一頓，看她。

逢寧點頭，「好啊，拿一件過來，我來試試。」

很快，逢寧穿著跟江問款式一樣的衣服，兩人一高一矮，站在一起。

看著鏡子裡的人，逢寧第一次體會到了什麼叫「氣質不如人」。

她一向對自己的外表極有信心，可是和江問這張臉一比，真的就硬生生地被襯得差了一大截。

她若有所思地摸了摸下巴，「你這張嫩臉，說是高中生，也有人信吧。我們手牽手上街，會不會有人檢舉我誘拐未成年？」

江問受不了她的低級玩笑，「妳能不能別整天胡說八道。」

他刷卡的時候，逢寧就在旁邊。

出去之後，她的聲音帶點調侃，「你剛剛急著付錢幹什麼？」

江問自顧自地望著前方，「不然等著妳跟我各自付帳嗎？」

逢寧感嘆，「看別人替自己刷卡原來是件這麼爽的事。」

江問瞥了她一眼。

逢寧嘴角揚起，掩飾不住聲音的飄忽，得意地說，「還是個這麼帥的，我好有面子。」

去屈臣氏買了幾件拋棄式內衣，一套旅行用的沐浴用品，逢寧想到一個問題，「去哪裡洗？」

江問：「酒店。」

逢寧「哦」了一聲，「開房間啊，你到底是想洗澡，還是有什麼別的目的？」

「我洗澡的時候，妳就在走廊上等著吧。」江問冷笑，「我倒是怕妳對我有什麼想法。」

誰能想到兩個二十五歲以上的社會菁英去酒店開房間只是為了洗澡，說出去都怕被人笑話。

江問從浴室出來的時候，逢寧正盤腿坐在大大的落地窗邊，欣賞著這個城市的漂亮夜景。

剛剛洗過的長髮還未乾透，羽絨外套隨意地披在肩頭。窗簾拉開，她的輪廓和外面零星的幾點燈光，都映在玻璃之上。

江問正在用浴巾擦頭髮，稍微失神一下。

逢寧從玻璃上看到了他的身影，轉頭，「你洗完了？」

江問點點頭。

逢寧招手，拍拍旁邊的軟墊，「過來坐。」

這裡是一個凸出去的小陽臺，又是高處，視野很廣，大半個南城可以盡收眼底。

小雪還未停，燈火璀璨，路上車流不息，人來人往。房間開著暖氣，暖洋洋的，逢寧很喜歡這樣的感覺，渾然不覺地看了一陣子，扭過頭。

她一愣。

江問就坐在對面，手搭在曲起的腿上，靠著背後的牆，無聲地看著逢寧。

「你這麼肉麻地盯著我做什麼？」

江問保持著剛剛的姿勢沒動，注視她，「妳害羞？」

逢寧哼笑一聲，「你都不害羞，我害羞什麼。」

她又往裡挪了挪，邀請他，「你要不要過來跟我坐。」

江問在旁邊坐下，逢寧突然說，「我好看嗎？剛剛看了那麼久。」

江問低聲笑，「妳還真是自作多情。」

用了同一個牌子的沐浴乳洗澡，他們兩個親密地靠在一起，身上的氣息相似。

逢寧懶洋洋地把腿伸直了，有種莫名其妙的安心。

她從昨晚到現在都沒睡覺，放鬆下來，打了個哈欠，說話的聲音開始模糊，「我好像有點睏了。」

「妳去床上睡？」

逢寧歪了歪身體，「我喜歡窩在這裡，有安全感。」

壁燈發出暗淡的橘色光線，江問將她的頭靠在自己的肩膀上，「那妳就這麼睡吧。」

「我還想跟你聊聊天呢。」

江問：「聊什麼？」

「你跟我講講你這幾年在國外的生活吧。在耶魯大學讀書，拿了全額獎學金了嗎？」

「嗯。」

「會自己做飯了嗎？」

「會一點。」

「比如？」

「烤麵包。」

逢寧又忍不住笑，「也沒什麼進步嘛。那你平時除了念書，還喜歡做什麼？」

「看電影，逛書店，開車去看日落。」

「挺有情調的嘛。」

兩人你一句、我一句地聊著。在這樣的夜裡，江問的聲音溫柔、低沉，逢寧受了蠱惑，不知不覺，眼睛緩緩地閉上。

雪下到凌晨就停了，有床被子蓋在她的身上。

逢寧的身子滑下去，把腿曲起來，側著，整個人像蝦米一樣蜷縮起來，呼吸比剛剛平穩了許多。

長夜漫漫，不知道過了多久，逢寧睜開眼。

江問近在咫尺。

她自下而上地看著他。

他正在處理工作郵件，側臉被手機淡淡的光映照，微微蹙著眉，很認真的模樣。察覺到動靜，他轉過頭來。

她迷迷糊糊地問，「我睡了多久？」

江問看了看時間，「沒睡多久。」

看她坐起來，江問道，「妳不睡了？」

「嗯。」逢寧揉了揉眼睛，側頭看，外面的雪已經沒下了，房頂、地上鋪了一片白。

逢寧握住江問的手，感覺好涼，她把他的手拉進尚有餘溫的被子裡，替他暖了一下。

逢寧口有點乾，起身跨過江問，去桌上拿了瓶礦泉水，轉開瓶蓋喝了一口。

午夜時分，她喝完水，回到江問的旁邊坐下。

被子裡還有殘餘的溫暖，她柔軟的髮尾掃過他的手腕，他挑了一縷到指尖。

逢寧被扯得一疼，坐起來，拍掉他的手，「幹什麼啊。」

他不出聲。

逢寧觀察著江問的表情，「怎麼，又想到了什麼傷心事？」

「除了妳，我還能有什麼傷心事。」

「那我還挺自豪的。」逢寧笑，「你知道嗎，我第一次見到你的時候，就在想，這個世界上居然還有你這種人，眼睛長在頭頂上，對誰都不屑一顧，不能更高傲了。結果，後來，我居然能成為你此生唯一的傷心事，這也算是成就了吧。」

江問低著頭，讓人看不清表情，聲音輕而平緩，「我的自信全被妳摧毀了。」

她知道他指的是什麼，思索了一陣，「你應該對自己有信心一點的。你這個長相，時間長了，我總會迷戀上的。」她長長地嘆息，「是我年輕不懂事。」

看江問還是不說話，逢寧突然在他的耳垂上咬了一口。

江問捂住耳朵，「妳發什麼神經？」

看著他被她親得抖了一下，她心情很好，不知死活地笑了兩聲。

見狀，江問也湊上去，在她的唇上，報復性地咬回來。

真的是用咬的，咬完之後，他又倉促地退開。

江問呼吸發緊，有點凌亂。

逢寧還在挑釁，「嗯？這就沒了？」

幾乎是剛一說完，江問就扣著逢寧的後腦勺，整個身子都壓了上去。他的喉結劇烈滾動，和她唇舌交纏，一點一點、不厭其煩地反覆吸吮。他吞嚥著唾液，熱燙的呼吸相聞。

隱忍了很久的感情，一下宣洩出來，心臟無法自控地痙攣了一下，跳得失去了控制。

那是很澈底的深吻。

不知過了多久，江問的動作終於緩了下來。他鬆開了逢寧，睜開眼，看她的表情。

只是停了兩三秒，他又無法自控地湊上去。

江問低著頭，伸出舌尖，舔了一下她的嘴唇，想再來一遍。

她快要窒息了，稍微推開他，胸口上下起伏，微微喘息，「大哥，讓我喘口氣。」

逢寧單手撐著墊子，被他逼得不得不往後面仰。

平復了大半天，逢寧雙目盈盈，嘴唇濕潤，紅紅的，「你用這種眼神看我做什麼？」

江問背靠在牆上，沒動，還是看著她。

「怎麼，又啞巴了。」

過了片刻，他用低沉、有點沙的聲音回答，「我沒親夠啊。」

凌晨兩點多，江問靠在那裡，眼裡燒了一把暗火。

逢寧沒出聲。

於是，他們就這樣乾坐了一陣子。

逢寧站起來，準備去把放在床頭充電的手機拿過來。

這裡有點窄，經過江問時，她的手臂被扯住。

逢寧跌坐在他的腿上。

江問把人往前撈了點。

兩人對看著，逢寧捧著江問的臉，抵上他的額頭，「你打算做什麼？」

江問歪著頭，嘴唇默不作聲地貼上她的脖子，磨蹭了一下，張嘴，咬住。

她疼得叫了一下，「你怎麼這麼喜歡咬人，你是狗啊你。」

後半夜，她跟他鬧得沒什麼力氣了。地板硬得人背疼，他們還是滾到了床上睡。

逢寧筋疲力盡，眼皮像是被膠水粘住。睡了幾分鐘，她又被人翻了個身，按著吻，反覆幾次。

手機鈴聲響起的時候，逢寧迷迷糊糊地翻了個身，在枕頭底下摸索著，接起來，喂了一聲。

那邊遲遲不說話。

逢寧帶著睏意又喂了一聲，「誰啊？」

趙瀕臨有點結巴的聲音傳來：『逢……妳是逢寧？』

逢寧眼睛唰地一下睜開，瞌睡一下子清醒了大半，把手機從耳邊拿下來。

——她接的是江問的電話。

那頭，趙瀨臨從震驚中稍稍回神：『妳……妳這是剛睡醒？』

逢寧扭頭看了看，江問不在房裡。浴室傳來隱隱的水流聲，她坐起來一點，鎮定地回答，「嗯，是啊。」

『江問他在妳旁邊嗎？』

「在洗澡。」

趙瀨臨頗有些艱難地應了兩聲：『那……好，妳讓他等等回個電話給我。』

逢寧被這通電話攪得睡意全無。

掛電話之後，她從床頭櫃把自己的手機拿起來，查看郵件和訊息，挑著回覆了幾則訊息。

雙瑤今天凌晨傳來一則。

雙瑤啊搖：『我的天，小趙跟我說妳有男朋友了，昨晚還待在一起過元旦……難道妳和江問？』

寧：『是的。』

一分鐘裡，雙瑤回了十幾個驚嘆號、二十幾個問號、三十幾個刪節號，以及一大串瘋狂搥人的貼圖給她。

手機連續不停地震動。

逢寧一則都不回，等著她自己平靜下來。

雙瑤啊搖：『妳沒逗我吧？』

寧：『逗妳什麼？』

雙瑤啊搖：『妳不是跟我說妳不打算跟江問在一起了嗎？』

雙瑤啊搖：『我懷疑我失憶了……』

寧：『我說說而已。』

雙瑤啊搖：『嗯？說說而已？』

寧：『哎，走一步看一步吧，不考慮了，說不定明天就死了呢。』

雙瑤啊搖：『好，妳厲害。逢寧，厲害，妳最厲害。』

寧：『……』

江問走路無聲無息，走到床邊了，逢寧才發現他靠近。

她打著字，抽空瞄他，「洗完了？」

江問的短髮濕濕的，髮梢還往下在滴水，「嗯」了一聲。

逢寧又回了雙瑤幾句，丟開手機。她掀開被子下床，踩著拖鞋站起來，「好，我先去浴室刷個牙。」

她的頭髮亂糟糟的，昨晚洗完，沒好好吹乾。

看著鏡子裡的自己，她用手指稍微順了順，髮尾有點打結。

逢寧的頭髮及腰，很怕頭皮被扯到的痛感，所以平時都用氣墊梳。

眼下只有普通的梳子，她也只能湊合一下了。

一轉眼，她和江問在鏡子裡對上視線。

他靠在門框上，盯著她看了好一陣子，「要不要我幫忙？」

逢寧動作頓了一下，「幫什麼？」

江問眼簾半垂，示意了一下。

她反應過來，「你要幫我梳頭髮？」

江問「嗯」了一聲。

逢寧心裡好笑，臉上卻沒有顯出來。她「哦」了一聲，把梳子遞給他，「可以啊。」

彎下腰，對著洗手槽刷牙，逢寧滿口的白色泡沫，從鏡子裡看著江問。

他站在她的身後，低著頭，一隻手把她肩膀上、後背的頭髮，全都抓在手裡，一看就沒經驗，動作有些笨拙，但極富耐心。

抓起杯子，漱了漱口，她扯過旁邊的毛巾，擦乾淨臉。

逢寧直起身，「哎喲」了一聲。

江問立刻抬眼，「弄疼妳了？」

「沒，我故意逗你的。」

說實在的，逢寧有點扛不住江問這個黏膩、拖拉的勁，「別梳了，我綁個馬尾吧。我們下去退房，然後吃飯。別錯過下午的飛機了。」

他們都沒什麼胃口，到附近找了家麵館吃了一點。

去機場的路上，逢寧和師遠戈在傳訊息。

兩人都坐在後面，江問靠著她，「妳在和誰聊天？」

逢寧低著頭，也沒看他，隨口回了一句，「我學長。」

江問「哦」了一聲，把頭轉過去。

司機放著歌，車裡一時間沒人說話。逢寧查了查師遠戈傳來的客戶資料，一段時間之後，側頭對江問說，「哦，對了，趙瀕臨打了電話找你，你等等回個電話給他。」

他沒說話。

她喊了聲，「喂。」

江問看著窗外，依舊沒動彈。

她看不到江問的表情，都能感受到他那股不高興。

逢寧回憶了一下，他到底是怎麼又跟她嘔氣了？

她想了想，把自己的手機遞過去，將聊天的螢幕給他看，「我和我學長聊點工作上的事情。」

江問的眼皮子低垂下來，看了看手機，終於肯跟她講話，「他什麼時候打的？」

逢寧回答，「早上，你洗澡的時候。」

車子下了高速公路，在前面轉個彎，就到了南城機場，兩人下車。

上飛機之前，江問回了個電話給趙瀕臨，「什麼事？」

『你下午三點到？』

「嗯。」

趙瀕臨憋了半天，大罵：『你把逢寧追到手了？』

「我沒追。」

趙瀨臨拔高了聲音：『那今天早上逢寧接了你的電話，難道你們昨天晚上不是在一起？』

江問很平靜，「在一起。」

趙瀨臨更加激動了：『有沒有搞錯，所以，她只是跟你親熱一次，不打算對你負責？你也太慘了吧，兄弟。』

江問面不改色地說，「她跟我表白了。」

趙瀨臨：『……』

錯愕之後，他說，「這是什麼意思？」

江問：「聽不懂人話？逢寧跟我表白了，我勉為其難地答應她了。」

趙瀨臨說：『你是妄想症又犯了嗎？』

江問把他的電話掛了。

飛機上的溫度調得很奇怪，讓逢寧脫了羽絨外套有點冷，穿著羽絨外套又覺得太熱。她找空姐要來兩條毯子，丟給江問一條，自己裹上一條。

離抵達上海還有一個多小時，睡也睡不成，也沒的事情可以做，逢寧百無聊賴，說，「江問，你把你的手機拿出來，我們聽幾首歌吧。」

江問把手機遞給逢寧，一人戴上一邊耳機。

她把他的歌單打開，點開最近經常播放的排行榜。

排行第一的是個本機檔案MP3直接導入的。她有點好奇，「這是什麼？」

江問伸出手，快速把螢幕往下滑，「沒什麼，一部美國電影，我用來練聽力的。」

逢寧看他這個樣子，肯定有鬼，她不動聲色地「哦」了一聲。

江問往下翻了一陣子，「算了，我手機裡沒幾首歌，用妳的聽吧。」

「我懶得打開手機了，我登錄一下我的帳號，聽我歌單上的歌吧。」

江問靠回自己的椅子上。

「你剛剛那個有什麼不能見人的？」逢寧又提起來。

江問蹙眉，「我能有什麼不能見人的？」

「是嗎？那就好。」逢寧邪笑一下，「那我也來練練聽力。」

江問反應過來她在說什麼，正想抬手阻止，她比他快了一秒，點開那個MP3的播放鍵。

是首歌。

前奏很快過去。

你是我夢裡陌生、熟悉、與眾不同……

眼睛彩色是你，黑白是你，低落歡欣，有始不見終……

熟悉的、低緩帶點溫柔的女聲放出來時，兩人俱是一愣。

逢寧噗地笑出來，「你偷錄我唱歌？」她回憶了一下，「我什麼時候唱過〈種種〉？哦，是那次在迪士尼？」

江問把她的耳機扯下來，有些惱羞成怒。

逢寧還在笑。

江問臉色不好看，「別笑了。」

逢寧跟他保證，「好，我不笑了。」

安靜幾秒之後，她又笑出來。

惱怒的江問把膝蓋上的毯子掀起來，蓋到她的頭上。

逢寧的聲音悶悶地從裡面傳來，「你要是喜歡聽，我到時候就去鬱南城的ＫＴＶ辦個年會員，我們有事沒事可以去唱歌。」

她把毯子拽下來，露出臉，呼吸了兩口新鮮空氣。

不論旁邊的人怎麼調笑，江問閉目養神，當逢寧是透明人。

這趟航班的空姐開始逐一分發水和飲料。

經過他們，逢寧要了杯咖啡。

空姐問到江問，他眼睛沒睜開，淡淡地說，「謝謝，不用了。」

逢寧隨手翻著雜誌，端起咖啡喝了一口。翻過去幾頁，她無意識地哼了個調子，斷斷續續的。

江問唰地睜開眼，惱怒地瞪她，「逢寧，妳有完沒完？」

逢寧這回閉嘴了。

算了，不逗他了，等等逗急了，她又要哄他。

一個半小時，飛機在浦東機場降落。

機場航廈大樓。

看著從安檢口走出的兩個人，趙瀕臨把墨鏡從臉上取下來。

江問維持著往日矜持、冷淡的樣子，右手牽著逢寧。

他們穿著相同款式的外套。

等人走近了，趙瀕臨意味深長地說，「江問，你讓我來機場接你，故意準備閃瞎我吧？」

江問懶得理他。

趙瀕臨對著逢寧明知故問，「唉，我真的是服了。所以，你們穿成這樣，是要做什麼？這是情侶裝吧？」

逢寧也沒回答他。

趙瀕臨鍥而不捨，「你們倒是說話啊，到底什麼情況，舊情復燃了是嗎？」

江問不耐煩，終於出聲了，「談戀愛。」

「啊？」

「我們談、戀、愛。」江問看了他一眼，「聽懂了嗎？」

談戀愛。趙瀕臨被這個詞樂了半天。

趙瀕臨開車來的。

他八卦了整整一路，逢寧倒是心情不錯，陪著他閒聊。

剛好到了晚飯的時間點，他們去南京西路那邊找了家川菜館吃飯。

飯桌上，逢寧和趙瀕臨喝酒，卻不准江問喝。

趁著趙瀕臨正在回覆別人訊息，不注意，逢寧小聲說，「我怕你喝多了又抱著我哭。」

江問：「……」

她語氣邪惡，「我認識你這麼久，才發現，你還挺能哭的，梨花帶雨的，怪惹人心疼。」

江問：「要不然妳別吃了。」

「哈哈哈。」

逢寧笑得好開心。

她覺得好久都沒這麼開心過了。

放下手機的趙瀕臨不知道他們在說什麼，看逢寧在笑，他說，「什麼事這麼開心，說給我聽聽吧。」

江問一直瞪著逢寧，話卻是對著趙瀕臨說的，「關你什麼事。」

趙瀕臨磨了一下牙，罵了一聲，「江問，我跟你說，要不是看你是我童年玩伴，遲早得揍你。討厭死你！」

一頓飯吃得還算開心，大多時候都是逢寧和趙瀕臨在聊。江問沒喝酒，飯後分別把兩個人送回家。

他先送趙瀕臨，然後送逢寧。

她明天早上要上班，連著兩天晚上都沒睡好，現在需要回去補一覺。

車開到鬱南城附近，江問把車轉進一條人少的小路。車停下，熄火。

逢寧低頭，解開安全帶。

車門喀嗒一聲，上了鎖。

她側頭，「嗯？」

江問沉默了一下，說，「再待一下，十分鐘。」

「那你鎖門做什麼？」

「怕妳跑了。」

逢寧：「……」

他把車窗降了一點點下來，清冷的空氣流通。

逢寧癱在椅背上，望著前方的路，黑漆漆的，只有一盞路燈。她忽然開口，「你是我夢裡陌生、熟悉……」

她剛唱了半句〈種種〉，江問抬起手，捂住她的嘴。

她在笑，嘴唇動了動，濕熱的氣息噴在他的手上。

這個動作有種挑逗感，她卻毫無知覺。

逢寧下半張臉被蓋住，只露了鼻梁以上的部分出來，眼睛眨啊眨的。

江問壓低聲音，「故意的？」

她甕聲甕氣，無所謂地說，「你不要這麼敏感啊。」

「再唱，後果自負。」

聽到他的警告，逢寧好奇，「自負什麼後果？」

「妳覺得呢？」

「我不知道。」

江問把手放下去，身子往她這邊傾斜，掐住她的下巴，用唇堵住她。

他淺淺地親了一陣子，逢寧被他親得笑了，「後果就這樣啊……」

她意猶未盡的樣子，「那我還挺喜歡的。」

江問：「……」

逢寧隨隨便便一個調情的手段用在江問的身上，他都招架不住。

江問盯著她看，呼吸越來越重。

他停了足足有十幾秒，眼神也有了灼燒的溫度，「這樣呢？」

逢寧想撥開他的手，被他用另一隻手制住，反剪到身後。

「我是個正常的男人。」

逢寧仍笑著，「你會嗎？」

江問的聲音完全啞了，「要不然妳試試。」

這裡人跡寥寥，旁邊經過一輛車，按了兩聲喇叭，開著遠光燈，將車內照亮了一瞬間，又陷入一片黑暗。

逢寧被他這句成人又直白的話弄得怔了一下。

江問的輪廓被忽明忽暗的光影籠罩，神色說不上有多激動，眼底情緒翻滾。他抓著逢寧的手腕，卻不再對她進行下一步的動作。

逢寧盯著他，一副深沉的樣子若有所思。

終於，江問動了。他一言不發，慢慢鬆手，放開了她。

逢寧剛笑出聲，他就又親了上來。

良久，兩人分開。

江問直起身，慢慢地說，「妳還是上去吧。」

剛進屋，逢寧看見客廳裡那個空著的狗窩，傳訊息給閔悅悅。

寧：『我回上海了，明天就去接狗，牠在妳那裡還好吧？』

My：『挺好的呀，妳和江帥哥去哪裡啦，玩到現在才回來？有進展沒？』

寧：『少八卦。』

想了想，她又傳了個訊息給江問。

寧：『我到了，整理一下，你到家傳個訊息給我。』

等了兩分鐘，他沒回，猜想是在開車。逢寧把手機放下，脫了外套，去浴室洗澡。

她無意識地哼著歌，閉著眼睛，任由蓮蓬頭的水往下沖。抬手拿洗髮精的時候，她瞥到手臂上的疤痕。

她用指腹貼上去，沿著傷口緩緩地滑動——微微的凸起橫亙在皮膚上。

怔愣片刻，逢寧放下手，好心情突然消散了一點。

浴室裡霧氣蒸騰，朦朦朧朧的，好像一個夢境一樣。這兩天和江問在南城，也像是在一場夢裡。

她飄著，飄著，好像飄回了無憂無慮的少年時期——她天不怕地不怕，會大哭，會大笑，肆無忌憚。

直到此刻，一個人待著，才有種腳踏實地的真實感。

她洗完澡出去，第一件事就是看手機。

她傳的訊息在半小時之前，江問回了一個「知道了」。

逢寧一邊扣睡衣扣子，坐到床上，一邊傳訊息給江問。

寧：『到家了沒？』

-61nfiawJ：『沒。』

寧：『這都多久了？』

過了幾分鐘。

-61nfiawJ：『妳洗完澡了？』

寧：『洗完了。』

又是幾分鐘，江問傳來一個「哦」字。

寧：『你到哪裡了？在開車就別傳訊息了。』

-61nfiawJ：『妳拍張月亮的照片給我看看。』

對著這則訊息，逢寧莫名其妙，心想：江問這人還挺文藝的。她笑笑，起身走到窗邊，拉開窗簾。

打開閃光燈，對著夜空中那輪彎月隨便拍了一張，逢寧倚在窗戶旁，把照片傳給江問。

寧：『怎麼樣，還滿意？』

-61nfiawJ：『（圖片）』

逢寧點開他發的圖，黑漆漆一片，中間有個閃光的點。她粗略地看了一眼，還以為他也拍了張月亮的照片過來。

放大，她又仔細看了一遍。有點不對，這個紅色的建築怎麼這麼熟悉，這不是她的社區嗎？

逢寧用拇指和食指繼續放大圖片，一愣。

江問傳來的圖裡，那個閃光的地方，是她亮著的窗戶。

逢寧迅速拿開手機，往樓下看，可惜一片黑漆漆的夜色，除了若隱若現的幾棵樹外什麼都看不見。

寧：『你還在我家樓下沒走？』

-61nfiawJ：『嗯。』

所以他剛剛叫她拍月亮，只是為了抓拍她？

不得不說，突然一下子，連逢寧這種不愛矯情的人都被他浪漫到了。

她笑了半天。

寧：『那你要上來嗎？』

-61nfiawJ：『不了。』

寧：『？』

-61nfiawJ：『不安全。』

寧：『沒事啊，沒什麼不安全的，我相信你。』

-61nfiawJ：『我怕我自己不安全。』

寧：『？？？』

寧：『……』

寧：『好吧，您的自我保護意識確實還挺強的。』

逢寧趴在窗沿上笑，笑夠了，本來想喊一聲江問的名字，隔空跟他互動一下。可是，這麼晚了，她怕擾民，就作罷。她回到床上，傳訊息給他。

江問靠坐在花壇上，遠遠地看著，那扇亮著燈的窗戶拉上窗簾，燈光暗了下來。

手機震動，逢寧傳訊息過來。

寧：『好了，快回去吧。』

握著手機的手臂垂落於身側，指尖一點猩紅的光明滅不定。

江問好半天才收回心思。

才分開不到一個小時，他就開始想她了。

泡了一杯牛奶，逢寧抱著電腦上床，窩在被子裡，校對一篇英文文獻。

江問發起了視訊邀請。

她接通，把手機固定到支架上，伸手調整好角度，「你等我幾分鐘啊，還有幾段就校對完了。」

逢寧繼續看文獻。

過了一下子，她去看手機螢幕，發現江問那邊是黑的。

逢寧把電腦關了，放到一邊，把手機拿起來，「你人呢？我看不到。」

江問的聲音傳來：『我看妳就行了。』

逢寧把大燈關了，只剩下一盞檯燈。她扯了個枕頭墊在自己的身後，對著鏡頭整理了一下頭髮，

「我看我自己很無聊。」

江問露出半張臉出來。

逢寧說，「你不會是……不好意思吧？」

江問沉默。

她笑了笑。

江問那邊的畫面一陣晃動，他也上了床，這次把整張臉都露了出來。

剛洗完澡，他黑色的短髮略濕，穿了件低領毛衣。可能是在影像裡自帶濾鏡的緣故，他微微上挑的眼睛顯得很柔和。

她研究了一下他身後的那幅畫，暗藍偏深的色調，像朵扭曲的向日葵，「你到哪裡學的這麼多泡妞的手段，還挺有一套的。」

江問不解：『什麼？』

「讓我拍月亮啊。」

他問：『狗呢？』

逢寧有點睏了，打了個哈欠，「放在閔悅悅那裡了，明天去接回來。」

『我跟妳一起去。』

逢寧：「哦，可以啊。」

『明天什麼時候？』

「下班後。」

江問把手機從左手換到了右手，替自己倒了杯水：『幾點下班？』

「五點半。」

電話那邊，江問試探性道：『我去妳公司等妳？』

「隨便啊，你知道我公司在哪裡嗎？」

『知道。』

睏倦中，逢寧什麼時候睡著的都不知道。

第二天被鬧鐘吵醒，她摸過手機一看，昨晚和江問打了幾百分鐘的視訊電話，早上六點多才掛斷。

剛過完元旦，大家的精神都很萎靡。師遠戈開了個早會，逢寧經過茶水間，正好聽到關同甫在議論 Maruko 的事情。

想到江問，她拿出手機搜尋了一下 Maruko。

第一個跳出來的居然是翻譯。

Maruko——丸子麵。

她一愣，緊接著一張圖片映入眼簾。裡面全是熟悉的動漫人物——櫻桃小丸子。

她點開一則搜尋結果。

小丸子的大名是櫻桃子，日文羅馬拼音是 sakura momoko。

小名是小丸子，日文羅馬拼音為 tibimaruko。

Maruko 是這個意思？

她想到那天送文件給李經理的時候，去過一次江問的公司。他們的 logo 就是一個類似櫻桃的東西。

一閃而過很多細節和畫面，然後，都連了起來，一時間，複雜的情緒充斥在逢寧的胸口。

從年少起，江問對她一直都是這樣——彆扭又高傲，對她的喜歡卻直白又坦誠，將一顆心擺在她的面前，隨便她怎麼樣。

小竹端著水杯飄過她的旁邊，「女神，發什麼呆呢！」

逢寧笑笑，「沒什麼。」

她一整天都心神不定。

快到下班的時候，關同甫拿著合約來跟逢寧討論細節。

逢寧回著江問訊息，心不在焉地聽他講。

過了一陣子，關同甫狐疑地停住，「寧姐，妳是不是有心事？」

逢寧「啊」了一聲，「什麼心事？」

「我不是在問妳嗎？」

聽到逢寧的手機響，關同甫閉了嘴，看著她打完一個電話，本來想繼續說。

逢寧匆匆問，「你怎麼還不下班？」

關同甫：「這才幾點？」

逢寧抬腕看了看手錶，「五點四十了。」她開始整理辦公桌上的東西。

闞同甫抓了抓後腦勺，「寧姐，妳是有事？」

「嗯，有事，合約的事，你去找法務部的人談。」說著，她就摘下工作識別證，「我先走了。」

她轉身，和小竹擦肩而過。

小竹往逢寧的背影追過去，「——寧姐姐，等我！」

電梯下降，小竹嘿嘿地笑了兩聲。

逢寧對著反光鏡補口紅，瞥了她一眼。

小竹：「寧寧姐，妳這個口紅什麼色號的？」

「忘記了。」逢寧對著鏡子，用食指擦掉嘴角多餘的紅色。

小竹眨著眼睛，八卦道，「妳下班了還這麼精心打扮，是要去約會？」

叮的一聲，電梯到達一樓。

短暫的沉默後，逢寧把口紅收進包裡，「妳操心這麼多，很閒？」

小竹噘了噘嘴。

兩人一起走出去，剛剛出旋轉的玻璃正門，一眼就看見了江問。

他把車停在路邊，人就站在樹下，穿著一身很顯眼的西裝，經過他的人都忍不住多看幾眼。

小竹和逢寧，腳步不約而同地一起頓住，小竹道，「欸，那個不是……」

「我有朋友來了，我先過去。」

和小竹打了聲招呼，也不管她驚訝的目光，逢寧朝江問走過去。

「等多久了？」

江問挑了挑眉，沒說話。

逢寧站在他的跟前，抬手，彈了一下他的臉頰——有點軟，觸感挺好。

於是，她又忍不住彈了兩下。

江問安安靜靜地看著逢寧，任她欺負了好一陣子，然後抓住她的手。

他開的還是那天的車。

逢寧在導航裡輸入閔悅悅家的地址，在靜安區那邊。

江問開車，逢寧坐在旁邊傳訊息給閔悅悅。

等對方回訊息的時候，她偏過頭看他。

江問盯著前路，很認真地在開車。

正到了轉彎的路口，他單手打方向盤。

逢寧想到了最近在網路上大紅的——拍男友開車。

心隨意動，逢寧斜靠著，打開相機鏡頭。

略微晃動的鏡頭裡，他西裝袖口規整，左手手腕上有銀色手錶，手背的經絡有幾根微微凸起，半個手掌不經意地搭在方向盤上。

他的手指修長，又細又直，秀氣到不行。

看到逢寧在拍他，他抬起右手，換了檔，「做什麼？」

「欸，你開車還挺帥的，超級好看。」

江問聽懂了逢寧是在誇他。

逢寧指揮他，「快點，再打一下方向盤。」

江問：「……」

逢寧催，「快點。」

他看了她一眼，「路沒彎了。」

手機接連地叮咚響，是訊息的提示音。

通常下了班，逢寧就會在設置裡關掉訊息的聲音，只留震動，今天還沒來得及調整。

她點開訊息，一大堆全是小竹傳來的。

竹竹 pig：『寧姐，我沒看錯的話，剛剛那個是 Maruko 的 Boss？我們還一起吃過飯！』

竹竹 pig：『我的老天爺哪！我風中凌亂了，妳剛剛是不是上了人家的車？那輛銀色的 BMW？』

竹竹 pig：『哦，對，你們是高中同學……』

竹竹 pig：『但、但我為什麼看到妳的鹹豬手摸上了那個大帥哥的臉？還吃了一把他的豆腐，我懷疑我瞎了……』

小竹傳到這則，逢寧總算打斷她。

寧：『妳稍微冷靜點？』

竹竹 pig：『不行，我真的無法冷靜，妳跟他是什麼關係？』

寧：『就是妳想的那種關係。』

竹竹 pig：『我不敢想……』

寧：『沒事，妳想想看。』

竹竹pig：『是可以牽手的那種嗎？』

寧：『。』

寧：『差不多。』

沉寂了半分鐘，小竹比雙瑤還激動，傳來了無數個驚嘆號和問號洗版。

逢寧正準備回小竹，江問突然出聲喊她。

逢寧「嗯」了一聲，「怎麼了，到了？」

江問輕描淡寫地說，「要轉彎了。」

乍一聽，逢寧還沒聽懂，停了一停，隨即反應過來，笑了。

閔悅悅牽著狗繩，就等在樓下，旁邊還站著柏宏逸。

這件事發生得略有點尷尬。

四人面面相覷。

小黃一見到逢寧和江問就汪汪叫了起來，激動地直搖尾巴。閔悅悅吃驚地指了指他們，眼睛又看到兩人交握的手上，「你們這是……」

逢寧把狗接過來。

柏宏逸當場石化。

閔悅悅至少有個心理準備，他則是完完全全不知情，直接面對如此衝擊的一幕。他不可置信地瞪大眼睛，又仔細看了兩遍，真的是江問。

好半晌，柏宏逸找回自己的聲音，「Ryan？」

閔悅悅不停地向逢寧使眼色。

逢寧很鎮定，「謝謝幫忙照顧狗，要不然順便請你們吃頓飯？」

閔悅悅欣然答應，「好啊，好啊。」

趁著江問和柏宏逸說話，閔悅悅把逢寧拉到一旁，「你們真的在一起了？」

逢寧有點無奈，「為什麼我談個戀愛，所有人看到我，都像看到我在炸碉堡一樣？」

閔悅悅狠狠地擰了她的臉一下，「廢話，那當然是因為妳的男朋友太極品了啊！」

上車，江問開車，逢寧坐在副駕駛座上。

柏宏逸和閔悅悅坐在後排。

好歹也是經歷過大風大浪的人，柏宏逸很快就接受了這個事實。他有點感嘆，「我真的沒想到，Ryan少年時期的女友就是妳。」

閔悅悅倒是被提醒了，「所以你們這是兜兜轉轉到最後，還是彼此？」

逢寧開了句玩笑，「我才二十六歲呢，怎麼就到最後了？」

「二十六歲也不小了，可以結婚了呢。」

江問安靜地開車，不參與他們的插科打諢。

一個晚上，柏宏逸不停地向逢寧描述，在華人圈子裡，江問到底是有多受歡迎。

他們每次去派對，都有成批的女人來搭訕，收斂點的只是要個電話號碼，大膽點的就直接來約個一夜情。可是，他一個都不接受，搞得像個性冷感的人。

最搞笑的是後來江問性冷感的事情居然在圈子裡傳開了，還有個人匿名寄了封郵件給柏宏逸，真誠地建議他帶江問去看心理醫生。

柏宏逸說這些事情的時候，逢寧一開始是笑，笑著笑著，又有點心酸。

飯吃完之後，閔悅悅和柏宏逸要去看電影，就散了。

附近有個公園，江問和逢寧順便飯後消化，在夜風裡散步、遛狗。

「江問？」逢寧喊他的名字。

江問停住步伐，側頭看她。

「我有點累了，找個地方坐坐吧。」

他們找了個亭子坐下。這裡靠近廣場，旁邊還有一群健身的爺爺奶奶。

小黃狗乖乖地趴在地上。

逢寧笑著問他，「剛剛柏宏逸講的那些事，是真的？」

聽不到回答，她又問了句，「是真的？」

「有點誇張。」他說，「但差不多吧。」

「你是不是傻？」逢寧靠著他，雖然笑著，可心裡難過，「怎麼這麼傻呢，這麼多年，不知道去找別人試試？」

江問摸了摸口袋，是空的，沒菸。

她看著江問這張臉。

幾乎每個人都覺得不可思議，像江問這種男人，是怎麼被她騙到手的。連她也奇怪，自己當初到底是怎麼唬弄到他的？

這八年，逢寧回憶過無數遍江問的事。從兩人認識起，她就對他壞，動不動就整他。後來，她家裡出了事，他卻默默地陪在她的身邊。母親去世後，也是他，接受了她幾乎所有的負面情緒。

年紀越大，她才越知道，當初江問是用了怎樣的真心在對待她。

逢寧無奈地說，「江問，我是不是對你下了什麼迷魂藥，不然你怎麼非我不可？」

長久的沉默。

江問盯著她看了好半天，慢慢地說，「我十幾歲就喜歡上妳，不會玩調情的手段，也不懂步步為營。妳拒絕我，不喜歡我，我一點辦法都沒有。妳對我好一點，我就誰也不想要。」

逢寧啞然。

「十六歲，是我們的開始。」江問的聲音有些低，卻依舊清晰，「二十六歲，不是妳的最後，但，是我的最後。」

江問不是一個情緒特別外露的人，除了醉酒時，他很少坦誠對她的感情。

他越是說得輕描淡寫，就越讓人心裡酸楚。

沉默幾秒，逢寧問，「你哪裡學來的這麼瓊瑤的臺詞？」

江問：「……」

本來帶點哀愁、纏綿的氣氛，瞬間被她破壞得乾乾淨淨。

江問拂開她的手，站起來，逕自往前走。

逢寧連忙牽上狗繩，跑過去追上他，「欸欸，等等我啊，怎麼又生氣了。對不起、對不起，我開玩笑的。」

第二十九章　有點想妳

時間過得飛快，今年過年早，公司一月中旬就放了假。

以往的春節，逢寧只有大年三十會回南城，替齊蘭掃墓，再逐一向雨江巷的幾家幾戶拜年，完了就回上海。

今年情況特殊，逢寧特地用訊息問了一下江問的安排。

過了一陣子，有個人加她，備註的是：Ryan 的助理。

逢寧疑惑了一下，允許了好友請求。

那人一上來打了個招呼，喊了聲「老闆娘」，然後連傳三個 Excel 表格過來。

逢寧莫名其妙，一個個點開看，居然滿滿都是江問這段時間的行程表。

看了一下，她又是無語又是好笑，用訊息找江問。

寧：『你讓你助理傳這個給我做什麼？』

-61nfiawJ：『不是妳問我安排？』

寧：『……倒也不必這麼詳細。』

-61nfiawJ：『？』

寧：『別人都會以為你女朋友是個控制狂。』

-61nfiawJ：『。』

逢寧從小很少生病，不知道哪天吹了風，頭痛欲裂，鼻子堵住，拖了幾天之後，就成了重感冒。

兩人回南城之後，江問家裡事情多，應酬不比在上海少。

逢寧病來如山倒，窩在家裡睡了整整兩天，動也懶得動一下。雙瑤就中午和晚上過來送飯給她。

江問想過來找她，一律被拒絕。

傍晚接到他的電話：『妳在做什麼？』

逢寧嚶嚀一聲，有氣無力，「睡覺。」

『在家？』

聽到他的聲音，她神志稍微清醒了一點，清了清喉嚨，「是的。」

『我來接妳。』

逢寧拒絕，「別來了，等等講兩句話，把感冒再傳給你。」

『妳是回了南城就不打算跟我見面了？』

逢寧堵著鼻子，齉聲齉氣，「不是……我這幾天重感冒，你聽我的聲音，能聽出來吧？」

『見一面也不行嗎？』

江問都這麼說了，她哪裡還能拒絕。

逢寧嘆氣，從床上爬起來，「可以、可以，那你等我洗個澡，整理一下，大概需要一個多小時吧。」

掛了電話後，她下床，扯開窗簾，外面的天色稍稍暗下來。

逢寧倒了杯水，把抽屜拉開，摳出兩粒藥吞下去。

正好雙瑤推門進來，提著保溫桶，「今天的伙食，我幫妳送來了。」

逢寧點點頭，用下巴示意，「好，妳就放在旁邊吧。」

看到逢寧吃藥，雙瑤也不以為意，走過去，「妳這個感冒多久了，還沒好呢？」

逢寧隨手把藥放下，「唉，這次的病情來勢洶洶，我也措手不及啊。」

「妳是不是吃錯感冒藥了？」雙瑤很懷疑，「妳把妳的藥拿來給我看看。」

雙瑤正想去拿藥，被逢寧眼明手快地奪走。

雙瑤的手頓在空中，愣了一下，「幹什麼？我看看妳吃的什麼感冒藥，妳激動什麼。」

逢寧自己拿著看，唸出來，給雙瑤聽，「清熱解毒，治療咽喉腫痛。我沒吃錯，就是這個。」

「……」

雙瑤沒說話。

逢寧又看她一眼，「幹什麼？」

雖然有點懷疑，但是雙瑤也沒多想，點了點頭，「那好吧，別亂吃藥啊。」

逢寧不耐煩，「知道了，別囉唆了好嗎，我還能吃什麼藥。我等等還要出去約會，妳趕緊回去吧。」

雙瑤笑得很促狹，「哦，病成這樣還要去陪江問？」

「兩天不見他，他的玻璃心就發作了。」

雙瑤笑了一聲，「妳這話說的，我怎麼聽起來像炫耀似的呢？」

笑了笑，逢寧開始盤頭髮。

「對了，妳和江問現在怎麼樣了？」

逢寧拉開衣櫃，對著鏡子開始試衣服，「我們？挺好啊。」

雙瑤有點好奇，「那沒有不習慣嗎？都過去這麼多年了，你們就相當於從陌生人再開始相處吧。」

逢寧轉身，左手拿著紅色毛衣，右手拿著白色毛衣，一件一件比給雙瑤看，「穿哪件？」

「白色的吧，溫柔點。」

「OK。」

逢寧換著衣服，回答雙瑤剛剛那個問題，「好像沒什麼陌生的，雖然我們都變了很多，但在一起挺自然的。」她頓了一頓，「我覺得很開心，跟飄著似的。但說實話，我到現在都沒什麼真實感。」

「什麼叫沒真實感？」

「不知道。」逢寧笑，「怕這些都是自己的幻覺吧。」

雙瑤嘆口氣，「那妳下一步有沒有什麼打算？」

逢寧隨便應了一句，「沒有呀，今朝有酒今朝醉，想那麼多做什麼。」

雙瑤簡直太迷惑了，「妳聽聽妳自己說的都是什麼渣女語錄？什麼叫今朝有酒今朝醉，妳難道還打算玩完了就拍拍屁股走人不成？」

逢寧很鎮定，「今朝有酒今朝醉的意思就是，江問是逢寧的冬日限定快樂。」

雙瑤重複了一遍，「冬日限定快樂？」

逢寧像在講一個無所謂的笑話，聲音卻很冷靜，「對，我不想去想以後的事情，我只知道我現在很開心，這就夠了。」

之前在公園，江問跟她談「最後」這個話題的時候，她感到慚愧的同時，又覺得他完全超出了自己的想像，她不知道該怎麼回答。她沒法像他一樣堅定，堅定這一次就是他們的最後。明知道會讓他失望，她還是四兩撥千斤地繞開了這個話題。

逢寧在化妝鏡前坐下，「我現在還能跟江問談一次戀愛，就已經是中彩券了。更遠的，我暫時就不想了。」

雙瑤：「我不懂妳是怎麼想的。」

「妳覺得我和江問適合嗎？」逢寧轉頭看她。

這下倒是把雙瑤問住了。思索良久，她回答，「妳這麼喜歡他，他也這麼喜歡妳，你們有什麼不適合的？」

逢寧轉回頭，挽起袖子，開始往手臂上塗遮瑕膏，「觀念不同。」

逢寧打理完了，翻找到一個口罩戴上，穿上一雙羊皮短靴出門。

今天的風很大，像刀子似的颳，幸好她穿得厚。

逢寧把帽子戴起來，還是凍得有些瑟縮。

她走到約定的地方，站在路邊一個僻靜的角落。

她吸了吸鼻子，吸進一股清冽的空氣，鼻塞的感覺好多了。

一回到南城，江問的風格明顯變得浮誇了起來。繞著他的車走了一圈，逢寧搖頭，心裡直感嘆：比閔悅悅那輛瑪莎拉蒂都要閃耀。

拉開車門上車，逢寧側著身坐進去。她戴著口罩，腦袋上戴著羽絨外套的帽子，一大圈的毛幾乎把臉全部遮住，像個因努特人一樣。

江問不知道剛剛從哪個飯局趕來，從頭到腳一身的造型，額前的髮全部梳起。英俊的五官露出來，讓人不自覺盯著看。

逢寧把帽子摘下後，側過頭，詫異地問，「司機大哥，您這麼帥，還出來跑車啊？」

江問：「……」

逢寧欣喜地笑了一下，「好了，開車吧，司機大哥，別愣著了，我趕著去約會呢。」

江問不配合她演戲，微蹙著眉，「妳是不是有什麼毛病？」

逢寧撇撇嘴，呿了一聲，「你好沒意思。」

江問冷笑。

車裡暖暖的，逢寧把圍巾也摘了下來，欲言又止，「你是吃炸藥了嗎？火氣這麼大。」

聽她說這句話，江問開始算帳，「妳回來兩天，為什麼不找我？」

他的眼神就像兩根冰棒，無聲地戳著她，「我不找妳，妳就不打算找我？」

逢寧瞧著他的臉色，用手指碰了一下鼻子，「我不是病了嗎？現在這種時候，感冒起來能要人命。要不是怕傳染給您，我怎麼會不想找您？」

他們幾天不見面，一見面，她就被他劈頭批評了一頓。

逢寧心想，自己現在的地位怎麼這麼低。

江問本來不想委屈地跟個怨婦似的質問，但是多年前的心理陰影還未退去，逢寧回到熟悉的地方，又變成老樣子。

逢寧真是他命裡的冤家。

江問真的是要被她氣哭了。

他又煩她，又煩自己，拿起打火機，推開車門下車，去遠處抽菸。

一根菸抽完，江問轉身，看到逢寧背著手站在不遠處。

她走過來，「還生氣？」

江問沒出聲。

逢寧把背後的手伸出來，舉著一束白的黃的蠟梅花，遞到他的眼前。

盯著她看了好一陣子，江問接過來。

逢寧邀功似的說，「我剛剛去隔壁老頭那裡偷來的。」

「把妳臉上的口罩摘了。」江問覺得礙眼。

逢寧跟他解釋，「我重感冒。」

江問不為所動，「摘了。」

逢寧乖乖地順著他的意，「摘了、摘了，行了吧。」

她喜滋滋地湊上去，聞了聞自己剛剛偷摘的花，「香香的。」

忽地，江問伸出一隻手，把逢寧的眼睛蓋住。

逢寧不知道他要幹什麼，翹起嘴角，笑吟吟地問，「氣消了？」

江問不想和她這樣的眼神對視。

她這樣看他兩眼，他什麼火都發不出來了。

四下無人。

逢寧踉蹌了兩步，被江問扯到旁邊一個死巷裡。

手裡的花掉在地上。

他的氣息混著薄荷和尼古丁的味道。江問微微湊上去，被逢寧眼明手快地捂住嘴，「我感冒。」

江問低頭，和她視線平齊，「妳是不是故意惹我生氣？」

逢寧貼著牆根，很老實地認錯，「我錯了，對不起。」

兩手撐在她的耳側，他實在忍不住，在她的脖子上吻了一陣。

「親我。」江問命令她。

逢寧攀住江問的肩，學著他剛剛的樣子，往他的脖子上親。

「親這裡。」這是他堵上她的嘴巴前的最後一句話。

沒多久，逢寧就有些喘不過氣。

他稍稍停下動作，她立刻偏過頭大喘氣。

因為缺氧，逢寧無力地說，「你是真的不怕我把感冒傳染給你啊。」

她的唇上有濕潤的水光。

看了幾秒，沒有任何徵兆，江問又親了上去。他用舌尖撬開她的嘴巴的時候，他低喃，「不怕。」

入冬以後天色黑得很早，江問驅車，帶她去了啟德高中附近。逢寧戴上大帽子，又變身成因紐特人。她有點好奇，「你來這裡吃晚飯，憶苦思甜啊？」

她又招來江問的一瞪。

今天剛好是高三放假的前一天，這個時間又是放學的時候，人流高峰期，街上往來的都是學生。江問和逢寧的穿著打扮都很引人注目。

江問想吃餛飩，他們找了附近的某家中餐廳。

看他翻菜單，逢寧雙手撐著下巴，「剛剛雙瑤送飯給我了，我不吃，看你吃。」

江問的吃相很矜持。

他們坐在二樓靠窗邊。逢寧撐著下巴，從窗戶望下去，街道霓虹閃爍，像流光一樣。她移開視線，「等一下要不要去學校轉轉？」

江問停下筷子，點了點頭。

學校守衛室沒放他們進去，他們只能在附近散步。這裡很多店鋪都翻修了，以前的小吃街還在，不過已經拓寬了一倍。

看向四周變化的景物，逢寧指著某個店鋪說，「我以前最喜歡在這裡買書看。」走了一下，她又指著街角說，「以前我最喜歡在這裡吃麻辣燙，旁邊還有個賣豆花的攤子，不知道還賣不賣。」

她一句接著一句，說了一段時間，發現江問安靜得沒有一點回應。

逢寧停下，問，「你怎麼一點感慨都沒有？」

江問隻字片語，平淡地說，「忘記了。」

逢寧和他對望。

江問的表情處變不驚，睫毛在眼下留了一片陰影，「和妳分手之後，我很少再來這裡。」

他的聲音不怨不怒，逢寧怔然幾秒，不知道接什麼話。她清了清喉嚨，很刻意地轉開話題，「江問，你有衛生紙嗎？」

她吸了吸鼻子，「感覺又要流鼻涕了。」

本來氣氛還不錯，可是因為重感冒，逢寧一路上不停地擦鼻涕，手裡握了一大堆衛生紙。剛剛過後，她識相地沒再提敏感的話題。

逛了一段時間，江問把她送回去。

看她進去之前，江問說，「我這兩天有點忙。」

逢寧理解地點點頭，「沒事，你有空了來找我。」

大年三十，和往年一樣，逢寧在雙瑤家裡過年。

中午吃完飯，大人們聚在一起打麻將，小孩們出去放鞭炮。雙瑤拉著她到閣樓上去看電影。

兩人窩在床上看了一部老電影，最後一幕，女主角在雨中和男主角澈底錯過。電影放到結尾，雙瑤默默地扯了兩張衛生紙，開始擦眼淚。

逢寧不痛不癢地喝優酪乳。

雙瑤側頭看她，聲音還有點哽咽，「不覺得很感人嗎？」

吸了幾口優酪乳，逢寧反問，「哪裡感人？就這樣，還沒有我的愛情故事感人。」

「那確實，畢竟能和江問纏纏綿綿十年，是還挺感人的。」

於是，話題又扯到江問的身上。雙瑤的表情突然變得很怪異，拐彎抹角地問了幾個問題。

逢寧沉吟一番，老實道，「不太清楚。」

「為什麼不太清楚？」

「沒試過。」

「到現在還沒試過？真的假的？」沉默了一下，雙瑤擺出震驚表情。

「真的啊。」逢寧不解，「妳這是什麼表情？」

「真沒想到你們怎麼這麼純情啊。跟小學生似的，太絕了。玩柏拉圖？」

雙瑤一直在樂，「那妳打算什麼時候和江問……」

沒怎麼考慮，逢寧坦蕩地說，「這種事，我覺得無所謂吧。他要是想，我為什麼要拒絕？」

雙瑤這種身經百戰的老司機，和逢寧聊的話題越來越沒下限。趁著她去拿零食，逢寧順手摸起旁邊正在充電的手機，剛拿到眼前，被當頭一棒。

——怎麼顯示正在通話中！

通話時長已經有十分鐘，大概是她剛剛充電時候誤撥出去的。拔了充電線的頭，她把手機放到耳邊，試探性地開口，「喂？」

那邊的背景聲音很吵，好像有很多人在說話。逢寧剛鬆了口氣，突然聽到江問的聲音。

也不知道他低聲跟誰打了個招呼，走到一個稍微安靜的地方，才對著手機說：『逢寧。』

「你……你？」逢寧都快驚到結巴了，「你一直在聽啊？」

江問似乎低低地笑了一聲：『嗯。』

立刻想到剛剛那些兒童不宜的話，逢寧內傷重得有點想吐血，「你就一直舉起手機？你不累嗎？」

『戴了耳機。』江問說，『本來沒想聽的。』他頓了頓，又繼續說，『不過，我好像聽到了自己的名字。』

「……」

她生硬地轉移話題，「你在幹什麼？」

『陪我爺爺喝了點酒。』

「然後呢？」

他的聲音低沉了好幾分：『有點想妳。』

晚上，江問和家裡人吃完團圓飯，小姪女跑過來爬到他的腿上撒嬌。

江問把手機拿出來，回了幾則新年祝福，打開訊息。

一個多小時之前，逢寧傳了個訊息給他。

江問坐在沙發上，陪著姪女看了一下動畫片。過了一段時間，他起身，把姪女交給傭人帶，上樓換了身衣服下來。

江玉韻正倚在旁邊打著電話，看弟弟拿著車鑰匙，隨口問了一句，「這麼晚了，還要去哪裡？」

「去找朋友。」

「找朋友？」江玉韻神情有點困惑，又確認了一遍，「現在？大年三十？」

江問「嗯」了一聲。

「趙瀕臨他們？」

「不是。」

途中和別人說了句話，江玉韻又問，「那你還能這時候去找誰？」

「我女朋友。」

江玉韻「哦」了一聲，「那你去吧。」和朋友又說兩句話，她突然反應過來不對，「——等等！」

江問已經走到門口。

江玉韻收起手機，提高聲音，「再說一遍，你找誰？」

江問的表情淡淡，「女朋友。」

逢寧雙手插在口袋裡，踱步到巷子裡。

站到院子門口，摘下帽子，她正翻找鑰匙，聽到一道沉沉的聲音傳來。

動作一頓，她意外地轉過頭。

江問的身形從黑暗中顯現，「妳去哪裡了？」

逢寧的手往旁邊指了指，「我剛剛出去散步了一圈。」

江問神色如常，「妳手機打不通。」

「是嗎？」逢寧趕緊掏出來看，按了兩下，螢幕還是黑的，「好像是沒電了。」

逢寧有點不確定，「你怎麼在這裡，今天不用陪你的家人嗎？」

江問還站在原地，「不是說了？」

逢寧：「嗯？」

他輕描淡寫，「我想妳了。」

夜色厚重，隔壁院子裡的燈光深淺不一地打在江問的身上，把他整個人的影子都拉長了。

逢寧走過去。

他任她圈住自己的腰。

不知道是不是因為感冒，逢寧聞不到江問身上的氣味。他就跟寒冬的雪一樣，有點冷清，淡淡的，乾乾淨淨。

逢寧意味不明地嘆了口氣，哈出一口氣，「在外面好冷，進去吧。」

她帶著江問上了二樓。房裡開了暖氣，溫度很高，她脫了外套，裡面穿了一件長袖上衣。

逢寧有點口渴，替自己倒了杯水，抵在桌沿，仰頭慢慢地喝水。

聽到輕微的動靜，她一邊喝，一邊用眼睛瞟他。

江問忽然扭了頭去看別處。

逢寧的嘴唇微微離開杯沿，「想看我就看囉，光明正大地看。」

江問很快又轉回頭，「妳不能好好喝水？」

逢寧把水杯放下，「我喝水又怎麼招惹到你了？」

逢寧去雙瑤家拿了點零食，又摸走點橘子、蘋果，擺出一個果盤，端上去。

逢寧彎腰，把東西放到小茶几上，「我家沒什麼能招待你的，你就湊合一下吧。」

電視機在放春節特別節目，江問沒出聲。他看節目看得很認真。

她問了句，「你等等還回去嗎？」

江問將視線移到她的臉上，點了點頭。

逢寧心說：你這不是假正經嗎？

她找來一條毯子，和江問一起蓋著，他們就這麼窩在沙發上看電視。

時間一點點地流逝，不知不覺就要到十二點，農曆的新年很快就要來了。外頭鞭炮已經劈哩啪啦地開始炸響。

逢寧被感染到了，跳下沙發，有點興奮地探出頭，朝天上看，「馬上就有煙火看了！」

電視機的主持人們在一起倒數，「十、九、八、七、六……」

逢寧笑著轉過頭，看到江問穿了件薄薄的羊毛衫，靠在旁邊的衣櫃上，就這麼看著她。

逢寧撲過去，撓他癢癢，「你怎麼都不笑的啊？」

她被江問用手鉗住。

與此同時，外面的煙火開始砰砰砰地接著放。逢寧瞇著眼笑，「江問同學，新年快樂！」

江問扯了扯嘴角，「新年快樂。」

兩人對視幾秒。逢寧忽然一把抓住他的前襟，一個旋身，把人推到沙發上，帶點誘哄，「你把眼睛閉上，我給你一個新年禮物。」

逢寧親一下他的下巴，又親一下唇，又親一下眼角、額頭、耳垂、睫毛。

江問情不自禁地回吻她。

逢寧把江問推倒在沙發上，和他額頭相抵，虛移指尖，勾勒江問的五官。

她的手伸過去，又捏了捏他的耳朵。

他的耳骨軟軟的，手感很好，於是她又捏了兩下。

隱隱約約，有小孩嬉鬧的聲音傳來。時不時有鞭炮炸開。

這裡像被隔絕了一樣。

壁燈幽暗昏黃，平添了幾分不可言喻的旖旎。黑亮的髮絲落在逢寧的臉頰邊，有一點光映在她的眼裡，有種動人心魄的美感。

江問有一陣子不出聲，再開口時，聲音克制又壓抑，「這是妳的新年禮物？」

逢寧屏息，眼睛一眨不眨地看著他。

江問沒有多餘的動作，只是看著她，「確定？」

逢寧很鎮定，緩慢地問，「怎麼了，不滿意啊？」

夜深了。

不知過了多久，逢寧被江問抱起來。

到窗戶邊上，江問將頭低下去，從背後，親了親她的眼睛，「今晚的月亮美不美？」

逢寧被他的手壓著，一起撐在窗戶上。她頭昏腦脹，勉強說了句，「美。」

禁錮產生的愛意在蔓延。

霧氣讓玻璃朦朧了，勉強能映出兩個人難捨難分、交纏的人影。

江問的食指落在她的唇峰上，「那我讓妳看一整個晚上，怎麼樣？」

這個姿勢，逢寧被帶得偶爾微晃。她的膝蓋有點發顫了，根本站不穩。

全身的力氣都像是被抽空。

幾縷髮絲黏在唇邊，逢寧死死地咬住唇。

她將頭偶爾仰起，又倏地垂下。她抑制著，不想弄出什麼動靜。

江問很快察覺，他的動作漸漸停頓。

逢寧的腦子有空白的眩暈，她慢半拍地轉過頭。

他微微喘著氣，呼吸壓抑到有些凌亂，手指從她的下巴撫過去，反覆摩挲。

他和平時的溫柔不同，帶著點強硬的意味，「難受？」

江問這麼囈語的時候，很性感，屬於成年男人的性感。

逢寧耳根子發燙，含糊地「嗯」了一聲。

他扣著她的手，稍微用力緊了緊，又鬆開，「我輕一點。」

終於結束了，好久，接近天明。略顯凌亂的房間，有平穩的呼吸聲起伏。

逢寧輕輕下床，找了一件長袖上衣穿上。

藉著微微的光亮，她蹲在床邊，凝視著近在咫尺的江問。

看了一段時間，她動作很輕地掀開被角，在他的身邊躺下。

江問身上的體溫很高，暖暖的，安全感十足。

身邊微微塌陷，他無意識地伸手，把人抱進懷裡，圈住，彼此緊貼得沒有半點縫隙。

她雙手交疊，枕在臉側，藉著外頭一點點的晨光，數著江問的睫毛。

幾點鐘睡的，她也搞不太清楚，反正再醒來已經是下午。

房間裡，偶爾有輕微的敲擊鍵盤的響聲。窗簾遮了大半的光，江問靠坐在沙發上，雙腿搭在茶几上，膝蓋上放著電腦。

聽到動靜，江問的視線從電腦畫面挪開，側頭，看著從床上微微坐起來的人。

逢寧腰酸背痛，稍微動了一下，哪裡都疼。她疲憊地揉了揉眼睛，「幾點了？」

江問把電腦闔上，放到旁邊，「下午三點。」

腦袋還是有點暈，逢寧遲鈍地「哦」了一聲。

「還睡嗎？」江問雙手撐在床沿，前傾身子，直勾勾地打量著她。

逢寧有氣無力，「你怎麼穿成這樣？」

「中午和家人吃了頓飯。」

走的時候，她睡得太沉，他沒叫醒她。

屋內的溫度高，她只穿了一件單薄的T恤。

江問將外套脫了，裡面也只有一件襯衫。他的皮膚薄，又白，領口的扣子解開幾顆，微微敞著，一道道曖昧斑駁的紅痕，從脖子前面蔓延到後面，比她身上的都要誇張。

江問表情慵懶，眼神卻不像平時那麼淡淡的。

逢寧看了兩眼就把目光收回來。

怎麼感覺這人有點誘惑……

再怎麼放得開，這時候都有點尷尬，她咳嗽一聲，「你注意一下自己的形象，別這麼衣冠不整。」

手機震動，有個電話進來，是江問的手機。

他任它響了一陣子，逢寧感覺到他微微俯身，像是要吻她。

逢寧直覺往後退了一點，「等等，你先接電話。」

看他拿起手機，逢寧掀開被子下床，雙腳剛剛落地，忍不住低呼了一聲。

江問頭低下兩分，空出手把她扶住。

拖鞋不知道去哪裡了，逢寧光著腳踩在地板上，四處找拖鞋，手臂被人拽住。

江問皺眉，「去床上。」

逢寧有些訕訕的，「我要去刷牙。」

電話那頭靜默兩秒，江玉柔試探性地問：『哥，我怎麼好像聽到……是個女人的聲音啊？』

江問「嗯」了一聲。

『是嫂子？』

他又「嗯」了一聲，依舊看著逢寧，「先上床，我幫妳找。」

江玉柔：『真的是嫂子？昨天晚上姐告訴我，我還不敢相信呢，真的啊？你昨天晚上原來是去找嫂子了！』

按照往年的慣例，江家初一早上要吃齋。今早上，等人差不多到齊，餐桌上的位子明顯空缺了一個。

江老爺子招來傭人問，才知道昨晚江問不在家守歲。老爺子當即沉下臉，發火，「沒規矩，他人去哪裡了？」

江玉柔後知後覺，有點驚訝：『什麼時候帶出來讓我見見？對了，你打算跟爸媽他們說嗎？』

那邊嘰哩呱啦說了一大串，江問也沒聽進去幾句，隨口敷衍一句，把電話掛了。

逢寧刷完牙，從浴室出來。看著她齜牙咧嘴的表情，江問不動聲色地問，「身體不舒服嗎？」

逢寧單手撐著腰，「有點。」

他問得有點小心，「哪裡不舒服？」

「這我要怎麼跟你說啊。」逢寧笑著，不急不徐，「你心裡沒數嗎？」

江問臉上有種奇怪的神情，看著她，眼神欲說還休。

逢寧拉開衣櫃，挑了件寬鬆的褲子出來。她側頭，莫名其妙，「怎麼了？」

他神情沉斂地說，「我會練習的。」

逢寧更加莫名其妙了，「練習什麼？」

江問緩慢地說，「怎麼取悅妳。」

第三十章　我們的未來

院子裡，小黃狗汪汪叫了兩聲，突然傳來一陣呼喊，「寧寧，在家嗎？」

是趙為臣媽媽的聲音。

逢寧趕忙從窗戶那裡探出頭，「我在家！」

「我替妳端了滷菜來，下來幫我開門。」

「噢，好。」

逢寧應了一聲。

她轉過身，發現江問正在繫扣子。他拿起床頭櫃的手錶戴上，表情倒是坦然，「我跟妳一起下去。」

門在眼前被拉開，是個陌生英俊的年輕男人，人高腿長，立在那裡。

趙為臣的媽媽一愣，臉上出現了一點茫然之色，緊接著看到逢寧的頭從旁邊探出來，「蔡姨。」

江問禮貌地把手伸出來，微笑，「把東西給我吧。」

被喊了兩聲，趙為臣的媽媽才如夢初醒，「這、這是？」

逢寧還在尋找措辭。

江問主動自我介紹，「阿姨，您好，我是逢寧的男朋友。」

他刀削似的輪廓，五官俊秀，配上那雙微微上挑的眼，對任何年齡的女人都是無差別攻擊。

「男朋友……」

趙為臣的媽媽咀嚼著這個詞的含義，停了兩秒，沉默地看著逢寧。

逢寧也看著她。

趙為臣的媽媽又看了江問兩眼，「好、好、好，那我先不打擾你們了。」

把人送出院子後，逢寧無力地靠在門框上。

江問端著一盆滷菜，不解地看著她，「妳這是什麼表情？」

逢寧嘆了口氣，「唉，蔡姨知道，就等於整個雨江巷的人都知道了。」

江問靜了一下，「我好像也沒這麼拿不出手吧。」

語氣完全沒覺得有什麼不對。

「倒也不是拿不出手。」逢寧湊上去聞了聞滷菜，「就是……見家長，總歸有點麻煩。」

「麻煩怎麼了？」江問說得淡然，「難道妳睡完我，不打算負責？」

逢寧瞪圓了眼睛，「你一夜之間臉皮變厚了不少啊。」

江問不置可否。

把滷菜放到廚房，江問的手機響了。他拿出來，看了一眼來電顯示，掛斷。

過了一下，手機又開始響。

逢寧瞥他一眼，「你怎麼不接電話？」

江問不痛不癢地回答，「騷擾電話。」

話音剛落，逢寧的手機也響了起來。她一看，是趙瀕臨。

一接起來，那邊就嚷嚷：『江問是不是跟妳在一起？』

逢寧看了一眼江問，「他是跟我在一起，怎麼了？」

趙瀕臨很火大：『他不接我電話是什麼意思？』

逢寧把手機遞給江問。

他們兩個講話，她走到一旁，把滷菜放進冰箱裡。等她整理完，江問已經掛了電話。

逢寧接過手機，隨口問，「趙瀕臨找你什麼事？」

「沒什麼事。」

「那你為什麼不接他電話。」

江問：「他騷擾我。」

「……」

沒過幾分鐘，手機又響起來，是江問家裡打來的。

逢寧笑出聲了，「你可真是夠忙的，這大年初一，你的手機就停不下來。」

江問看她一眼。

他打電話的時候，正好雙瑤過來，找逢寧過去包餃子。

顯然，她也是聽了八卦過來的。

——逢寧帶了個男朋友回來過夜，無異於是雨江巷的爆炸性大新聞。

雙瑤笑得像隻偷腥的貓，撞了撞逢寧的肩膀，隨意猜測，「喂，你們昨晚……」

逢寧嘴角抽了一下，「雙瑤，把妳猥瑣的表情收一收，給我正常點。」

江問打完電話，過來。逢寧停止了跟雙瑤的推擠。

雙瑤整了整衣裝，「好，那我先過去。」

逢寧倚著牆，嘴角的笑意未散，「怎麼了？」

「我爺爺要我回家一趟。」

逢寧點點頭，「大年初一，你還挺忙的。」

「妳、妳跟我一起嗎？」

逢寧有些糊塗，「啊」了一聲，「跟你一起見家長？」

江問呼吸頓了頓，似乎有點緊張，「嗯。」

就這麼僵了幾分鐘，逢寧側頭，迴避他的眼神，做沉思狀，「這……是不是有點早了？等我們穩定點了再說？」

江問本來有話想說，但是安靜了一陣，還是沒說出口。最終，他說，「好，我吃晚飯了來找妳。」

「妳怎麼有點心不在焉？」雙瑤把餃子皮擀好，側靠著料理檯。

逢寧揉著麵團，「在想事情。」

外頭人聲熱鬧。

趙為臣今年帶了個女朋友回來過年，這時候帶著去雨江巷的幾家幾戶串門。倒是逢寧僥倖逃過一劫，沒被眾長輩盤問江問的事。

雙瑤看她明顯就是心情不好的樣子，有點奇怪，「妳這憂愁的表情，是怎麼了？」

逢寧敷衍，「昨天晚上沒睡好，有點累。」

她盯著砧板出神，身上疲軟，沒什麼力氣，做起事情來也有一下沒一下的。

傍晚，吃飯時，逢寧還是逃不過被盤問。

加上小朋友，大約有十幾個人。雙瑤的媽媽突然問，「小寧啊，聽為臣媽說，今天早上看見妳男朋友了？」

此話一出，其他人都瞧著逢寧。

逢寧沉吟兩秒，說著早就準備好的臺詞，「對的，是我男朋友，不過，我們剛談沒多久，本來打算過段時間再帶他來見你們。」

大嬸嬸插嘴，「聽說年輕人長得可帥了，像電視機裡的明星一樣呢。」

桌上你一言我一語地討論起來，雙瑤的媽媽問起自己最在意的，「那他家裡條件怎麼樣？他品行怎麼樣？要是都不錯，妳這個年紀，也是該穩定下來了。」

「家裡條件很好，品行也好，他是我高中同學。」逢寧一一回答，「不過，我們才剛開始談，還不知道以後會怎麼樣。」

短暫的沉默過後，雙瑤的媽媽點點頭，「家裡條件很好？」

雙瑤與有榮焉，炫耀地說，「好著呢，可有錢了。我們寧仔賺到了！」

雙瑤的爸爸發表意見，「太有錢的，也不行。男人一有錢，就管不住自己。」

桌上議論紛紛，雙瑤嚷嚷，「好了，好了，我帶男朋友回來，也沒見你們這麼關心！」

逢寧繼續埋頭吃菜，一邊吃，一邊笑，耳邊是長輩的嘮叨，心裡也暖洋洋的。

飯後，雙瑤突然想起一件事，「對了，寧寧，我有個東西忘在妳那裡了。」

「什麼東西？」

吃晚飯的時候，逢寧陪著雙瑤的爸爸喝了點酒，現在臉上還有點泛紅。

「我的手鍊。」

「沒看到，等等我帶妳去找找。」

兩人在附近散步，回家的路上，雙瑤突然出聲，語氣有幾分不確定，「寧寧，妳怎麼總給我一種……」

「什麼？」

「我不知道怎麼說。」雙瑤醞釀了一番，「妳和江問，妳到底是怎麼打算的啊？講點心裡話好嗎？」

「之前不是討論過了嗎？怎麼又來一遍。」

雙瑤嘖了一聲，「我知道，但是你們不是發生了點質變嗎，妳就沒有一點別的感受？」

「別的感受？」逢寧假裝想了一下，正經地說，「他做得還不錯，我這輩子應該沒什麼遺憾了。」

雙瑤笑罵，「妳還能再色情點嗎，就是，妳有沒有感覺自己整個人都屬於他了？」

「……」

逢寧發出嫌棄的音調，「妳思想怎麼這麼封建，還整個人都屬於他，肉麻不肉麻啊。」

走到院子門口，逢寧停下步伐，掏鑰匙開門。雙瑤還在嘮叨，「現在的喜歡太浮躁，能被一個人真心實意地喜歡這麼久，多幸福呀。妳應該好好珍惜江問。」

「好了。」逢寧打斷她，「老實說吧，江問給了妳多少錢，我出雙倍。」

「不是，我說正經的，我覺得妳還是有點逃避和他的事。」雙瑤不解，「都這樣了，妳為什麼一直躲？」

她們前後腳地上樓，逢寧的口吻隨意，「不知道，我覺得很有壓力。妳先找手鍊吧，我去漱口。」

走進房間，她第一件事就是去開窗透氣。

不知是不是心理作用，她總覺得空氣中還殘留著昨天晚上的味道……

打發完雙瑤，逢寧走進浴室。對著鏡子裡的自己看了一陣子，她抓起旁邊的杯子，含了口水，仰起頭，喉嚨裡咕嚕嚕。

漱完口，她又仔細地洗了把臉，推開門，甩著手上的水珠。她看到雙瑤正站在窗臺旁邊，一動不動，臉上的表情有點困惑。

逢寧意識到什麼，快步走過去。

雙瑤的手裡拿著一排藥。

那是逢寧下午吃完隨意放在桌上的，忘記收起來的。

轉頭，雙瑤看到逢寧鎮定自若的表情。雖然她什麼都沒說，但雙瑤突然就有種奇怪的感覺。

腦子裡突然閃現一個念頭，雖然難以置信，但是雙瑤脫口就問了出來，「寧寧，妳是……又復發了嗎？」

逢寧臉色未變。

「到底怎麼回事，妳……妳別騙我。」

逢寧反手拍了拍她的手臂，把藥拿回來，「好了，又不是世界末日，露出這個表情做什麼。」

「不是，寧寧，我害怕。」雙瑤喉嚨發緊，「我真的害怕。」

無法抑制地，雙瑤又想到那個暑假。

高中畢業，逢寧病情最嚴重的那個暑假。

那時候，雙瑤陪著逢寧去了幾次醫院。

就當她以為什麼都開始好轉的時候，某一天，她推開逢寧的房門。

逢寧整個人都坐在地上，手臂上都是一道一道觸目驚心的血痕。

雙瑤不知道怎麼了，愣了好久，上去抱著她哭，「逢寧，我求妳了，妳這樣，我特別難受，真的特別難受。妳以後不要這樣了好不好？」

逢寧略有些猶豫，聲音帶點安慰，「沒事的，吃了藥，我能自己調節。」

雙瑤怔怔地看她，「所以，我沒發現，妳就打算這樣瞞著嗎？」

「沒打算，走一步看一步吧。」

「江問呢，妳告訴他了嗎？」

逢寧把藥收起來，「他怎麼可能知道。」

「為什麼？」

逢寧：「我沒跟他說過……我有這個病。」

半天沒聽見雙瑤接話，她問，「怎麼了？」

「沒說過……嗎？」

聽雙瑤略帶猶疑的語氣，逢寧眉頭一皺，覺得不對勁。心裡有了一點不好的預感，她問，「妳什麼意思？」

雙瑤又確定了一遍，「妳是說，妳得憂鬱症，江問從頭到尾不知情？」

逢寧很肯定，「對。」

「不可能，絕對不可能。」雙瑤的語氣也很堅定，「他之前還問過我，問我妳得這個病多久了，他不可能不知道。」

「問妳我得這個病多久了？」逢寧的聲音有點不受控制地拔高，「江問什麼時候找妳的？妳怎麼沒告訴我？」

「就是耶誕節後兩天，他還特地飛來南城。」

逢寧的心一沉，迅速聯想起那天深夜，江問莫名其妙的一通電話，以及後來他對她突然轉變的態度。

等雙瑤走後，逢寧一個人坐在床上，腦子裡全是這段時間和江問相處的種種細節。

她刻意在他眼前遮掩傷疤，她努力裝出和過去一樣活潑開朗。

晚上八、九點，江問來找逢寧。

接起電話，她花了一分鐘，收斂好情緒，如常地對他說，「你先別上來。」

『怎麼了？』

「我們出去走走吧，我都待在家裡一天沒動彈了。」

江問在電話裡靜了幾秒：『妳確定妳還走得動？』

逢寧一時沒理解他的意思，「為什麼走不動？」

『是我低估妳了。』他說得道貌岸然。

慢了一拍，弄懂他是什麼意思，逢寧笑了出來，「老地方，等我十分鐘。」

公車站，江問坐在長椅上，就這麼看著逢寧走近。

她一步一步走來，步伐不是很快，從黑暗走到光亮處，走到他的面前。

江問站起來。

兩人面對面，一高一矮，就這麼看著對方，什麼話都沒說。

忽然，逢寧微微傾身靠近江問，用力抱緊他的腰身，好像這樣就能夠隔著衣服，吸取來自他的體溫。

江問覺得有點怪，但是又不知不覺地放鬆身體，享受著逢寧比平日高漲的熱情。

他嘴角隱隱露出一點笑，「妳怎麼了？」

逢寧語氣放輕，「沒什麼，幾個小時不見，感覺特別想你。」

忽然像是觸動了什麼，江問將雙手放在逢寧的肩膀上，想推開一點，看看她現在的表情。

可是，逢寧不吭聲，手臂越發收緊。

江問莫名察覺到她緊繃的情緒，「妳這是怎麼了？」

「沒什麼。」逢寧鬆開了他。

他們牽著手，漫無目的地走在南城的街頭。

「我今天……」江問突然開腔，逢寧抬眼瞧著他。

他欲言又止，難得有些口拙，「我今天把妳的照片給我爺爺看了。」

她有點狀況外，過了一下才道，「哦……」

「他誇妳好看。」江問微揚嘴角，說，「還說要我有時間，帶妳去見他一面。」

「……」

四周安靜得不像話，逢寧沒出聲。一時間，兩人都沒說話。

江問嘴角上揚的弧度一點一點消失，「妳，不想去嗎？」

「我可能……還沒做好準備。」

「妳要做什麼準備？」

逢寧轉過身去看他，用平緩的語調問，「你知道我有憂鬱症了，對嗎？」

她的語氣並沒有多少疑問。

江問沒半點心理準備，被弄了個措手不及。

沉默了好久，他才說，「對不起。」

逢寧佯裝平靜，笑著問，「跟我說對不起做什麼？」

夜晚起風了，但是兩人都感覺不到冷。

江問拉住她的手，稍微用力，將人拉到跟前。

凝視著她，他想到當初他的懦弱。

因為他的懦弱逃避，讓她獨自在痛苦的深淵裡掙扎。

江問既痛恨自己，又痛恨時間在他們之間留下的大片空白。

「我在那個時候離開妳，我什麼都不知道，對不起。」

看著他明顯變得愧疚的表情，逢寧話在口，幾度要說，卻又不知道從何說起。

忽然間，心裡某種猜測又隱隱約約地被印證了。她想再問得清楚點，他是不是因為同情，才決定重新跟她在一起。可是，她又怕得到了答案，他們就到此為止了。

在此之前，其實逢寧也沒想過能和江問一起走很久。關於憂鬱症這件事，她原本是打算瞞到瞞不住了，再告訴他。

雙瑤一直問，為什麼她不去想和江問的以後。

逢寧不是不想，而是不敢想，也不願想。

如果有那麼一天，江問被她拖進黑暗，深陷其中無法自拔。光是想像到這一幕，她的胸腔就開始泛疼。

「其實我，一直都不太正常，包括現在。」說著，逢寧下意識地後退一步，「我甚至已經不是個正常人了。」

情急之下，江問把她拖過去，按在懷裡，聲音有著不同尋常的急切，「妳別這樣。」

「我們的事情，你再考慮一下吧。」

「我……」

他剛說了一個字，就被逢寧倉促地打斷，「雖然我不介意你可憐我，但是，我給你兩天時間，你好好去查一下關於憂鬱症的事情。」

「對我來說，死不是一件很難的事情，活著才是。」

「江問，我是一個沒未來的人，你想清楚了。」

一直到凌晨，逢寧靠在床頭，還想著剛剛發生的事。

江問把她送回家，一路上，兩人都無話。到門口了，她靜靜地看著他，「我回去了。」

江問點了點頭。

明明一直都在做心理準備，可是跟他把話澈底說清楚了，逢寧心裡還是堵塞著，一點都沒有想像中的輕鬆。

她有點自嘲地想，這種捨己為人、凡事先替他人著想的情況，這輩子大概也就做這麼一次了。

其實也不是衝動，只是對於逢寧來說，這個病，總像一道坎，把她分隔在正常人之外。

和江問不同，她就是一個沒有未來的人。

夜深人靜，四周逐漸清靜下來，什麼聲音也沒有了。

她收到訊息的時候，已經接近凌晨四點，手機突然叮咚兩聲，動靜顯得格外大。

他傳了訊息。

-61nfiawJ：『睡了沒？』

逢寧一時錯愕，沒來得及回覆，對方又傳過來一則。

-61nfiawJ：『睡醒了看到訊息，下來幫我開門，我等妳。』

外套都沒顧得上穿，逢寧穿了拖鞋，直接下去。她拉開外面的院門，頭頂的小黃燈泡應聲而亮。

江問坐在旁邊的物流箱上，側頭看她，神色平淡、憔悴，嘴唇略有點乾裂。

見她發愣，江問站起來。

走過來，看她只穿了一件單薄的睡衣，江問把外套脫下來，扔進她的懷裡，「妳先把衣服穿上。」

「你怎麼這個時間來了？」

「妳不是要我考慮嗎？」

「我給你兩天，這才幾個小時，你就想好了？」

江問眉目沉斂，似乎是思考了一陣，「我有一些東西要給妳看。」

「什麼？」

在江問垂了垂眼的時候，逢寧看到他腳邊的木質箱子，用一把鎖鎖著。

「妳剛剛問我的問題，我一分鐘都不需要就能給妳答案。我只是需要點時間，回去拿點東西。」

江問從口袋摸出一把鑰匙，遞到她的手上。

莫名地，像是有了某種預感一樣，逢寧的胸口一陣發緊。

他語氣淡淡，「打開看看。」

木箱塵封已久，逢寧俯身，費了點力氣，才把箱子打開。映入眼簾的是一排裝在透明塑膠盒裡的公仔模型。

她頓了一下。

一共十八個，紅藍的、粉藍的、白的，全是各式各樣的櫻桃小丸子。

看了幾分鐘，逢寧抬頭問，「這裡面裝的東西，都是跟我有關係的？」

江問不置可否。

這裡面有很多東西，除了書，還有模型、漆皮盒子。而書籍有尼采的、叔本華的……她隨便拿起一本，藉著燈光，辨認了一下。

是《烏合之眾》。

《烏合之眾》……剛在她的腦子裡轉了個彎，就有張照片掉了出來。

拿到眼前，只是掃了掃，逢寧整個人就愣住了。

——這是她高二開學典禮上臺演講時的照片。

那時候她年紀還小，臉上的線條稚氣、嬌嫩，穿著藍白相間的校服，百褶裙，雙手撐在演講桌兩側，低頭湊在麥克風前。

那時候是逢寧人生中最為肆意的時候。面對台下黑壓壓的一大片學生、老師，她侃侃而談，光芒萬丈，幾乎連靈魂都在發光。

那是逢寧懷念一生，卻再也沒法回去的時光。

眼睛有點痠澀，逢寧使勁眨了眨，把淚意憋回去，「哪裡弄來的？」

江問沒有隱瞞，「手機拍下來，列印。」

「還有嗎？」

江問用下巴示意，「打開盒子。」

方方正正的漆皮鐵盒，縫隙的邊緣已經掉了色，彷彿被人反覆地使用過很多次。

逢寧把盒子打開。

滿滿的一盒，全是照片。她上課打瞌睡的時候，遲到被老師罰站的時候，下課和同桌說笑的時候，去黑板上做值日生的時候，運動會跑步的時候。她每個不經意的瞬間，都被記錄了下來。

逢寧一張一張地看，看得很仔細，甚至連時間的流逝都察覺不到。

此外，還有年級榮譽欄的照片，上面一年九班的逢寧，高掛在第一位。江問緊隨其後。

她笑了，一時不知該說什麼好。

她笑著笑著，笑意又消散了。

那麼久了，也不知道當初江問是用什麼心情拍下這些照片的。他把這些和她有關的點點滴滴都收藏著，裝在這個鐵盒裡，一過就是這麼多年。

鐵盒的下面是一疊不太規則的紙張，有的是揉皺的白紙，有的是隨手從書上撕下來的扉頁，還有的是寫著公式的計算紙，上面全是龍飛鳳舞的字跡。

逢寧，我睡不著。

我不知道這種把自己熬到熬不下去了，才能睡覺的晚上還有幾個。

返校之後課很多，幾個老師在講臺上講話，一直都沒停。每一句話都在我耳朵外面飄來飄去，我聽不進去幾句。每天都要和形形色色的人打交道，我覺得自己總是很忙，有時候連吃飯的時間都沒有，卻總是莫名其妙地想起妳。

從某種角度來說，這樣也還好。我變得有點懶，懶得看通知，看見朋友的訊息，拖幾個小時，甚至拖一夜、一天都不回覆。

前段時間，不知道是不是幻覺，我看到一個女生長得很像妳。這幾天，我站在教室門口等她出來，然後，去樓梯口再等一次。朋友問我要不要她的聯絡方式，我說不用了，我就看看。

我現在想到妳，就像一個夢，特別特別模糊，模糊到讓我覺得，那些我記得關於妳的零碎東西，都不是發生在我身上的。

以前，逢寧很少跟他聊天。

只要收到她的訊息，江問馬上會停下手裡的所有事情。他拿著手機，字斟句酌地回覆她，然後盯著手機螢幕，等著她的回覆。

有時候是晚上，第二天滿堂，如果等不到她回覆，他也捨不得睡。他特別不想閉眼，又克制不住睏意。

其實，我也想過找妳，想過和妳做普通朋友算了，也比現在不聯絡了好。不過，我有點難以啟齒，就只能想想。我不知道能跟誰說，別人可能以為我有毛病吧，天天想這些。

……

我快出國了。

逢寧，我高一的時候也是個心氣特別高的人。

但是我現在特別想求妳。

我想打個電話給妳。

到這，她澈底看不下去了。

她的心臟鈍鈍地痛，又酸又痛又澀。她低垂著頭，好半天都回不過神。

把每一樣東西都放回原位，逢寧緩緩站起來，視線回到江問的身上。

「妳問我，這麼些年，困住我的到底是什麼。」江問語氣裡並沒有多少波瀾，「這一箱的東西，就是我的回答。」他從口袋裡掏出來一個東西，「我一直都是個很黯淡的人，是妳給了我光。」

看著在夜色裡閃爍的鑽戒，逢寧沒反應過來，仍杵在那裡。

「這是做什麼？」

江問低聲說，「我本來不想這麼隨便，在什麼都沒準備的情況下跟妳求婚。但妳讓我覺得妳隨時會消失，我好像只有這個辦法了。」

完全沒想到事情還能這樣發展，逢寧張了張嘴，有點不知所措，一個字都講不出來。

江問：「昨天妳跟我說了很多，我在妳面前，本來就不擅長說話。我一直都沒妳能說，所以我需要好好想一想，我該怎麼講接下來的話。就算妳生病，我也從來沒有同情過妳，可能，」江問停頓一下，「需要同情的人，一直都是我。」

逢寧幾乎是屏息聽著他的每一個字。

江問看著她，一字一頓，「回國之前，我就靠著『妳根本不在乎我』這個念頭撐下去，撐著不去找妳。後來撐不住了，回國的飛機上，我想，妳在不在乎我也無所謂，我不計較得失了。如果妳結婚了，我就澈底死心，但是，妳沒有。也許逼妳，妳會離我更遠。但我現在不想管什麼樣的相處方式能讓我得到更多，如果妳還不能接受我，那我也只能認了。但是，妳錯過我了，以後不會有別的男人會為妳做這樣的蠢事了。」

江問漸漸停下來，停了一下，又說，「逢寧，妳有沒有未來，我不知道。我只知道，我的未來就是妳。不管是好的妳、壞的妳，還是變成其他什麼樣的妳，只要是妳。」

江問頓住，和她對視片刻，把剩下的話說完，「——有妳的以後，這就是我的未來。」

第三十一章　溫柔有九分

逢寧眼裡帶淚，「做什麼，這麼一大串，你威脅我啊？」

「我沒有威脅妳，我是在求妳。」

「求我做什麼？」

「求妳，」江問說，「把我的名字加在妳家的戶口名簿上。」

凝滯幾秒，逢寧忽然就笑了。

腦門抵上他的肩，眼前卻越來越模糊。

小時候，逢寧的夢想就是早點長大，工作了賺錢，買大房子給老媽住。就算生活很苦，她一直都很努力，努力往上爬，遇到什麼，都沒想過放棄。

後來齊蘭去世，逢寧得了憂鬱症，不知道為什麼，日子過得越來越糟糕，好像什麼都沒意思了。那時候她就只想著，能撐一天算一天。

長久以來的迴避、孤獨，被人看穿後的狼狽和彷徨，這些日復一日地壓得她心裡發痛，宛如沉溺於深海的心事。卻在此時，好像突然被劃開了一個口子，有束光照進來。

不管是好的妳、壞的妳，還是變成其他什麼樣的妳，只要是妳。

有妳的以後，這就是我的未來。

就這麼簡簡單單兩句話，彷彿打開了某個關卡，把江問過往所有無助的情意，都攤在逢寧的面前。

她的心又酸又痛，鼻腔也發酸。

在這麼煽情的時候，逢寧藏起內心的波瀾，雙手抱住江問的頭，使勁地晃了晃，「你是不是傻啊？」

看著她淚水斑駁的臉，江問低頭親她的眼睛，「我要是聰明點，能被妳騙這麼多次嗎？」

「還好你不聰明。」逢寧劫後餘生，勾住他的脖子，回吻，「要不然，我去哪裡撿這麼大一個便宜。」

一晚上大起大落，被冷風一吹，一切平靜下來。從剛剛的情緒抽離出來，逢寧分了點精力，注意到江問的穿著。

他只穿了一件襯衫加一件毛衣，外套都給她了。

她拉著他往屋裡走，拉了一下，沒拉動。

逢寧轉頭，「我們先進去。」

江問固執地站在原地。

她順著他的目光，又看到那枚戒指。

剛剛只顧著哭，連這件事都忘了，逢寧屏住氣，發怔了一陣。她略微有點遲疑，「你這個求婚……是不是有點，太突然了？」

「突然嗎？」

「嚇到我了。」

「我以為妳又想甩了我。」

「你這話不對。」逢寧糾正他，「我什麼時候甩過你？上一次不是你甩了我嗎？」

「對不起。」江問很認真地道歉，「跟妳分手，這是我這輩子做過的最後悔的決定。」

逢寧拍拍他的肩膀，剛想安慰兩句。

「我希望妳永遠都別提了。」

「怎麼？」

頓了幾秒，江問把頭扭向另一邊，「想起來就難受。」

他這個樣子，帶點脆弱、不安，又說不出理由地討人喜歡。逢寧的心酥軟了大半，同時又想狠狠地欺負他。

「怕不怕清醒過來後悔？」

「不怕。」

逢寧露出一點笑意，隨後嘆氣，把手伸出去，「那來吧。」

江問小聲地問，「妳呢，怕不怕後悔？」

逢寧偏頭，「老實說，有點。」

「怕也沒用。」

江問抓過她的手，把戒指對準無名指，推上去，牢牢地卡住，「要是後悔，就用剩下的一輩子去後悔吧。」

兩人都沒捨得睡覺，就這麼一直像個連體嬰一樣擁抱、親吻。他們就這麼靜靜地待在一起，有一句沒一句地說話，卻感覺到了前所未有的溫馨和安心。

他突然出聲，「妳的戶口名簿呢？」

逢寧抬起臉，注視著他。

江問表情故作鎮靜。

逢寧忍不住樂，「你現在拿戶口名簿有什麼用，戶政事務所過了年初七才能上班，有沒有點常識啊？」

不知不覺，外頭已經晨曦微亮，逢寧在江問的耳邊輕輕地說，「江問，我有一個願望。」

「什麼？」

「我希望，我們兩個以後都能一起努力。逢寧重新充滿活力，光芒四射。江問戒菸戒酒，好好生活。」

江問感受著她熱熱的氣息，沉默了很久，伸手過去攬住她的腰，說了聲「好」。

兩人睡到下午才醒。

江問手機上的未接來電有十幾個，全部來自趙瀕臨。

他一回撥過去，那邊幾乎是立刻就接了。

『你這個渾蛋，總算接電話了，我還以為我被你封鎖了。你做什麼去了，這麼久不看手機？』

江問瞟了一眼還在睡夢中的逢寧，掀開被子，下床，「我剛剛醒，找我什麼事？」

『晚上出來吃飯啊，一大群人，怎麼樣，來不來？』

「看情況。」

趙瀕臨罵，「大過年的，你能有什麼事！怎麼跟你吃頓飯這麼難呢，你比巴菲特都難約啊？！」

逢寧本來就睡眠淺，江問一動，她就醒了。

他靠在門外講了一下電話，她揉了揉眼睛，從床上坐起來，喊了一句，「江問？」

她的聲音一出。

兩邊同時安靜。

聽到是個女聲，趙瀕臨瞬間怒了，在電話那頭連續罵了兩分鐘。

江問倒是很有耐心地聽完了。

他現在心情好，不計較。

等掛了電話，江問推開門進去，半蹲在床邊，「我把妳吵醒了？」

「沒，我睡夠了。」逢寧鬆散地眨了眨眼，「怎麼了？誰找你有事嗎？」

江問：「趙瀕臨，他們想跟妳一起吃頓飯，想去嗎？」

逢寧想了想，「可以啊。」

昨晚之後，兩人相處的氣氛明顯變得不同了。到底是哪裡不一樣，他們也說不清楚。

不過，逢寧總算能理解閔悅悅以前某些浮誇的行為了。

她現在也變成了那種連等紅綠燈，都要趁著這幾十秒和男朋友牽手的甜膩女人。

吃飯的地方離逢寧家大概半個小時的車程，卻硬生生地被江問開了一個小時。

這次來的還有他們的死黨，大約五、六個人。

到了地方，他們被服務生領著上了二樓。

他們敲了敲包廂的門，推開。

裡面吵吵嚷嚷的，在逢寧和江問牽著手出現的瞬間，包廂裡安靜了幾秒。

郗高原和趙瀕臨都是心照不宣地對視，還有另外幾個不知情的，瞧得眼睛都直了。

對著熟悉的一群朋友，江問很平靜地說，「我介紹一下。」

趙瀕臨從位子上站起來，不耐煩地揮手，「你還介紹什麼。」

他直接略過江問，去招呼逢寧，「寧姐，您這邊請。」

江問拉住逢寧的手腕，不准她走。

看到別人秀恩愛就眼睛痛，郗高原也不耐煩了，嚷嚷道，「好了，不用介紹了，都知道是你女朋友，不用再炫耀了。」

江問淡淡地看他一眼，「我要介紹。」

郗高原：「……」

趙瀕臨卡了一下，「好吧，好吧，那你介紹。」

「這位是逢寧，我的高中同學。」

逢寧配合江問舉起手，笑得眼睛彎彎，打了個招呼，「嘿，大家好。」

在場幾個人雖然早就知道，但還是識相地捧場鼓掌，「幸會，嫂子幸會。」

「她現在，」江問停頓一下，語出驚人，「是我的未婚妻。」

猝不及防。

包廂裡突然出現了死一般的寂靜。

等他們兩個坐下，郗高原才消化完「未婚妻」的意思，他瞪大眼，「你們打算結婚了？」

江問：「是啊。」

於是，又是幾秒的寂靜，趙瀕臨猛地拍桌子，「你真厲害，真的！」

接著，一群人鬧著，這幾個人都是一起長大的，東扯西拉的，玩笑開起來都肆無忌憚。

大家對江問坎坷的情史或多或少都有點了解，會心一笑，七嘴八舌地紛紛說開了，有喊逢寧「嫂子」的，也有喊她「弟妹」的。

「江問從高一就開始暗戀的妹子原來就是妳啊，久聞不如一見，嘖，果然漂亮。」

「這兄弟這幾年一直單身，搞得我們以為他性向改變了，準備把他送去看看心理醫生。」

江問不聲不響，任他們說自己的過去。

逢寧很習慣應付這種場面，她是個暖場高手，聽別人說完，適當地接幾句玩笑話，很快就融入了他們。

趁著其他人都在鬧江問，趙瀕臨湊過來，特別鄭重地說，「逢寧，我有生之年還能看到妳和江問修成正果，我是真的高興。我太高興了，我比江問他爸媽都高興。」

逢寧被逗樂，「有這麼高興啊？」

「怎麼沒有？」趙瀕臨一捶大腿，「這些年，你們誰也不理誰，害我這個無辜的旁觀者也跟著受折磨。」

「你又受什麼折磨了？說給我聽聽。」

逢寧擺出洗耳恭聽的架勢。

「我受的折磨可太多了，幾個小時都說不完，我們先喝點酒。」

說著，趙瀕臨替逢寧倒了一小杯酒，又替自己倒了一杯。

江問貌似在專心地聽著別人講話，眼睛卻一直注視著逢寧。一看到趙瀕臨替逢寧倒酒，他就扯了扯她的手。

逢寧嘴角帶笑，回過頭，「嗯？怎麼了。」

就在這時候，郗高原招呼江問，「來，你也喝兩杯。」

江問想都沒想就拒絕，「不喝。」

郗高原「嘿」了一聲，覺得他有點不可理喻，強勢道，「怎麼不喝？必須喝。」

江問用下巴示意了一下逢寧，「她不讓我喝。」

郗高原：「什麼？」

另一個人笑罵，「問哥，我們有沒有一點身為男人的尊嚴了？是男人，就大方點。」

江問眼神嘲諷，慢悠悠地道，「你身為男人的尊嚴是有了，老婆有嗎？」

「……」

「這還沒結婚呢，就囂張起來了，鹹魚翻身就是了不起啊。」

江問剛要開口說話，逢寧連忙打斷，免得他又來一句驚世駭俗的話。她對他們擺擺手，「沒事，沒事，你們喝。」

江問習慣性地微微皺眉，看她一眼，「妳昨天才說要我戒酒。」

逢寧：「偶爾喝一點沒事。」

江問勉為其難地「哦」了一聲，手指敲著杯子，對他們說，「倒酒吧。」

他儼然一副「妻管嚴」的模樣，表面正經，實則狂秀恩愛，引來諸多不滿。

郗高原澈底無語了，拎著酒瓶，作勢欲砸，「好了，我都快吐了。江問，你別油膩了，不喝走開。」

趙瀕臨特地跟別人換了個位子，一屁股坐在逢寧的旁邊，「我不喜歡跟這群大老爺們玩鬧，沒意思。」

逢寧忍不住笑，「那……我們就在這講悄悄話？」

「嘖，正有此意。」

聊了一陣子，趙瀕臨想起什麼似的，「江問這個人挺悶的，妳知道吧？」

「悶？」逢寧想了想，「確實有點。」

「妳不知道，這麼多年，江問表面上吧，不准我提妳，但是他特別做作。他動不動就暗示我。暗示，妳懂吧？就是他也不直接說，非要旁敲側擊地問妳的事。」

逢寧好奇，「他怎麼旁敲側擊的？」

趙瀕臨終於有機會說了，一說就是一大堆的苦水，「我和江問有時差的，他經常半夜三更找我聊天。我想睡覺，他就打越洋電話給我，一個月總有那麼一次，比妳們女生的生理期都準時。」

剛開始趙瀕臨還不知道江問到底要幹什麼，以為他就是在異國他鄉寂寞了，思念自己了。於是，趙瀕臨還挺感動的，就跟個傻子一樣，陪他東扯西拉地聊，尷尬地聊，硬著頭皮聊。

結果，聊了很久，感覺兄弟一輩子的話都要說盡了，嗓子乾得要冒煙了，趙瀕臨還不見江問有掛電話的意思。

趙瀕臨納悶，「江問，你是不是出什麼事了？你對我突如其來的熱情，還讓我蠻不習慣的。」

『我能出什麼事。』

「沒事就好。」趙瀕臨打了個哈欠，「那就這樣吧，我先睡了，掛了哈。」

『等等。』江問說，『再聊一下。』

趙瀕臨洩氣，「大哥，你是不是想找我借錢，你打算借多少，你直說吧。」

又是一番拉扯，趙瀕臨突然靈光一現，「對了，我最近約了那誰出去吃飯了。」

「誰？」

『逢寧。』

江問沉默，過了一陣子才『哦』了一聲：『她怎麼了？』

趙瀕臨如實地匯報，「她啊，看起來還挺不錯的。我拐彎抹角地問了問，還沒談戀愛，不過，挺多人追的。」

江問忽然開口：『你沒跟她提起我吧？』

趙瀨臨很有義氣地說，「放心，我一個字都沒提，她也沒提。」

江問：『……』

講了幾句，熬到睏意過去，趙瀨臨越說越來勁，眉飛色舞的。

江問打斷他：『好了，你去睡吧，我要上課了。』

隨後，電話響起嘟嘟嘟一陣忙音。

精神奕奕的趙瀨臨拿下手機，「這人是怎樣？」

說到這，趙瀨臨自己都想笑，「然後，我就懂了，我就是個『工具人』罷了。再以後江問打電話過來，我也不扯別的了，直接跟他說關於妳的事，幾分鐘就能結束。」末了，他又補充，「妳知道嗎？每次我社群平台上傳合照，江問還會看按讚的人都有哪些。」

逢寧沒轉過彎，「看這個做什麼？」

「那我也不知道。」趙瀨臨意味深長，「大概是看妳有沒有按讚吧。」

「……」

逢寧抽空瞄了一眼江問。

跟朋友在一起，他狀態很放鬆，帶點隨心所欲的模樣。

她一轉頭，他立刻就捕捉到她的目光。他一邊和別人交談，一邊分出神來看她。

這一頓飯吃了很久，他們來的時候還在下雪，等出去的時候，雪已經停了。

逢寧去上了個洗手間，等出來，沒見到江問的人。

她轉過頭，四下搜尋。

不遠處，一群年輕的女孩在推擠笑鬧。有個大波浪美女整理好衣服，走向旁邊倚著柱子的男人。

她清了清喉嚨，「帥哥，可以加個帳號嗎？」

燈光下，男人的眉目深刻清晰，表情匱乏，卻比電影明星都要帥三分。

他遲遲不說話。

「交個朋友囉。」

和逢寧對視幾秒，江問懶洋洋地把目光定在來要聯絡方式的人身上，「抱歉，我結婚了。」

大波浪美女：「什麼？」

「我老婆就在妳後面。」

逢寧走過去，盯了他兩秒，忍不住輕輕笑了，「你倒是挺自覺的。」

江問一時沒什麼反應，只是淡淡地看著逢寧。

「怎麼了？」她問。

「喝酒了，頭有點暈。」

「那今天我開車？」

江問彎腰，額前的髮滑下來。他湊近了一點，平視她的眼睛，「我想坐車。」

逢寧似乎察覺到了什麼，「我身上沒零錢。」

郗高原開了車過來，趙瀕臨坐在副駕駛座上，一眼就看到並肩走在前面的兩個人。按了按喇叭示意，車速放緩，他們眉飛色舞地打招呼，「嘿，去哪裡？」

逢寧笑，「散散步，消化一下。」

郗高原也跟著說，「要不要送一程？」

江問神態懶散，「不用了，你們先走吧。」

很快，車子發動，兩個人的身影被拋在身後，逐漸化為兩個黑點。郗高原的視線從後視鏡移開，「居然還是逢寧。」

沒頭沒尾的一句感嘆，趙瀨臨卻接得上，「對啊，還是她。」

郗高原困惑，「說真的，我以前一直沒覺得江問傻，怎麼到了逢寧這裡，他就是一個傻勁呢？」有時候看看身邊的人，好像也沒有誰特別喜歡誰，了不起就是表個白，成了就開開心心在一起，不成就尷尬一下說聲「再見」，誰不是瀟瀟灑灑的。哪像江問一樣，著魔了似的，硬是大半輩子都跨不過去一道坎。

聞言，趙瀨臨降下車窗，讓風吹進來。他摸索著打火機，說了幾件事。

兩個大男人八卦起來也是沒完沒了的。

郗高原聽得詫異，又似乎好笑，「真的啊。」

「真的。」趙瀨臨點燃一根菸，隨口道，「逢寧當時不是讀完研究所就去上海了嗎，剛好那年他妹妹大學入學考，他幫他妹妹選的幾個學校都是上海的。」

靜了好一陣子，郗高原罵了一聲，「還打這個算盤呢，我還以為他們早就沒戲了。」

「我本來也是這麼覺得的。」趙瀨臨忽然又想起一件事，「不過，去年江問剛回來的時候，我跟他喝過酒。」

「嗯，然後呢，說到逢寧了？」

「可不是嗎，嘖，江問還跟我說抱了一下人家，幾秒鐘。我覺得還挺好笑的，我問他什麼感受。你知道他後來跟我說什麼嗎？」

郗高原好奇，「說什麼？」

「——捨不得放，不得不放。」

「……」愣怔幾秒，郗高原嘖了一聲，酸得快要掉牙。

一根菸過半，趙瀕臨瞇起眼，「那個時候我就知道了，他們肯定沒完。」

夜幕降臨，天已經漆黑。華燈初上，南城的夜景依舊璀璨，路口車水馬龍。逢寧和江問順著街邊走，走過天橋、馬路、豆花鋪。走累了，他們就停在一處公車站。

四二五路的夜班車搖搖晃晃地從遠處駛來，隨著人流，逢寧拉著江問的手上車，投完幣，去後面找位子坐下。

熟悉的場景和記憶的碎片重疊。原以為已經淡忘的東西，卻在某一刻，無比輕易地被記起，連細節都那麼清晰。

微微搖晃的幽暗的車廂，前面的小電視機放著小廣告。沿途大片的霓虹燈，混著月光，從玻璃窗照進來。

她想起當初和江問在一起的那段時光，好像什麼都變了，又好像什麼都沒變。

靠在椅背上，逢寧側頭看他。

江問的五官輪廓很深，在暗影交錯的光線裡對比尤其強烈。

她問，「心裡是什麼感覺？」

江問也側頭看她，「不知道。」

一年、兩年……有些事明明過去了很久，想起來，卻像是在昨天。

逢寧其實好久沒坐公車了。過去回到南城，她基本上也不敢坐。

有時候她覺得這個城市很小，小到走在哪裡，遇見某個人，路過某家店，都能輕易勾起那些不敢觸及的回憶。有時候她又覺得，這個城市為什麼這麼大，大得空蕩蕩的，聽不見笑聲。和他有關的事，好像就永遠停在那裡了。

她的手被他握著。

江問歪著頭，抬起她的手腕，抵住戒指，指腹摩挲了一下她的無名指。他鬆手，把聲音放低，「什麼時候去見我爺爺？」

「嗯？」

江問神情淡然，「商量我們結婚的事。」

「……」

她說得有點遲疑，「我還沒準備好，給我點時間？」

江問眼底忽然暗沉了，呼吸在壓抑。

逢寧悄悄瞥了江問一眼，保證，「不會太久。」

她識相地岔開話題，開始講高中的事情。

高中的時候，逢寧膽子大，想法跳躍，經常做一些天馬行空的事情。有一次是運動會，她連著兩天沒去學校，帶著雙瑤去附近的漢江釣魚。釣完魚，兩人又去游泳館游泳。她就像是個哆啦A夢，有個百寶袋，裡面全是寶藏，時不時拿出一樣，就能把每天點綴得鮮活有趣。

逢寧一邊繪聲繪色地說，江問目不轉睛地看著她，「那時候，我最煩的人就是妳。」

逢寧立即接話，非常確定一樣，「最喜歡的也是我。」

江問一時沒作聲，沉默著。

過了一陣子沒聽見回答，逢寧用手肘撞了撞他，「是不是？」

江問回答，「嗯。」

「為什麼覺得我煩？」

問完又覺得這是句廢話，年少時，她就是喜歡搞惡作劇逗別人。從她出現在江問的世界起，他一刻都不得安寧。

江問專心致志，看著窗外掠過的風景，隻言片語，「妳從來不在意我，也不肯正眼看我。」

「……」

逢寧：「如果當初我沒有去國金躲雨，如果高一我去的不是九班，如果你喜歡上的是別人，我們現在是不是都會好一點？」

「不是。」

「嗯？」

江問眼底說不清有些什麼，「我喜歡妳。」

公車到了一站，有人上來，有人下去。前面一排的人聊天的聲音很大。嘈雜間，逢寧聽不見他說話，微微俯身，湊上去聽。

「我沒喜歡過其他的人，只有妳。」

逢寧怔住。沉默一下，她說，「我也是啊。」

「是什麼？」

「以前，以後，我也只有你。」逢寧拉下他的脖子，在他的耳邊認真地說，「江問就是逢寧的唯一。」

他們又坐到了終點站。

等司機催了，兩個人才下車。逢寧先下來，在原地蹦跳了一下，哈出一口白霧。

不遠處有株蠟梅，她驚喜地跑過去。白色的花蕾，枝椏間還有未融化的雪屑。

逢寧圍著溫暖的圍巾，回過頭對著他笑，「江問，快點過來！」

江問站在不遠處，靜靜地看著她，依舊帶著當初少年時期的溫柔。

時間走了，他們再也不是無憂的少年。

可她只要多看他一眼，歲月便重來一遍。

春節之後，他們從南城回上海。時間一天一天過去，逢寧偶爾有睡眠障礙，她開始定期去醫院拿藥，做心理治療。

生活慢慢步入正軌。

五月份，逢寧和江問去看了一場五月天的演唱會。

最後一首歌是〈溫柔〉，全場大合唱，「這是我的溫柔，我的溫柔……」

冷焰火從舞臺兩側爆出，全場的燈牌和螢光棒揮舞著，絢麗的光影變幻，無數五顏六色的氣球飄向天空。

一直到晚上十一點多，演唱會才結束，逢寧拉著江問出了體育館。

天空不知道什麼時候飄起了小雨。

江問把車開上高架橋。

逢寧播放了一張CD，車裡環繞著溫柔的女聲。她抱著膝蓋，蜷縮在副駕駛座上，轉頭對江問說，「我們今天別回家了，就這麼轉一晚上，怎麼樣？」

江問：「好。」

江問開著車，漫無目的地在道路上轉。凌晨，雨越下越大。

路過一家加油站，他們下車休息。逢寧喝了口水，說，「等等我來開，帶你去個地方。」

江問：「去哪裡？」

她促狹道，「等一下你就知道了。」

逢寧輸入導航地址，大概開了半個小時。

江問的手肘擱在窗沿上，支著頭，閉目養神。察覺到車子停下，他把眼睛睜開。

逢寧把鑰匙拔出來，推開車門。

江問愣住了，眼睜睜地看著她就這麼大大咧咧地走入雨中，瞬間被淋得濕透。她從車頭繞過來，敲了敲他的玻璃窗，「下車。」

這是一條商業街，凌晨三點，下著猛烈的雨，整條街上空曠無人，就只有他們兩個沒撐傘的人。

江問視野模糊，雨珠順著他的眼睫沖刷下來，「妳做什麼？」

逢寧拉著他的手往前走，「帶你跟我一起淋雨，怎麼樣，浪漫嗎？」

江問：「……」

剛剛入夏，夜晚的氣溫降得很厲害。兩人從頭到腳，頭髮和衣服，全部濕透。不出十分鐘，他們都打著哆嗦。

也不知道要做什麼，沿著這片街區走。走了一陣子，她停在某個街角。

不遠處巨大的ＬＥＤ螢幕上，正放著廣告。

逢寧忽然繞到江問的身後。

她微微踮腳，雙手捂住他的眼睛，壓抑不住興奮，像分享祕密一樣，「我有個東西想給你看。」

他靜靜的，沒有動，「什麼？」

雨勢仍大，她的聲音混著雨聲，「在你看之前，我還有句話想說。」

「好。」

她的下巴擱在他的肩膀上，「我一直都擔心，我怕我們沒有好結局。」

「我比妳更怕。」江問像是預感到了什麼，抬手，拉住她的手腕，想把眼前的手扯下來，「也比妳更想要個好結局。」

「這樣啊。」

逢寧順勢把手放下來。

眼前仍然是傾瀉而下的雨，空曠的街道，其他什麼都沒有。

逢寧在他的身後說，「那你轉過來吧。」

江問轉頭，整個人愣在原地。

剛剛播放著廣告的ＬＥＤ螢幕上，已經變換了畫面。取而代之的是一隻戴著王冠的小孔雀，旁邊是流著寬麵條眼淚的美少女，頂著一枚戒指，跪在一排英文之上。

——Will the little prince and I get married?

這裡沒有別人的圍觀，沒有精心布置的場地，沒有氣球，沒有玫瑰花，沒有蠟燭，沒有花團錦簇。

只有漫天大雨，還有她和他。

逢寧看著江問。

她收起了嬉笑，微微仰起頭，慎重地對他說，「江問，我準備好了。」

江問遲遲回不過神，鎮定了一下，嘴巴張開，喉嚨卻發澀，「這是……？」

「看不出來嗎？」逢寧偏著頭，思考了一下，肯定地說，「我在跟你求婚。」

他頓了好久，才明白逢寧在說什麼，「跟我……求婚？」

江問有點無措，冷冷的黑眼睛裡，像是高興，又像是不敢相信。

從很久很久之前，江問就開始忍耐，忍耐著無法宣洩的感情。有時候，他想，時間為什麼過得這麼慢，慢到在無數個想念她的夜晚裡，他都在掙扎。日子一眼望得到頭，他本以為深情到了最後，就只剩下輕賤和難堪，從來沒想過會有這麼一天。

有這麼一天，逢寧毫無保留地、熱烈地回應他所有的感情。當這個時刻終於來臨，他整個人像被定住了一樣，僵直在原地，什麼話都說不出來。

逢寧看著他，哽咽，又哭又笑，「我們結婚，你當我的親人，以後我們還要養一隻狗，生一個寶寶。我天天都做飯給你吃，吃完飯，手牽手去公園散步，去超市買水果，冬天一起吃火鍋，夏天一起去兜風。你給我一個家，好不好？」

暴雨中，無人的街道上，江問把她擁入懷裡。

過了許久，他答，「好。」

見江問的家人是在兩個月以後，逢寧特地調休了一個星期。

一共兩次，他們先是吃了頓飯，然後正式地登門拜訪。

江老爺子雖然滿頭白髮，姿態卻不見半點鬆懈。雖然精神矍鑠，看著嚴厲，但他和逢寧交談時，語氣出乎意料地平和。

可能是江問提前打過招呼的原因，江問的父母和逢寧話家常的時候，並未過多刁難。連她家庭的情況，家裡有什麼人，他們都沒問，只是隨意談了談她的工作和平時的興趣愛好。

本來已經做好了心理準備，但是預想之中不受待見的情況好像完全沒出現，逢寧有些緊繃的情緒也緩和了。

她本來就討喜，性格也好，三兩句話，逗得一眾長輩都很開心。

老爺子心情不錯，要逢寧陪他下了幾盤棋。江問寸步不離地陪在旁邊，明顯就是在護著她。

旁人看了都好笑，江玉韻路過時，看了幾眼，忍不住打趣，「江問，哪有你這樣的，帶老婆上門，比老婆還緊張。」

江玉柔也來湊熱鬧，「哥哥肯定是怕嫂子跑了！哥哥單身這麼久，好不容易找到這麼漂亮又可愛的嫂子，可不得緊張點嗎？」

一番古靈精怪的話弄得別人都發笑。

家中的阿姨在旁邊絮絮叨叨，「今年熱鬧了，小問終於帶了人回來，到時候過年，團團圓圓多好，爭取明年再多一個人。」

晚上吃完飯，他們要走的時候，江玉韻又拉著逢寧在門口說了一下話。

江問雙手插到口袋裡，站在不遠處看著她們。

回去的路上，他一邊開車，裝作漫不經心地問，「剛剛我姐跟妳說什麼了？」

逢寧眼角眉梢都含著笑，一本正經地說，「……姐姐要你以後都讓著我，要是你敢欺負我，我就直接去找她。她還說，雖然你長得帥，但是你很有個性、很專一，這些年也沒鬧過事，要我不用擔心你會在外面拈花惹草。」

安靜了半晌，她半認真似的問，「怎麼不說話？」

「說什麼？」

「你要是敢欺負我，我就找你姐，知道嗎？」

說完，逢寧自己先笑起來。

江問輕描淡寫，「我姐說反了。」

「嗯，什麼？」

前方紅燈，車子停下，江問轉過頭，「我哪敢欺負妳。」

「……」

他還是那副平淡的腔調，「要擔心對方在外面拈花惹草的人也不是妳，而是我。」

逢寧微微揚起嘴角，「你別擔心了，我不會對不起你的，我要是對不起你……」

江問瞥了一眼她。

逢寧坐直身子，把話說完，「你也拿我沒什麼辦法！」

江問：「……」

第二天是拍攝婚紗照的日子。

南城晴空萬里，天氣很好，偶爾有微風吹過。

拍外景的時候，車上，幾個工作人員在閒聊。有個小女生羨慕地感嘆，「好久沒看到像你們顏值這麼高的一對了，居然還是高中同學。你們當初怎麼在一起的啊？」

化妝師在替逢寧補妝，她閉著眼，笑著答話，「他這麼高冷，我死皮賴臉倒追了好久，才把他追到手。」

聞言，小女生偷偷瞄坐在旁邊的男人。

他穿著白襯衫，氣質冷峻，不是那種雌雄莫辨的奶油長相，而是很有男人味道的英俊，英俊之中又帶著點高不可攀，讓年輕的小女生多看兩眼都心臟怦怦跳。他坐在旁邊，也沒人敢搭話。

大家都在閒聊，江問拎著一瓶礦泉水，貼了貼逢寧的脖子。

她本來跟別人在說話，被凍得一個驚嚇，「做什麼！」

看她發小脾氣，江問嘴角有點柔和的笑意，把瓶蓋轉開，遞到她的唇邊，「口渴不渴？喝點水。」

他們旁若無人地互動，又閃瞎一片單身狗。

外景換了好幾個地方，中午過後，日光毒辣，一行人熱得汗流浹背。

最後一站是啟德高中。

剛好是放假的時候，學校裡人很少。

在操場拍完一組照片，逢寧說想上廁所。江問隨著工作人員先去教室那裡等著。

幾年過去，高一的教學大樓還是原來的模樣，走廊、樓道、教室、桌椅、書本，樓下高大茂盛的樹，都是熟悉的風景。

江問看了一陣子，視線移到別處，突然一頓。

熱鬧的人聲之中，逢寧瞇著眼，雙手抱臂，靠在欄杆上，不知道看他看了多久。

身旁不遠不近，還有幾個正在布置場地的人。她穿著啟德高中藍白相間的校服，及膝的百褶裙。

兩人安靜地對視著。就那麼幾秒，逢寧走過來，一步一步，就這麼走到江問的面前。

彷彿回到了十年前，在這裡，他們第一次相遇。

逢寧伸出手，「同學，你好，我叫逢寧，相逢恨晚的逢。」

江問瞧著她的眉眼，說，「雞犬不寧的寧。」

逢寧笑吟吟地說，「很高興認識你。」

「如果重新來過，你還會想認識我嗎？」

「會。」

他們的故事很簡單。

從一個盛夏開始。

夏天就要結束了。

我把全部的溫柔拆開。九分給以後，剩下一分藏起來，留在十六歲。

留給那個夏天，下著滂沱大雨的南城。

——是我和你相遇的那一天。

——全文完——

高寶書版集團
gobooks.com.tw

YH 075
溫柔有九分（下）
作　　者　唧唧的貓
特約編輯　林婉君
助理編輯　吳培禎
封面設計　鄭婷之
內頁排版　賴姵均
企　　劃　何嘉雯

發 行 人　朱凱蕾
出　　版　英屬維京群島商高寶國際有限公司台灣分公司
　　　　　Global Group Holdings, Ltd.
地　　址　台北市內湖區洲子街88號3樓
網　　址　gobooks.com.tw
電　　話　(02) 27992788
電　　郵　readers@gobooks.com.tw（讀者服務部）
傳　　真　出版部(02) 27990909　行銷部 (02) 27993088
郵政劃撥　19394552
戶　　名　英屬維京群島商高寶國際有限公司台灣分公司
發　　行　英屬維京群島商高寶國際有限公司台灣分公司
初　　版　2022年 2 月

本著作物《溫柔有九分》，作者：唧唧的貓，由北京晉江原創網絡科技有限公司授權出版。

國家圖書館出版品預行編目(CIP)資料

溫柔有九分/唧唧的貓著. -- 初版. -- 臺北市：英屬維京群島商高寶國際有限公司臺灣分公司, 2022.02
冊；　公分. --

ISBN 978-986-506-359-7(上冊：平裝). --
ISBN 978-986-506-360-3(下冊：平裝). --
ISBN 978-986-506-361-0(全套：平裝)

857.7　　111001721